ALEXA THIESMEYER

Bonner Verrat

GEFÄHRLICHE SPUR Seit Jahrzehnten hat Bärbel Thorgast ihre Freunde aus der Schulzeit in Bonn nicht gesehen. Recherche im Internet, unzählige Telefonate, persönliche Treffen – sie hat keine Mühen gescheut, um sie aufzustöbern. Nun lädt sie zum Klassentreffen. Der Termin steht fest, der Raum ist gebucht. Aber warum meldet sich Schulkamerad Uwe nicht, an dem ihr besonders liegt? Warum sucht er das Weite, sobald er sie erblickt? Um herauszufinden, was dahintersteckt, spannt Bärbel ihren Neffen ein, den Studenten Malte. Gemeinsam folgen die beiden Uwe kreuz und quer durch die Stadt. Nach und nach begreifen sie, was Uwe umtreibt: Im Jahr 1963 verschwand sein Vater, Jurist im Kanzleramt. Zwölf Jahre später ertrank sein Bruder im Dornheckensee. Dessen Notizen mit Andeutungen über den vermissten Vater hat Uwe kürzlich im Nachlass seiner Mutter gefunden und sich sofort an Nachforschungen gemacht. Die Spur führt ihn weit in die Vergangenheit der früheren Bundeshauptstadt und zu Menschen, denen jedes Mittel recht ist, um zu verhindern, dass die Wahrheit ans Licht kommt …

© Udo Giesen

*Alexa Thiesmeyer lebt mit Ehemann, Kindern, Enkeln und Vierbeinern in Bonn, wo sie aufgewachsen und zur Schule gegangen ist. In der ehemaligen Bundeshauptstadt hat sie auch ihr Studium und ihre Ausbildung zur Juristin absolviert. Bereits damals verspürte sie eine Neigung zum Strafrecht und zur Kriminalistik. Es folgten Stationen als freie Journalistin und Dozentin. Aus Begeisterung für die Bühne verfasste sie zudem zahlreiche Komödien, Sketche und Satiren für Theater im gesamten deutschsprachigen Raum. Seit 2007 widmet sie sich dem Schreiben von spannenden Kurzkrimis und Kriminalromanen mit Tatorten in und um Bonn.
www.alexa-thiesmeyer.de*

ALEXA THIESMEYER

Bonner Verrat

KRIMINALROMAN

GMEINER

Immer informiert

Spannung pur – mit unserem Newsletter informieren wir Sie
regelmäßig über Wissenswertes aus unserer Bücherwelt.

Gefällt mir!

Facebook: @Gmeiner.Verlag
Instagram: @gmeinerverlag

Besuchen Sie uns im Internet:
www.gmeiner-verlag.de

© 2019 – Gmeiner-Verlag GmbH
Im Ehnried 5, 88605 Meßkirch
Telefon 0 75 75 / 20 95 - 0
info@gmeiner-verlag.de
Alle Rechte vorbehalten
3. Auflage 2025

Lektorat: Daniel Abt
Satz: Mirjam Hecht
Umschlaggestaltung: U.O.R.G. Lutz Eberle, Stuttgart
unter Verwendung eines Fotos von: © dihetbo / stock.adobe.com
Druck: Custom Printing Warschau
Printed in Poland
ISBN 978-3-8392-2531-8

... und werdet die Wahrheit erkennen, und die Wahrheit wird euch frei machen.

Johannes 8,32

FRÜHER
APRIL 1963

Er musste jeden Moment auftauchen. Ernst Lehmann, Jahrgang 1920. An diesem Ort der Ruhe und Besinnung würde er den Weg heraufkommen, vor sich den Treffpunkt am Kreuzberghang, hinter sich die tiefer liegende Stadt.

Der junge Mann im schwarzen Regenmantel, der ihn am Grabmal eines Professors erwartete, kannte ihn von einem Foto. Lehmann würde die verdiente Ruhe finden und zur Besinnung nicht mehr kommen.

Das Wetter war perfekt. Bei Wind und Nieselregen hielt sich hier niemand ohne zwingenden Grund auf. Die Witwen und Witwer, die frische Blümchen für die Grabschalen brachten, kamen nur bei Sonnenschein. Die Gärtner hatten ihre Arbeiten beendet.

Auf dem Asphalt näherte sich der Wagen des Beerdigungsinstituts und fuhr an die Kapelle aus rotem Backstein heran. Auf die Minute pünktlich. Die beiden Jungs vom Institut, fügsame Angestellte, die sich gern was dazuverdienten, stiegen aus.

Sie öffneten die Hecktüren. Alles nach Plan.

Da kam er schon, Lehmann. Exakt wie auf dem Foto: schmales Gesicht, blasse Haut, dunkles Haar, offener Trenchcoat, weißes Hemd mit gestreifter Fliege. Die linke Hand hielt zur Tarnung ein paar Rosen, die rechte seine Aktentasche.

Lehmann wandte den Kopf nach dem schwarzen Wagen. Als der Sarg herauskam, schaute er weg und bog in den Seitenweg ein. So gehörte es sich, keine Neugier zeigen. Leute wie er waren gehalten, sich unauffällig zu benehmen. Auf Friedhöfen war das einfach, das Kommen und Gehen von Personen zu jeder Zeit normal.

Der junge Mann schob die Hand unter seinen Regenmantel. 20 Meter noch.

Es war ein guter Job, schnell erledigt, bester Lohn. Und immer an der frischen Luft.

Zehn Meter.

Sieben.

Fünf.

Lehmanns Schritte wurden langsamer. Suchend schaute er sich um. Eine Tür des Leichenwagens flog geräuschvoll zu. Das war der Moment.

Die nächste Tür. Gleichzeitig fiel der Schuss. Darauf der zweite. Kopf und Brust. Moderates Knallen. Kurzes Stöhnen. Lehmann brach zusammen. Zuletzt ein Knirschen auf dem Weg. Dann Stille. Die schallgedämpfte Beretta verschwand im Regenmantel, der Rosenstrauß im Grabschmuck des Professors. Den Pulvergeruch trug der Wind davon.

Einer der Jungs kam herbei. Unbewegtes Gesicht. Kein Wort. Packte schlicht mit an. Die paar Meter bis zur Kapelle. Lehmann war nicht schwer.

Der Sarg aus massiver Eiche stand im Innern, nicht weit von der Tür. Der zweite Junge zuckte zurück, als er Lehmann berührte, löste aber brav den Deckel. Zu zweit hoben sie die Frau aus dem Sarg und legten sie auf den Boden. Für die dünne Gestalt war das Nobelstück viel zu geräumig. Das würde sich jetzt ändern. Der untere Teil gebührte Lehmann.

Sie verzichteten auf das Schließen der Augen und das Falten der Hände, sie mussten sich beeilen. Auftragsgemäß kam die Aktentasche mit hinein, ihr Geheimfach enthielt, was Leute wie Lehmann brauchten und niemand finden sollte. Schnell in den Trenchcoat greifen, den Ausweis rausholen, einstecken, fertig.

Die Jungs sahen nervös zur Tür. Sie hatten ein passendes Brett besorgt, hinein damit, Laken und Kissen drüber, Frau oben drauf, Oberdecke glatt streichen. Bisschen eng, doch von Lehmann nichts mehr zu sehen. Deckel zu und Sargnägel rein. Wenn es nur nicht so krachen würde.

Ein Päckchen Roth-Händle mit gefalteten Scheinen wechselte den Besitzer. Alles erledigt. Lehmann würde ein schönes Begräbnis bekommen, in seinem Metier nicht selbstverständlich. Kränze und Blumengestecke, Lieder, Gebete und den Segen des Pastors, später einen Grabstein. Zwar würde nicht *Ernst Lehmann* darauf stehen, sondern *Maria Neu, geb. Schneider*, aber das spielte keine Rolle. Lehmann war nur ein Deckname.

Der junge Mann im schwarzen Regenmantel stieg den Hang hinauf zum Urnenhain, um zum oberen Ausgang des Friedhofs zu gelangen. Dankbar blickte er sich um. Durchs Astwerk schimmerte die Stadt herauf, die kleine Bundeshauptstadt, die ihm Arbeit und Brot verschaffte. Das Leben war hier so besonders. Mitten im kalten Krieg war ihm ganz warm ums Herz.

DEZEMBER 1963

Fein gesponnener Nebel hing über dem Wasser. Wie durch einen Vorhang schimmerte die Sonne fahl durchs Himmelsgrau. Frachtschiffe tuckerten den Rhein hinauf Richtung Schweiz, andere nach Holland hinunter zum Meer. Gedrungene Schlepper zogen mehrere lange Kähne wie kräftige schnaufende Ponys.

Uwe war elf Jahre alt. Wenn er am Rhein war, schaute er immer nach den Flaggen am Heck der Schiffe. Der Kahn mit den Kohlehügeln, der tief im graubraunen Wasser lag, kam aus Belgien, der Tanker aus den Niederlanden. Stromabwärts wehte eine rote Flagge mit weißem Kreuz, ein Schweizer Kahn mit abgedeckter Ladung, einer Leine voll flatternder Wäsche und einem Hund an Deck, der aufgeregt bellte. Sein Kläffen galt vielleicht dem kleinen Fährboot, das sich durch die Wellen zum anderen Ufer kämpfte. Es schaukelte heftig, als hätte es kaum die Kraft, sich in der Strömung zu behaupten. Die Häuser und der Kirchturm von Beuel sahen aus wie stumme Zuschauer.

»Das alles habe ich früher sehr gemocht«, sagte Uwes Mutter. Sie stand neben ihm, sah ihn nicht an und schien mit sich selbst zu sprechen. »Den Fluss und die Stadt.«

Sie nahm etwas Weißes aus ihrer Manteltasche, einen Briefumschlag. Die Adresse war mit der Schreibmaschine geschrieben. *Waltraud Ohlbruck, Kaiserstraße.* War das ein Brief von seinem Vater? Uwe konnte sich das nicht vorstellen. Er hatte den Vater immer nur mit einem Füller und schwarzer Tinte schreiben sehen.

Seine Mutter drehte den Umschlag um. Die Rückseite war leer. Kein Absender. Sie streckte den Arm aus. Die Hand mit dem Brief schwebte über das Geländer des Uferwalls, gegen den glucksend das Wasser schwappte. Ein Stück weiter saßen fünf Möwen auf der oberen Querstange. Sie schrien nicht wie sonst, sie waren ganz still, als ob sie auf etwas warteten.

Uwe hielt nach dem Fährboot Ausschau. Es hatte die Überquerung geschafft und legte am Beueler Ufer an.

»Dein Vater kann Weihnachten nicht kommen«, sagte seine Mutter und zog den Arm mit dem Brief zurück.

»Schade.« Er biss sich auf die Lippe. Das Wort war falsch, klang schwach und hohl. Mit dem Kloß im Hals fand er kein besseres.

Er hatte seinen Vater so lange nicht gesehen. Wenn er sich sein Gesicht vorstellte, sah er nur eine helle ovale Scheibe vor sich und nichts darin. Manchmal schob sich das Gesicht seines Bruders davor. Walter war dem Vater ähnlicher als Uwe, war ebenso schmal und blass mit dunkelbraunem Haar. Aber auch Walters Gesichtszüge verschwammen in Uwes Kopf. Der Bruder war seit Monaten in Amerika.

»Kommt Papi an meinem Geburtstag?«

»Ich glaube nicht.«

Das hatte Uwe befürchtet. Trotzdem hatte er einen Rest Hoffnung gehegt. Damit war es vorbei. Plötzlich war ihm eisig kalt.

»Jochen hat gesagt, Papi ist ... das Wort darf ich nicht.«

»Sag es ruhig.«

»Ein … Arsch. Weil er uns verlassen hat. Er hat eine andere Frau, sagt Jochen.«

»Das ist Unsinn.«

Sie blickte ihn an und nahm ihn kurz in den Arm. Ein Duft nach Wiesenblumen umfing ihn, ihre Haare kitzelten an seiner Wange. »Dein Vater war im Krieg an der Ostfront, Uwe, er hat Entsetzliches erlebt. Als wäre das nicht genug, haben die Nazis seine jüdischen Freunde ermordet und britische Bomber seine erste Frau getötet. Er kämpft für den Frieden und eine bessere, gerechtere Welt. Für unsere Sicherheit. Das ist schwierig, da muss die Familie zurückstecken. Er tut es für uns. Damit es nie wieder Krieg gibt. Verstehst du das?«

Die Schiffe schienen den Atem anzuhalten.

»Nein«, sagte Uwe.

Das kam ihm unangemessen laut vor, zudem ein bisschen böse und ungehorsam. Er verstand wirklich nicht, wie alles zusammenhing und warum sein Vater verschwinden musste, um einen Krieg zu verhindern. Er war sich nicht mal sicher, ob seine Mutter es verstand. Womöglich hatte sie das nur auswendig gelernt, so hörte es sich an.

Irgendwas hielt ihn davon ab, Fragen zu stellen. Vielleicht das düstere Geheimnis um Krieg, Bomben und Tod. Oder es lag an den Männern in den dunklen Anzügen, einer kleinen Gruppe, die an ihnen vorbei Richtung Bundeshaus ging.

Seine Mutter wandte ihr Gesicht dem Wasser zu, als wollte sie die Leute nicht sehen. Ihre schmalen Hände zerrissen den Brief in der Mitte, legten die Hälften übereinander und rissen ein zweites Mal. Die weißen Fetzen trudelten zum Wasser hinab, die Möwen flogen auf. Nur eine blieb sitzen und schaute Uwe an. Das würde er nie vergessen. Doch davon ahnte er noch nichts.

Erst Jahre später, nachdem die Sache mit Walter passiert war, meinte er, der Blick des Vogels hätte etwas bedeutet.

1

BÄRBEL

»Diesen Raum nutzen wir ausschließlich privat.« Der Mann mit dem grauschwarzen Haar, das im Nacken zu einem dünnen Pferdeschwanz zusammengefasst war, zog die Tür des Wintergartens langsam zu. Er hatte Bärbel nur einen kurzen Blick hineinwerfen lassen und die Hand nicht von der Klinke genommen.

Und damit sollte die Sache erledigt sein? Ging da nicht noch was?

»Ach, bitte, Herr Freiturm …« Bärbel, für die meisten Barbara oder Frau Thorgast, seufzte und schickte ein trauriges Lächeln hinterher. Sie wusste um dessen Wirkung. Ihre Ehemänner waren daraufhin regelmäßig eingeknickt. »Darf ich nicht doch hineingehen? Nur ganz kurz? Dieser unglaubliche Blick zum Garten …«

Die Tür mit dem querovalen Milchglasfenster im oberen Teil öffnete sich wieder. Bärbel trat über die Schwelle.

Ja, wirklich, dachte sie, dieser Raum muss es sein! Er war nicht groß, aber auch nicht zu klein. Hier wären sie ganz für sich. Sie hatte den Wintergarten, dem verschnörkelte Holzstreben und bunte Zierscheiben am Rand der

Fensterteilungen eine besondere Atmosphäre verliehen, rein zufällig entdeckt, als sie zur Toilette gegangen war und die falsche Tür erwischt hatte. Und nun wollte sie nichts anderes für ihr Fest.

Es passte einfach alles: Das Restaurant »Der Rabe« in der Königstraße war nah am Zentrum, das Gründerzeithaus strahlte den Charme vergangener Zeiten aus und die Küche galt als hervorragend, wenngleich zu Preisen, die für Bärbel normalerweise nicht infrage kamen.

Immerhin hatte sie den Eindruck, dass ihr Vorhaben Herrn Freiturm, der anscheinend der Chef des Hauses war, faszinierte. *Hut ab, Frau Thorgast,* hatte er zu Anfang ihres Gesprächs gesagt. Es sei ungewöhnlich, sich nach mehr als fünf Jahrzehnten mit Menschen zu treffen, die man aus den ersten vier Schuljahren kannte und danach nie wiedergesehen hatte. Und dass sie solche Mühe darauf verwandt habe, diese Leute zu finden!

»War Ihre Schule hier in der Nähe?«, fragte er.

»Maarflach, Nähe Hofgarten, ›Volksschule‹ sagte man damals.«

Möglich, dass er das Bonn der 50er- und 60er-Jahre selbst kannte. In seiner Stimme schwang ganz leicht die rheinische Sprachmelodie mit, wie bei vielen Menschen, die hier geboren waren oder seit Langem hier lebten. Er musste mindestens Mitte 70 sein, die hellbraunen Augen und den Mund umgaben eine Menge feiner Fältchen. Ihre Großmutter hätte gesagt: *Das ist ein Herr* – mit dieser edel gewölbten Stirn, den gepflegten schlanken Händen und der liebenswürdigen Art.

Bärbel trat ans Fenster. Der Wintergarten befand sich im Hochparterre, das Gelände dahinter lag anderthalb bis zwei Meter tiefer. Direkt am Haus war ein kleiner gepflasterter Hof, der um die Ecke herum verlief und dort mit der Einfahrt verbunden sein musste, die man von der Straße aus sah. Der Garten war kürzer als der, in dem sie unzählige Stunden ihrer Kindheit verbracht hatte, aber ähnlich angelegt: Im Vordergrund und an den Seiten Blumenbeete, in der Mitte eine ovale Rasenfläche, umgeben von einer niedrigen Buchsbaumhecke, drum herum ein schmaler Pfad und vor der Grenzmauer zum hinteren Nachbargrundstück eine dichte Reihe Sträucher.

Unter dem Obstbaum in der Mitte des Rasens saß ein hagerer Mann in eine Wolldecke gehüllt auf einem Gartenstuhl. Er mochte gut zehn Jahre älter sein als Freiturm und trug eine graue Walkjacke und eine altmodische braune Ohrenklappenmütze.

Trotz der Entfernung trafen sich ihre Augen. Er winkte Bärbel zu und erhob sich umständlich. Die Decke fiel aufs Gras. Er trat an den Rollator, der vor einer Lücke in der Hecke stand, und schob ihn aufs Haus zu. Bärbel hatte den Eindruck, dass er ohne diese Gehhilfe ausgekommen wäre. Vielleicht hatte er Angst zu stolpern.

»Mein Schwiegervater«, sagte Freiturm hinter ihr. »Ich fürchte, er kommt rauf. Er will immer wissen, was läuft.«

Aus der Düsternis des schmalen Flurs trat in goldfarbenen Ballerinas zunächst eine Frau an Freiturm heran, rotwangig und korpulent, mit tizianrotem Haar und großer Brille, bedeutend jünger als er, mit tief ausgeschnittener Schlabberbluse und fünfreihiger Perlenkette. *Keine Dame*, hätte Omi gesagt, auch wenn sie bemerkt hätte, dass die wurstigen Finger hübsche Brillanten trugen.

»Meine Frau«, erklärte Freiturm.

»Georg«, tönte es eindringlich, fast vorwurfsvoll aus dem Mund mit den kirschroten Lippen, »der Wintergarten ist für Familie und Freunde!« Das Ende des Satzes wurde von einem blubbernden Ton untermalt, als stiegen Luftblasen aus den Tiefen ihres Doppelkinns herauf.

»Das weiß Frau Thorgast, Anita.«

»Wir sind alle starke Esser und lieben guten Wein«, behauptete Bärbel kühn. »Das würde sich für Sie lohnen.« Das kam ihr vor wie ein Wedeln mit Hunderteuroscheinen. Aber so falsch konnte es nicht sein. Ein Freund hatte gemeint, das Restaurant sei nicht gut besucht.

Aus dem Gastraum kam der Ruf, Frau Freiturm werde am Telefon verlangt. Eilig verschwand die Chefin im Flur.

»Wie viele seid ihr denn?«, wollte Georg Freiturm wissen.

»Elf«, erwiderte Bärbel und spürte, wie ihre Miene sich verfinsterte.

Es sollten zwölf sein! Dieses Dutzend war wenig genug. Von den 40 Mitschülern hatte sie nicht mehr aufgetan, abgesehen von dem Dreizehnten auf dem fernen Hawaii. Verbreitete Namen wie Hans Müller und Vornamen, zu denen ihr kein Nachname einfiel, hatten ihr nichts genutzt. Bei den Frauen waren die Ehenamen das Problem und Eltern, die man fragen konnte, lebten größtenteils nicht mehr. Dennoch hatte sie es geschafft, ein paar E-Mail-Adressen und Telefonnummern aufzutreiben. Sie hatte freudige Antworten von Menschen mit den unterschiedlichsten Biografien erhalten – von der kinderreichen Garten-Designerin bis zur preisgekrönten Wissenschaftlerin, vom politisch aktiven Elektriker bis zum Regisseur von Spielfilmen. Zehn Frauen und Männer hatten zugesagt und würden zum Teil aus Berlin, Hamburg und München anreisen. Nur von Uwe, an dem ihr besonders lag, war keine Reaktion gekommen.

»Vielleicht auch zwölf«, fügte Bärbel hinzu.

Ich kriege dich noch, Uwe Ohlbruck, dachte sie, obwohl ich nur eine Nummer habe, unter der ich dich nicht erreiche, und eine E-Mail-Adresse, an die ich vergeblich die Einladung und mein Foto geschickt habe.

Georg Freiturm lächelte. »Wenn Sie sich zuletzt mit zehn oder elf Jahren gesehen haben, erkennen Sie die anderen nicht wieder. Das sind Wildfremde. Aber die Idee ist schön, wirklich schön.«

Hinter ihm erschien geräuschlos wie ein Geist der Mann aus dem Garten im Türrahmen. Die hässliche Mütze hatte er abgelegt, das weiße Haar lag wie ein breiter Kranz um die kahle Mitte. Seine Augen hinter der randlosen Brille zogen sich zusammen. Das wirkte argwöhnisch. Vielleicht lag es nur daran, dass er aus dem dunklen Flur ins Tageslicht des Wintergartens blickte.

Für einen Mann seines Alters sah er richtig gut aus, fand Bärbel. Die leicht gebräunte Haut war erstaunlich glatt, die Gesichtszüge und die gebogene Nase waren scharf geschnitten, das magere Kinn und der schmallippige Mund wirkten energisch. Auch *ein Herr* nach Omis Maßstäben. Schwer vorstellbar, dass er der Vater von Anita Freiturm war, die wie ein Pudding zu zerfließen schien. Einzig die Nasen wiesen Ähnlichkeit auf, wenngleich seine hervorstach und ihre zwischen den aufgedunsenen Wangen fast versank.

Bärbel nickte ihm grüßend zu, bevor sie das Gespräch mit Freiturm fortsetzte. »Umso ärgerlicher, wenn man an einen der Mitschüler mit E-Mails und Anrufen nicht herankommt. Ich habe mich wirklich bemüht. Und ich gebe nicht auf. Das wäre der Zwölfte.«

Sieben Mal hatte sie angerufen, unzählige Male klingeln lassen. Einmal hob eine Frau ab und sagte, er sei nicht da, sie richte ihm aus, dass er zurückrufen solle. Aber er rief nicht zurück. Beim letzten Versuch bekam Bärbel das Gleiche zu hören und hatte den Verdacht, er sei im Hintergrund. Uwe, neben dem sie vier Jahre lang die Schulbank gedrückt hatte, ausgerechnet er sollte nicht zum Klassentreffen kommen? Das war unerträglich.

Georg Freiturm strich sich über die Stirn. »Will er nicht? Keine Lust?«

»Wenn jemand auf Hawaii lebt, verstehe ich, dass er nicht kommt«, sagte Bärbel. »Uwe wohnt aber hier in Bonn, und als pensionierter Lehrer müsste er Zeit haben.«

»Ah, Lehrer.«

»Clara-Schumann-Schule. Mathe und Physik.«

»Vielleicht kenne ich ihn. Meine Jüngste war zwei Jahre auf der Clara, ist ja quasi um die Ecke. Wie heißt er denn?«

»Uwe Ohlbruck. Wenn er keine Lust hat, soll er mir das sagen, statt sich am Telefon verleugnen zu lassen.« Eine Welle des wohlbekannten Unmuts überkam sie. »So muss ich ja denken, es steckt mehr dahinter.«

»Wie kommen Sie darauf?«, fragte Freiturm.

»Das ist nur so ein Gefühl.«

»Wollen Sie den Mann nicht lieber in Ruhe lassen?«

»Es würde mich ewig wurmen, nicht alles versucht zu haben«, entgegnete Bärbel.

Der Schwiegervater, der auf den Rollator gestützt mit unbewegtem Gesicht in der Tür stand, hüstelte. Er schien etwas sagen zu wollen. Georg Freiturm trat einen Schritt zurück, als wäre es selbstverständlich, dem älteren Mann die Bühne zu überlassen.

»Mein Name ist Rolf Plötting«, stellte der sich vor. »Ich habe den Laden hier aufgebaut.«

Seine Stimme klang überraschend jung. Bärbel konnte nicht heraushören, woher er stammte, und tippte auf Niedersachsen. Sie ging auf ihn zu und reichte ihm die Hand.

»Ein wunderbares Restaurant. Ich heiße Bärbel Thorgast.«

Plötting wandte sich seinem Schwiegersohn zu. »Sie bekommt den Wintergarten, Georg.«

Bärbel wäre ihm am liebsten um den Hals gefallen, fürchtete aber, Anita, die Tochter, käme angeschossen, um die Zustimmung zunichtezumachen.

»Oh, danke! Super.«

»Wir müssen nur eine Bedingung stellen«, fügte Plötting hinzu.

»Rolf …«, murmelte Freiturm mit gerunzelter Stirn.

»Sie müssen zwölf Menüs bestellen, Frau Thorgast.«

»Rolf, meinst du wirklich …«

»Sonst streikt meine Tochter. Schließlich könnten wir im Wintergarten 30 Menüs servieren.«

»Verstehe«, sagte Bärbel, obwohl sie es nicht verstand. War es so ein Unterschied, ob es elf oder zwölf Menüs waren? Und hieß es nicht eben, sie nutzten den Wintergarten nur privat, was zugleich bedeutete, sie verdienten sonst überhaupt nichts daran?

Rolf Plötting wendete den Rollator und schob ihn bedächtig den Flur entlang zum Gastraum, leise auftretend, wie er gekommen war.

Freiturm zuckte mit den Schultern. »Glückwunsch. Er ist der Hausherr und immer noch der Chef. Obwohl er das meiste uns überlässt. Ich bin für die Küche zuständig, Anita für alles andere. Rolfs Herz gehört dem Garten.«

»Der ist besonders schön.«

»Natürlich arbeitet er nicht mehr selber dort. Dafür hat er ein paar junge Männer. Die setzen auch im Haus alles instand. In einem Altbau fällt immer was an.«

Freiturm erkundigte sich nach dem gewünschten Termin. Sie vereinbarten, Mitte der Woche das Menü zu besprechen.

»Viel Erfolg mit dem Zwölften«, rief er Bärbel nach, als sie ihm die Hand gegeben und sich umgewandt hatte.

Unterwegs durch den schmalen Flur zum breiteren Eingangsbereich warf sie einen bewundernden Blick auf den fünfarmigen Kronleuchter aus blankem Messing, der an einer Kette von der Stuckdecke herabhing. Sie war zufrieden mit sich. Dieses Ambiente würde ihren Schulfreunden gefallen.

Auf der Schwelle zum Gastraum stand Rolf Plötting auf seinen Rollator gestützt und lächelte ihr zu. »Lebt denn wirklich einer auf Hawaii?«

»Jochen unterrichtet an einer Sprachenschule in Honolulu«, sagte Bärbel.

Da kam ihr eine Idee, die, für sich betrachtet, ganz harmlos war.

MALTE

Er schreckte hoch. Was war das?

Sein Handy? Oh Mann, ja.

Seine Augen öffneten sich viel zu langsam, sein Körper war schwer wie Blei. Auf dem alten, aber zuverlässigen Wecker, der auf dem Bücherstapel neben dem Bett thronte, standen die Zeiger auf halb zwölf. Hä, wirklich? Scheiße.

Die jazzige Tonfolge, die irgendwo im Klamottenberg vor dem Schreibtisch klimperte, verstummte. Das war ihm sehr recht. Erst mal brauchte er einen Kaffee. Was allerdings bedeutete, dass er aufstehen und einen zubereiten musste. Das war im Moment nicht drin. Seine letzte Freundin hatte ihm jeden Morgen eine Tasse ans Bett gebracht, bevor sie ins Büro gegangen war, einfach großartig. Nach drei Wochen hatte sie die Schnauze voll gehabt und war nicht wiedergekommen. Obwohl ihre High Heels noch unter seinem Bett lagen.

In letzter Zeit verpennte er ständig, so ein Ärger. War im »Carpe Noctem« wohl ein bisschen spät geworden. Warum kamen nach Mitternacht immer die nettesten Leute durch die Tür? Die Vorlesung »Tragödienphilosophie bei Hegel und Hölderlin« konnte er heute jedenfalls knicken. Genau wie letzte Woche.

Er hätte sowieso keine Lust dazu gehabt. Hegel und Hölderlin kamen ihm vor wie langweilige Großonkel, denen er anstandshalber einen wöchentlichen Besuch abstatten musste. Das Philosophiestudium hatte er sich anders vorgestellt, irgendwie spannender. Schließlich ging es um die großen Fragen der Menschheit. Warum waren die so verdammt mühsam? Die ganze Ethik samt dem kategorischen Imperativ war ihm zu hoch, bei der Erkenntnisphilosophie fielen ihm die Augen zu und vor der Metaphysik gruselte es ihn. Das musste er nun trotzdem durchziehen, er hatte bereits ein Jurastudium abgebrochen. Wenn seine Eltern ihn so sehen könnten, um halb zwölf im miefigen Bett, am Boden löchrige Socken, umgekippte Bierflaschen und ein Haufen Pistazienschalen, dann wäre die Kacke ordentlich am Dampfen.

Und wer hatte eben angerufen? Wo war das Handy überhaupt?

Er rappelte sich auf, stolperte über die Flaschen und stürzte bäuchlings in die Klamotten der letzten drei Wochen. Da war das Ding, direkt unter ihm, in der Tasche seiner Lederjacke. Er rollte sich auf den Rücken und sah aufs Display.

Bärbel. Seine coole Tante Bärbel, die ältere Schwester seiner Mutter, ehemalige Bibliothekarin, Vorsitzende eines Würfelclubs und rund wie – nee, *rund wie ein Fass* sagten seine Freunde, er selbst würde sich niemals so abfällig über sie äußern. Denn Bärbel war die netteste Rentnerin, die man sich denken konnte. *Vollschlank*, musste man wohl sagen, *vollschlank* war sie und über ihre Speckpolster flossen Gewänder in den knalligsten Farben, als legte sie Wert darauf, nicht übersehen zu werden. Schöne Stoffe, starke Farben und gutes Essen waren für sie ein Ausdruck von Lebensfreude. Komisch, dass man in dem Alter noch so fidel sein konnte.

Er wählte ihre Nummer. »Du hast angerufen?«

»Hab ich dich geweckt?«

»Nee, bin seit 8 Uhr auf.«

»Und nicht in der Vorlesung?«

»Hegel und Hölderlin fallen heute aus.«

»Ich glaub dir kein Wort, Malte. Aber ich denke, dann hast du Zeit?«

»Öh …«

»Nimm dein kleines Auto und hol mich bitte ab. Sind 50 Euro okay? Plus Benzingeld.«

»Das klappt nicht, das Ding muss in die Werkstatt.«

Mit der kaputten alten Mühle kämen sie kaum bis zur Straßenecke. Den Fuffi hätte er allerdings gern. Er war blank bis auf 90 Cent. Seine Tante war so gut wie ein Job. Und häufig seine Rettung. Bärbel besaß keinen Führerschein, hatte marode Knie und stand ungern an der Bushaltestelle.

»Können wir uns ein Auto leihen?«, fragte er. »Von Knut, Kurt oder Klaus?«

Das waren ihre drei Verflossenen. Nur wusste Malte nie, wer welcher war und in welcher Reihenfolge Bärbel sie geheiratet und sich von ihnen getrennt hatte. Nicht nur die Namen, sondern auch die Herren selbst ähnelten einander fatal: drei mittelgroße Männer mit Bauch, schütterem Haar, einer Brille auf der Nase, einem Auto vor der Tür und anhaltender Zuneigung für Bärbel. Alle drei Nasen waren mehr oder weniger knubbelig, doch die Autos waren unterschiedlich.

Am frühen Nachmittag saß er am Steuer eines bronzefarbenen Opel Meriva. Er hatte ihn zuvor bei dessen Eigentümer Knut in Ippendorf abgeholt, der ihm eingeschärft hatte, vorsichtig zu fahren. Bärbel stieg vor dem Edeka-Markt am Poppelsdorfer Platz zu. Sie bewohnte eine Zweizimmerwohnung schräg gegenüber.

»Wohin?«, fragte Malte, während sie sich anschnallte.

»Bonner Norden. Buschdorf. Eine Reihenhausstraße.« Sie zeigte ihm den Zettel, auf dem sie Straße und Hausnummer notiert hatte, und schwenkte ihn wie einen Lottoschein mit sechs Richtigen. »Dort wohnt Uwe, den ich fürs Klassentreffen gewinnen will und von dem keine Antwort kommt. Bisher hatte ich seine Anschrift nicht, aber gestern fiel mir ein, dass ich Jochen in Honolulu danach fragen könnte.«

»Wieso weiß der in Honolulu besser Bescheid als du in Bonn?«

»Weil seine frühere Lebensgefährtin jetzt die von Uwe ist.«

»Hä?«

»Als sie mit Jochen liiert war, lebte der hier in Bonn. Auf einer Lehrer-Fortbildung lernte sie Uwe kennen und zog mit ihm zusammen. Pech für Jochen. Er bewarb sich an einer Sprachenschule auf Hawaii.«

»Liebeskummer?«

Bärbel nickte. »Sie schreiben sich noch jedes Jahr zu Weihnachten, diese Frau und Jochen, das habe ich ihm gestern entlockt. Deshalb hat er die Anschrift.«

»Du willst diesem Uwe also auf die Bude rücken? Der wird begeistert sein! Der lässt sich nicht überreden, da geh ich jede Wette ein.«

»Ich will ihn nicht überreden, sondern davon überzeugen, dass es gut ist, an dem Treffen teilzunehmen. Für uns alle und für ihn.«

Wozu das gut sein sollte, war Malte schleierhaft, doch er musste sich auf den Verkehr konzentrieren und beließ es dabei. Leute über 60! Der Verschleiß fing in den Knien an, dann kam der Kopf dran.

Die Stadt war verstopft, das war man in Bonn gewohnt. Vielleicht hätten sie über die Autobahn fahren sollen. Aber laut Bärbel, die ihre Verkehrs-App auf dem Handy befragte, sah es dort um einiges schlimmer aus.

»Wenn er nicht zu Hause ist, sitzt du umsonst im Stau«, sagte Malte.

»Das macht nichts. Ich werfe einen Brief ein und komme später wieder.«

Nach knapp 40 Minuten hatten sie es geschafft. Sie bogen in eine ruhige Anwohnerstraße ein.

»Nummer 28, das Haus mit den Primelpötten davor.« Bärbel raffte ihre vielfarbigen Stoffbahnen und stieg aus. »Ich klingele da mal.«

Malte blieb sitzen und ließ das Fenster herunter. Die Tür des Reihenhauses öffnete sich und eine junge Frau mit einem Baby auf dem Arm wurde sichtbar. Bärbel sagte »Guten Tag«, stellte sich vor und fragte nach ihrem Uwe.

»Ohlbruck? Der wohnt seit Wochen nicht mehr hier. Wir sind die Nachmieter.«

»Haben Sie seine neue Adresse?«

»Nicht direkt. Ich hab ihn gefragt, wo er hinzieht, und die Antwort war: nach Honolulu.«

»Nein!«

Bärbels Aufschrei hallte durch die Nachbarschaft. Ein Hund bellte, im Haus gegenüber ging ein Fenster auf. Ein Mann schaute herüber.

Sie kam zurück zum Auto. Der Stoff ihrer Jacke bebte, jedes ihrer Speckpolster schien in Aufruhr. Ihr Gesicht hatte rote Flecken, ihre Augen blitzten vor Ärger. Sie riss die Beifahrertür auf, ließ sich auf den Sitz fallen und bearbeitete hektisch ihr Handy.

So gefiel sie Malte überhaupt nicht. Er kannte seine Tante als coole Lady und das sollte bitteschön so bleiben.

»Hey, Bärbel«, sagte er in beschwichtigendem Ton.

Sie beachtete ihn nicht. Stierte auf die Windschutzscheibe und horchte ins Handy.

»Jochen?«

Oh, mein Gott! Rief sie den Klassenkameraden auf Hawaii an? Dort musste es mitten in der Nacht sein.

»Entschuldige, wenn ich dich geweckt habe, Jochen. Stell dir vor: Uwe wohnt hier nicht mehr! Hast du die neue Adresse? Nee? Frag seine Lebensgefährtin bitte danach, ja? Ruf mich zurück. Ich sitze im Auto und warte darauf.«

Aus Honolulu schien eine unwirsche Erwiderung zu kommen.

»Bei uns ist es Nachmittag, lieber Jochen«, sagte Bärbel im Ton einer sanften Fee. »Du bist jetzt sowieso wach.«

Anscheinend legte er ohne Verabschiedung auf. Bärbel ließ das Handy in ihren Schoß sinken und schwieg. Wie sie so in sich zusammengesunken dasaß und auf die Fahrbahn starrte, ähnelte sie einer brütenden Henne.

»Was für ein Käse«, murmelte sie schließlich. »Uwe ist nicht in Honolulu. Wenn er das wirklich gesagt hat, frage ich mich, warum.«

»Um vor neugierigen Weibern sicher zu sein«, meinte Malte und erwartete einen Puff in die Rippen. Aber der blieb aus. Sie seufzte nur und blickte einem Taubenpaar nach, das quer über die Straße flog und sich auf dem Dach einer Garage niederließ.

»Vielleicht wollte er Jochen besuchen und es ist ihm was dazwischengekommen«, bot Malte als Erklärung an.

Bärbel schüttelte den Kopf. »Jochen und er haben nichts mehr miteinander zu tun. Ist ja normal, wenn die Partnerin dem anderen den Vorzug gibt.«

»Oder ihm war danach, unter Palmen mal so richtig auszuspannen«, schlug Malte vor. »Endlose Strände, Sonne pur …«

Er wurde von Bärbels Handy unterbrochen.

»Ich stell das mal laut«, sagte Bärbel, »damit ich nicht alles wiederholen muss.«

»Mona sagt, er ist fast nie zu Hause«, ertönte eine raue Stimme, der man nicht anmerkte, dass sie von einer Insel im fernen Pazifik kam. »Er verkriecht sich in der Wohnung seiner Mutter, die vor Kurzem gestorben ist. Das hat ihn hart getroffen, meint Mona. Obwohl er die Wohnung nur ausräumen muss, bleibt er jeden Tag viele Stunden fort.«

»Adresse der Mutter?«

»Kaiserstraße. Das Haus, in dem er aufgewachsen ist. Das kennst du doch.«

»Los, Malte«, sagte Bärbel, als sie aufgelegt hatte. »Auf in die Südstadt! Ich erhöhe auf 70. Das ist ein toller Stundenlohn für einen Studenten, der sich bei Hegel nur gelangweilt hätte.«

»Mittlerweile läuft Erkenntnistheorie der Frühen Neuzeit. Die interessiert mich mehr.«

Natürlich käme er hoffnungslos zu spät. Also lieber die durchgeknallte Tante in die Kaiserstraße chauffieren und ein bisschen Geld verdienen.

In diese Richtung floss der Verkehr einigermaßen, sie brauchten keine 20 Minuten.

Bärbel deutete auf die Reihe von Gründerzeithäusern, deren Fenster auf die Bahnschienen blickten, wo gerade ein ICE vorüberraste. »Das Hellgraue mit dem Erker.«

Fast genau davor war neben einem Baum eine enge Parklücke frei. Malte hatte Mühe, den Meriva hineinzubugsieren, schaffte es jedoch nach einigen Versuchen. Er hätte sich über ein kleines Lob gefreut, aber Bärbel stieg in einem Tempo, das er ihr nicht zugetraut hätte, wortlos aus dem Wagen. Mit schwingenden Röcken eilte sie die Stufen zu einer Tür hinauf, die mit altem Schnitzwerk verziert war, und studierte die Klingelschilder. Mit ihrem rot lackierten Zeigefinger drückte sie auf einen der Knöpfe und wartete mit angespanntem Gesichtsausdruck.

Merkwürdig, wie verbissen sie ist, dachte Malte. Doch er erinnerte sich daran, dass einer ihrer Ex-Männer gesagt hatte, sie sei ungenießbar, wenn etwas nicht so liefe, wie sie es sich vorgestellt habe.

Nach einer Weile klingelte Bärbel noch einmal. Sie trat eine Stufe tiefer, legte den Kopf in den Nacken und blickte nach oben. Dann streckte sie den Arm aus und drückte erneut auf die Klingel.

Endlich kehrte sie zurück und ließ sich auf den Beifahrersitz sinken, die Lippen zusammengepresst, die Stirn zerknautscht. »Er ist da drin! Erster Stock.«

»Wie kommst du darauf?«

»Am seitlichen Erkerfenster hat sich die Gardine bewegt. Malte, wir warten hier.«

»Och, nee.«

»Detektive machen das auch so«, sagte Bärbel streng. »Irgendwann wird er rauskommen.«

»Detektive tragen nicht solche Klamotten wie du, Bärbel.«

»Woher soll er wissen, dass ich das bin? Anfang der Sechziger trug man so was nicht.«

Ach ja. Malte hatte das schwarz-weiße Klassenfoto und die dünne blassblonde Maus in der ersten Reihe gesehen. Spitzes Kinn, Brille, Strickjacke und kariertes Faltenröckchen. Die sah nicht aus wie der Entwurf für die spätere Bärbel. Nicht annähernd. Nur um den Mund herum lag schon damals etwas Entschlossenes.

»Der weiß inzwischen, wie du aussiehst, Bärbel. Du hast ihm ein aktuelles Bild geschickt.«

»Falls er sich das angeschaut hat.«

»Wenn er hinter der Gardine steht, weiß er jedenfalls, dass du hier im Auto sitzt und ihm auflauerst, und wenn er dir nicht begegnen will, kommt er nicht raus. Er hat dort ein Klo, Kaffee und alles, um eine dreitägige Belagerung auszuhalten, und wir haben hier nichts, um es auch nur bis zum Abend zu schaffen.«

»Fahr bitte in die Seitenstraße und halte dort, Malte. Dann denkt er, wir sind weg. Ich postiere mich an der Ecke und sehe ihn, wenn er aus dem Haus kommt. Auf den paar Metern wird er mir nicht ausweichen.«

Malte bog in die Nassestraße ein, sah aber keine Haltemöglichkeit. Ein Lastwagen belieferte gerade die Mensa.

»Ich steige aus und du fährst um den Block«, sagte Bärbel.

Malte lenkte den Meriva durch den Engpass neben dem Laster. Ein Stück weiter hielt er an.

Bärbel schien nervös, als sie ausstieg, und blieb mit ihrem weiten Rock an der Schiene ihres Sitzes hängen. Nachdem der Stoff mit vereinten Kräften gelöst war, verfolgte Malte im Rückspiegel, wie sie zur Kaiserstraße zurückging. Eine rundliche Frau mit kurzem silberblonden Haar und energischem Schritt, bunt wie ein Paradiesvogel und irgendwie schick. Eine Frau, die bestimmt jeder gerne traf – nur dieser Uwe nicht. Dem er allerdings dankbar war für die Scheine, die er ihm einbrachte.

BÄRBEL

Abrupt blieb sie an der Ecke stehen.

Quer über den Bürgersteig der Kaiserstraße ging ein schlanker Mann in einem braunen Sakko auf ein dunkelblaues Auto zu. Er öffnete die Fahrertür und blickte übers Wagendach. Genau in ihr Gesicht.

Sie hielt die Luft an, nicht imstande zu reagieren.

Über eine Distanz von vier, fünf Metern starrte er sie an. Im nächsten Moment kniff er die Augen zusammen. Ehe sie losspurten konnte, glitt er auf den Fahrersitz. Sie setzte sich in Bewegung, doch ihr linkes Knie meldete sich empört. Sekundenlang musste sie in einer starren Pose verharren, bis der Schmerz verebbte.

Die Zündung ertönte. Er fuhr los.

Bärbel atmete geräuschvoll aus. Ihr Herz pochte bis zum Hals. Das war er! Uwe. Sie hatte sein Gesicht vor ein paar Monaten in der Zeitung gesehen, nebst einem Bericht über seine Pensionierung. Das Blau der Augen war nicht so auffallend wie früher, aber die fast dreieckig anmutende Kopfform und der leicht gewellte graubraune Haarschopf über der niedrigen Stirn waren eindeutig. Ebenso klar war, dass er sie erkannt und daraufhin kräftig Gas gegeben hatte. Er war vor ihr geflohen.

Am Bordstein fuhr der Meriva vor. Malte beugte sich zum offenen Beifahrerfenster herüber. »Na?«

Sein spöttischer Gesichtsausdruck war nicht zu übersehen. Sicherlich entging ihm nicht, wie sehr die Wut in ihr brodelte.

Sie stieg ein. »Er ist Richtung Kaiserplatz. Fahr hinterher. Der bleibt gleich sowieso im Verkehr stecken.«

Malte startete aufreizend langsam.

»Mensch, Malte! Beeilung! Die Fahrbahn ist frei!«

»Ich mach keine Verfolgungsjagd, Bärbel. Schon gar nicht mit dem Auto von Klaus.«

»Der Meriva gehört Knut, und der hat bestimmt nichts dagegen.«

»Aber es ist sinnlos. Dieser Uwe will nichts von dir wissen, akzeptier das einfach mal. Allmählich wird die Sache lächerlich.«

»Du meinst, ich soll aufgeben?«

»Ja, natürlich.«

»Malte, du hast keine Ahnung, wie das damals war in dieser Stadt und dass alle sich freuen, darüber reden zu können. Nicht mit irgendwem, sondern mit denen, die dabei waren, auf dem Schulweg, beim Spielen auf dem Schulhof, im Eis-Lazzarin und im Turnverein.«

Dass eine Art Sammlerleidenschaft in ihr entbrannt war, mochte sie nicht zugeben. Sie wollte auf keinen der Mitschüler verzichten, die sie mühsam aufgespürt hatte, und auf Uwe erst recht nicht! Es war schmerzlich genug,

Jochen aus Honolulu nicht dabeizuhaben. Nein, sie konnte Uwe nicht fallen lassen. In ihrer Erinnerung war er ein stiller Junge gewesen, kein Raufbold wie manch anderer. Einmal hatte er ihr einen nagelneuen Ratzefummel geschenkt, später oft sein Schinkenbrötchen mit dick Butter, eine Köstlichkeit, die es bei ihr zu Hause nicht gab. Von den Jungs war er der einzige gewesen, der sie zum Geburtstag eingeladen hatte.

»Das war eine wunderbare Zeit, Ende der 50er-, Anfang der 60er-Jahre. Und Bonn so gemütlich. O-Busse statt U-Bahnen, weniger Autos, Baustellen und Bürohäuser. Wo heute der öde Busbahnhof ist, traf man sich auf der Terrasse der Kaiserhalle, und vor unserem Haus bin ich dem Bundespräsidenten Heuss begegnet.«

»Hä? Weißt du, was für eine Zeit das war? Wenn du diese Jahre verherrlichst, weißt du nicht, was hier los war!«

Bärbel fuhr der Schreck in die Glieder – um ein Haar hätte Malte einen Linienbus gerammt, genau auf Höhe der verschwundenen Kaiserhalle. Der Busfahrer hupte anhaltend.

»Dass Bonn die Hauptstadt war, haben wir Kinder schon gemerkt«, erwiderte sie bebend. »Bundespräsident und Bundeskanzler hatten ihre Dienstsitze ja in unserer Straße und ihre schwarzen Limousinen fuhren oft bei uns vorbei. Unsere Mutter war Sekretärin im Auswärtigen Amt, unser Vater arbeitete für eine Zeitung, deine Großeltern also. Jedes Jahr besuchten sie den Bundespresseball, dort war die ganze Prominenz. Deine Oma hat mit Ministern getanzt, und auf einem Foto sitzt sie mit dem Weinglas neben Konrad Adenauer.«

»Na, prost! Hauptsache, der Wein schmeckt! Überall

saßen alte Nazis, in der Bundesregierung, im Bundestag, in den Ministerien und der Justiz, sogar an der Spitze des Kanzleramts! Eurem Adenauer war das schittegal!«

»Halt!«, schrie Bärbel. »Der hat Vorfahrt!«

Malte trat auf die Bremse. Gerade noch rechtzeitig. Sein rundes Gesicht war puterrot. Er gab wieder Gas. Bärbel hielt sich am Griff über der Wagentür fest.

»Überall Scheinheiligkeit und Schweigen über das, was vorher war!«, wetterte Malte weiter. »Überall Nachrichtenhändler und Spione, gnadenlose Aufrüstung und Kalter Krieg – nachdem das Dritte Reich und der Zweite Weltkrieg keine zwei Jahrzehnte vorbei waren! Hat euch das Wirtschaftswunder so verblödet?«

Uwes dunkelblauer Wagen war nirgends zu sehen. Das störte sie im Moment weniger als Maltes Reaktion.

»Hör mal, wir waren Kinder und mit dem Wirtschaftswunder ging es bei uns zu Hause nicht so fix. Kein tolles Spielzeug zu Weihnachten, sondern was Neues zum Anziehen, wir mussten sparen. Bei Tisch wurde die Butter gekratzt, der Schimmel aus dem Brot geschnitten, was essbar war, warf man nicht weg. Strümpfe wurden gestopft, Hosen und Pullis geflickt. Morgens war es eiskalt im Zimmer, weil der Koksofen ausgegangen war. Doch die Staatsbesuche, die im offenen Wagen bei uns vorbeikamen, habe ich genossen, die hatten etwas Märchenhaftes. Dieser Glanz, den sie ausstrahlten! Der persische Schah und die schöne Soraya, da war ich noch winzig klein, aber mein Vater hat Fotos gemacht.«

»So einem wie dem Schah habt ihr zugejubelt, was?«

»Dann Präsident Eisenhower, John F. Kennedy, die Queen und Prinz Philipp, flankiert von den weißen Mäusen …«

»Du meinst Polizei auf Motorrädern«, knurrte Malte.

»Und wir mit Papierfähnchen am Straßenrand.«

»Da haben wir es: Sie haben euch abgerichtet. Manipuliert. Mit Fähnchen und blödem Pomp.«

»Ach, unsere Lehrer waren in Ordnung und unsere Mutter war sogar ein bisschen links, auch wenn sie nie darüber sprach, man merkte es manchmal.«

»Sie traute sich nicht, darüber zu reden, aus Angst, ihren Job zu verlieren! Was für eine wundervolle Zeit!«

Sie waren am Poppelsdorfer Platz angekommen. Malte hielt an dessen Ende, wo eine Seitenstraße von der Clemens-August-Straße abzweigte. Von hier aus hatte Bärbel nur wenige Schritte bis zu ihrer Wohnung, während er den Wagen hinauf nach Ippendorf bringen und mit dem Rad hinunter zu seinem Zimmer in die Lengsdorfer Uhlgasse fahren musste.

»Ich rufe Jochen in Honolulu an«, sagte sie gereizt. »Der versteht mich.«

»Bärbel, dort ist es noch keine 5 Uhr morgens. Du hast ihn schon um halb vier geweckt. Da wäre ich fertig mit der Welt.«

»Jochen ist Frühaufsteher.«

»Sicher?«

»Oder eher eine Nachteule. Ich ruf ihn morgen früh an, dann ist es Abend in Honolulu.«

»Lass doch den Scheiß.«

»*Scheiß*?«

Sie warf einen Fünfziger und einen Zwanziger in Richtung Lenkrad und stieg aus. Sie war sauer. Selbstverständlich war das für sie eine wunderbare Zeit! Zwar prahlten die Jungens mit den Atombomben der Amis, als hätten sie selbst daran mitgebaut, aber ansonsten machte der Kalte

Krieg vor den Kinderzimmern halt, vor dem Schulhof mit den Hüpfekästchen aus Kreide und dem hellen Raum, wo Frau Schmitz mit ihnen Lieder sang. Während wenige Straßen weiter ein paar Opis das Land regierten. .

FRÜHER
AUGUST 1975

Der Mann im schwarzen Regenmantel stand am Rand des Leinpfads neben der Kilometertafel 657 für die Schifffahrt, einer riesigen schwarzen Zahl auf weißem Grund. Über der anderen Rheinseite stieg rotgolden die Sonne herauf und verzauberte das Ufergrün. Das Wasser glänzte wie flüssiges Metall.

Es war gegen die Regeln. Dennoch gönnte er sich diesen Moment, der ihm zeigte, wie schön die Welt war. Und wie gut es ihm ging. Der Kalte Krieg machte das Leben spannend und brachte was ein. Wunderbar. Weiter so.

Gestern hatte er in Berlin zu tun gehabt. Berlin war anstrengend. Zu viele Leute, die sich auffällig unauffällig gaben, zu viel Geheimes, zu viel Mauer. Bonn dagegen war übersichtlich, die Arbeit ruhig. Man konnte sich wie ein netter Mensch unter netten Menschen fühlen. Hier würde er sich irgendwann zur Ruhe setzen.

Trotz der frühen Stunde war es bereits warm. Das versprach einen heißen Tag. Aber den Mantel würde er nicht ablegen, bevor er zu Hause war. Er strich von außen über den Stoff. Die Innentasche glich einem Polster. Er musste noch nachzählen, hatte jedoch keine Zweifel, dass die Summe stimmte.

An diesem Wochenende sollte es sein, bei solchem Wetter. Samstag oder Sonntag. Seine Jungs hatten die Zielperson im Blick. Sie würden ihm Nachricht geben, wohin die Reise ging und was benötigt wurde. Die Jungs waren fantastisch und ihm treu ergeben.

Jetzt konnte er sich erst mal Zeit lassen. Ein bisschen pausieren und dann zum Wagen schlendern. Das Fahrzeug stand weit weg, das machte er immer so. Autos waren das Verräterischste überhaupt.

Wenn nur die verdammte Wunde nicht wäre. Ausgerechnet rechts. So ein Malheur konnte natürlich nur in Berlin passieren. In Bonn käme niemand auf die Idee, im Badezimmer eine Bombe zu bauen. Knochen und Sehnen waren heil geblieben, doch unter dem Verband brannte und juckte es.

Er horchte auf. Eine Ratte huschte zum Geländer, das den Leinpfad begrenzte, und verschwand im Grün zwischen den Basaltblöcken der Ufermauer. Was er gehört hatte, war etwas anderes: ein rhythmisches Knirschen. Das typische Geräusch von Schuhen auf Kies.

Rasch duckte er sich hinter die Kilometertafel. Im Schutz der Blätter eines Strauchs spähte er an der Kante vorbei.

Unterhalb der Ufermauer ging eine blonde Frau auf die Weidenbäume zu. In der Hand hielt sie einen Zweig mit lanzettförmigen Blättern. Vielleicht eine Naturfreundin, die früh aufgestanden war, um die Schönheit des Morgens am Rhein zu genießen.

Zum Teufel, sie ging auf die größte Weide zu, die aus mehreren Stämmen emporwuchs und ihre Äste weit über den Kiesstrand spannte! Dem Baum, zu dem er selbst geschickt worden war! Was hatte das zu bedeuten? War das eine Panne?

Vom Weg nicht zu sehen, auf der Seite, die dem Fluss zugewandt war, befand sich in der tief gefurchten Borke eine Höhlung zwischen den Stämmen. Dort hatte er das Geld geholt und wie gewünscht quittiert. Der Auftraggeber hatte einen Beleg gefordert, dass es in die richtige Hand gelangt war. Beamtenmentalität! Jetzt zeigte sich, wie gefährlich das war. Auf dem Wisch war nur ein Schnörkel, der Anfangsbuchstabe seines Decknamens, trotzdem gefiel ihm das nicht. Er hätte sich geweigert, wenn er das Geld nicht so dringend gebraucht hätte.

In geduckter Haltung schlich er ein Stück näher. Das Grünzeug bot brauchbaren Sichtschutz. Nun sah er, was die Frau dort tat. Sie entnahm ihrer Umhängetasche ein metallen schimmerndes Gefäß, das unten spitz zulief. Die Art, wie sie sich umschaute, und das Tempo, mit dem das schmale Ding an der Rückseite des Baums verschwand, machten ihm klar, dass es ein Container für geheimes Filmmaterial und Dokumente war, ein Hohlpflock oder Hohldorn.

So war das also. Die Höhlung im Stamm war ein toter Briefkasten für Agenten.

Das hatte er nicht gewusst, so wie er oft nicht wusste, von welcher Seite ein Auftrag kam. Das war ihm so gleichgültig, wie es einem Schreiner gleichgültig war, ob er den Tisch für einen Amerikaner oder einen Russen anfertigen sollte. Hauptsache, der Preis stimmte. Tisch war Tisch und Tod war Tod.

Was für Material die Frau in den Baum legte, ging ihn nichts an. Damit hatte er nichts zu tun. Verächtlich verzog er das Gesicht. Handlanger fremder Regierungen! Begaben sich in fatale Abhängigkeit, während er frei war, frei wie ein Künstler. *Das Nähere überlasse ich dir*, hieß es auch diesmal. Großartig. Eine Freude, so zu arbeiten.

Er stutzte. Die Frau griff ein zweites Mal an den Stamm.

Sie nahm etwas heraus. Ein Sonnenstrahl ließ das Papier hell aufleuchten. Sie schob es rasch in ihre Manteltasche, doch hatte er genug gesehen. Das war der Wisch mit seinem Buchstaben.

Wer hatte sie geschickt? Sie war ein kleines Licht, dafür hatte er einen Blick. Sekretärin im Öffentlichen Dienst vermutlich. Manche dieser Damen waren den Geheimdiensten zu Willen, vor allem der emsigen Firma hinter der Berliner Mauer. In seinem Job kam ihm einiges zu Ohren.

Vielleicht war sie harmlos, vielleicht nicht. Er musste sie im Auge behalten. Nicht allzu schwierig in der kleinen Bundeshauptstadt. Wenn man die richtigen Leute kannte, war Bonn ein Dorf.

AUGUST 1975
EINEN TAG SPÄTER

Als die Sache mit Walter passierte, war Uwe kein Kind mehr. Er war 23 Jahre alt und Student. Sein Halbbruder war zehn Jahre älter.

Am Nachmittag eines heißen Tages schlug Walter ihm vor, zusammen mit dem Auto zum Dornheckensee zu fahren. Ein kostbarer Ausnahmefall, denn sie standen in keinem engen Verhältnis zueinander, auch wenn Uwe sich das immer gewünscht hatte. Aber wie hätte es gelingen können? Walter war nach dem Abitur selten zu Hause gewesen, hatte sich nach dem Wehrdienst in den USA aufgehalten und in München studiert, bis er als freier Journalist und Fotograf nach Bonn zurückkehrte. Meistens war er äußerst wortkarg, was viele darauf schoben, dass er im Alter von drei Jahren seine Mutter verloren hatte, im Krieg bei der Bombardierung von Potsdam. Mit seiner Stiefmutter verstand er sich gut, mit dem kleinen Halbbruder wusste er wenig anzufangen.

Umso mehr freute Uwe sich über den unverhofften Ausflug. Er sah »die Dornhecke« zum ersten Mal, hatte aber viel davon gehört. Der kleine See lag im bewaldeten Höhenzug Ennert auf der rechten Rheinseite, nördlich des Siebengebirges. Schroff und blendend hell ragte die Steilwand über der Wasserfläche auf, in der sich Himmel, Fels und Bäume spiegelten und zu einem faszinierenden

Farbenspiel vereinten. In Ufernähe schimmerte der See blaugrün, im Schatten ausladender Äste beinah schwarz.

»Ein mit Grundwasser vollgelaufener ehemaliger Steinbruch«, erklärte Walter. »Im 19. Jahrhundert wurde hier Basalt abgebaut. Das Wasser ist herrlich.«

An einem kurzen, flachen Uferstück gegenüber der Steilwand lagerten einige Leute auf der Erde. Die Baumkronen ließen hier nicht viel Sonne durch, an einem solchen Tag ganz angenehm.

Zögernd zog Uwe sein Hemd aus. Das große Schild mit dem Hinweis »Baden verboten, Lebensgefahr« war unübersehbar. Er hörte zwei Frauen darüber sprechen, dass sich Gesteinsbrocken lösen und herabfallen könnten und die Tiefe des Sees gefährliche Unterströmungen hervorbringe. Doch ihre Männer versicherten, das sei nur für ungeübte Schwimmer ein Problem.

»Also nicht für uns!«, lachte Walter.

Es waren nicht viele Menschen im Wasser. Uwe drehte ein paar kleine Runden und fand es schauderhaft kalt. Walter blieb lange drin. Er durchquerte den See mehrfach bis zur Felswand, tauchte und kraulte dort entlang zum linken und zum rechten Ufer, während Uwe längst in sein Buch vertieft auf dem Handtuch saß und nur ab und zu aufs Wasser blickte.

Als die Schatten länger wurden, ging Walter zum zweiten Mal hinein. Uwe blieb am Ufer und streifte sich sein Poloshirt über. See und Wald strahlten abendliche Kühle aus und wirkten ein wenig düster. Nur die Steilwand und die Bäume darauf leuchteten noch im Sonnenschein. Die meisten Leute hatten ihre Sachen gepackt und machten sich auf den Heimweg. Walter schwamm einige Züge und drehte sich auf den Rücken.

»Um diese Zeit ist es am schönsten«, rief er Uwe zu. »Ich habe den See für mich allein!«

Das stimmte nicht ganz. Weit hinten war jemand mit einer dunklen Badekappe, der im Schatten kaum auffiel und nun wegtauchte.

Uwe schaute nicht länger aufs Wasser, denn ein Mädchen im knappen Bikini sprach ihn an und bat ihn auf ihre Decke, sie wolle ihn zeichnen. Er fand das ziemlich blöd, aber sie selbst war hinreißend. Sie nahm einen Schreibblock und einen Bleistift zur Hand und forderte ihn auf, nur in eine Richtung zu schauen, zum Wald, es sollte eine Seitenansicht werden, mit dem See im Hintergrund.

»Du bist ein interessanter Typ«, kicherte sie, als sein Nacken schon von der starren Haltung schmerzte. »Tolles Profil.«

Das hatte noch niemand zu ihm gesagt. Er selbst fand sein Aussehen eher langweilig, bis auf das Blau seiner Augen, das oft bewundert wurde. Die Farbe konnte bei einer Bleistiftskizze allerdings keine Rolle spielen, und die Zeichnung war sauschlecht, das sah er sofort.

»Jetzt mal umgekehrt, jetzt malst du mich«, sagte sie, riss das oberste Blatt vom Block und setzte sich in Positur. »Gut so?«

Gut so. Oh Mann. Sie deutete auf den Block und den Stift auf der Decke. Uwe streckte nicht mal die Hand danach aus, er konnte den Blick nicht von ihr lösen. Und wusste kaum, welchen Körperteil er zuerst betrachten sollte.

Plötzlich stand jemand neben ihm.

»Schluss mit Glotzen! Das ist meine! Lass sie in Ruh!« Ein muskulöser schwarzhaariger Typ in Badeshorts mit goldenem Kettchen über der behaarten Brust spuckte auf ihn herab.

Uwe sprang auf die Füße. »Ich hab doch nur …«

»Halt die Fresse! Ich hab genau gesehen, wie du sie befummelt hast!«

Der Mann baute sich drohend vor ihm auf und schimpfte so laut, dass die wenigen Leute, die noch da waren, stehen blieben. Wenn er nur nicht prügelt, dachte Uwe und wich zurück.

Der andere zog nach. »Feige biste auch?« Er hob die Faust.

Eine ältere Frau trat hinzu: »Hören Sie auf! Ihre Freundin hat ihn gezeichnet. Das ist alles.«

»Halt dich raus, Alte.«

Das Mädchen grinste nur und schob das Bild von ihrer Decke. Der Goldkettchen-Mann trampelte darauf herum.

Uwe gelang es, ein Stück abzurücken. Es wäre verdammt gut, jetzt seinen Bruder an der Seite zu haben.

Wo war Walter?

Uwes Augen suchten die stille Wasserfläche nach Walters dunklem Schopf ab. Tauchte er gerade? So lange blieb doch niemand unter Wasser. Am Ufer konnte Uwe ihn nirgendwo entdecken. Sein rotes Handtuch lag ausgebreitet am Boden, seine Kleidung ordentlich daneben. Vielleicht war er zum Pinkeln ins Gebüsch gegangen. Bestimmt würde er gleich kommen. Bestimmt.

Der Goldkettchen-Typ packte das Mädchen am Arm. Sie hob die Decke samt Block, Stift und zerknittertem Blatt vom Boden auf, er schulterte den Rucksack. Beide verschwanden in Richtung Waldweg. Die restlichen Leute nahmen ihre Taschen.

»Haben Sie meinen Bruder gesehen? Er war eben noch im Wasser.«

Die zwei Männer, die das gehört hatten, blickten erschrocken zum See. Dort rührte sich nichts. Uwe stand wie betäubt da. Er wusste, was sie dachten. Furcht kroch in ihm hoch. Aber es konnte nicht wahr sein …

Der eine Mann zog sein Hemd über den Kopf, streifte seine Sandalen ab und stürzte sich ins Wasser. In kraftvollen Zügen durchquerte er den See bis zur Felswand, drehte den Kopf nach links und nach rechts, schien auch die bewaldeten Ufer mit den Augen zu überprüfen. Der andere rannte los, um irgendwo zu telefonieren, er würde eine Weile brauchen, sie waren mitten im Wald.

Uwe biss sich auf seine zitternden Lippen, unfähig etwas anderes zu tun, als aufs Wasser zu starren. Der fremde Schwimmer kam allein zurück. Er schüttelte stumm den Kopf.

Es folgten grauenvolle Stunden zwischen Bangen und Hoffen. Dann war alles vorbei. Taucher der Feuerwehr fanden Walters Leichnam am Grund des Sees. Ertrunken. Obwohl er ein geübter Schwimmer war. Der Dornheckensee sei bekanntermaßen tückisch, hieß es. Walter Ohlbruck sei nicht sein erstes Opfer.

Nie zuvor hatte Uwe sich so schrecklich gefühlt. So trostlos. Wie konnte man einfach untergehen? Oder hatte Walter verzweifelt gewunken und auf Hilfe gehofft? Warum hatte niemand gemerkt, dass er in höchster Not war?

OKTOBER 1975

Beklommen betrat Uwe das Dreifamilienhaus in Schwarz-rheindorf im rechtsrheinischen Norden von Bonn. Er stieg die Treppe hinauf und schloss die Tür im Dachgeschoss auf. Bis vor ein paar Wochen war das die Wohnung seines Bruders gewesen. Uwe sollte die Schlüssel an die Nach-mieter übergeben. Sie würden bald kommen.

Nach Walters Tod hatte Uwes Mutter darauf bestan-den, das kleine Apartment allein auszuräumen. Es mache ihr nichts aus, sie habe Zeit und könne auf diesem Wege in Ruhe von ihrem Stiefsohn Abschied nehmen. Das war Uwe ganz recht gewesen. Seit dem Verlust seines Halb-bruders fühlte er sich grauenhaft, ihm war, als ginge ein Riss durch seinen Körper. Zudem musste er sich auf eine Prüfung vorbereiten und hatte einen Ferienjob. Beides war ihm seit jenem Sonntag unendlich schwergefallen, er hatte Angst gehabt, es nicht zu schaffen.

Nun, wo alles hinter ihm lag, wurde ihm bewusst, was er versäumt hatte. Er hätte dabei sein müssen, als seine Mutter ans Ausräumen ging. Das war die letzte Chance gewesen, Walter ein Stück näherzukommen.

Jetzt fand sich hier nicht die geringste Spur des Bru-ders, von dem er so wenig wusste. Jeder Raum war leer, jede Wand makellos weiß gestrichen und der penetrante Geruch der neuen Farbe überdeckte jede Erinnerung.

Uwe öffnete die Balkontür, um frische Luft hereinzulassen. Er blickte zum Rhein, der zwar ein ganzes Stück entfernt, aber hier und da wie ein silbergraues Band hinter den Baumkronen zu sehen war. Eine Möwe landete auf der Brüstung, trippelte ein paar Schrittchen und blickte ihn an. Er bekam eine Gänsehaut. War das die Möwe von damals? War das möglich?

Er sah sich neben seiner Mutter am Rheinufer stehen, elf Jahre alt. *Dein Vater kann Weihnachten nicht kommen.* Uwe hatte ihn nie wiedergesehen. *Er kämpft für den Frieden und eine bessere, gerechtere Welt. Für unsere Sicherheit*, hatte seine Mutter gesagt. Heute wie damals kamen ihm die Worte so vor, als ob sie nicht ihre eigenen gewesen wären. Als hätte sie das irgendwo gelesen und Wert darauf gelegt, den Mann, der sie enttäuscht hatte, großartig dastehen zu lassen. Alle Möwen waren aufgeflattert, als sie die Fetzen des Briefs ins Wasser warf. Nur eine Möwe war sitzen geblieben.

Warum hatte er keine Fragen gestellt? Warum solche Hemmungen?

Später, mit 13 oder 14, hatte er ein einziges Mal zaghaft gefragt, erinnerte er sich. Seine Mutter war hastig darüber hinweggegangen, hatte irgendwas hin- und hergeräumt und ihn abgelenkt. Er hatte gespürt, dass sie nicht antworten wollte, und es nie wieder versucht. Jetzt musste er noch einmal fragen. Mit 23 Jahren ließ man sich nicht ablenken. Und nicht so leicht entmutigen.

Die Nachmieter klingelten. Es war ein junges Paar. Die Freude der beiden über ihr Glück, eine so schöne Wohnung zu bekommen, war für Uwe kaum zu ertragen.

Er gab ihnen die Schlüssel und verabschiedete sich überstürzt. In einer Eile, die einer Flucht glich, marschierte er ins Beueler Zentrum, über die Rheinbrücke und quer durch die Bonner Innenstadt in die Kaiserstraße zur Wohnung seiner Mutter.

Sie putzte gerade ihr Silber mit einer milchigen Flüssigkeit und wollte die Arbeit zu Ende führen. Doch Uwe kam sofort zur Sache, ließ keine Umschweife zu.

»Was war mit meinem Vater? Was hast du mit seinem Kampf für Frieden und Sicherheit gemeint? Was sollte das heißen?« Seine Worte klangen scharf und aggressiv, weil er wütend war – auf sie und mehr noch auf sich selbst.

Sie legte den Lappen ab und blieb ganz ruhig. Vielleicht hatte sie die Fragen erwartet und sich längst darauf vorbereitet. »Uwe, Schatz, was redest du da? So etwas habe ich nie gesagt.«

»Natürlich hast du! Es war am Rhein. An einem diesigen Tag im Dezember. Ich war elf Jahre alt.«

»Du hast als Kind unglaublich viel gelesen. In deinem Kopf sind Dichtung und Wahrheit ständig durcheinander gewirbelt, besonders zu dieser Zeit.«

Das stimmte nicht, es konnte nicht stimmen. Er erinnerte sich genau an jedes Wort, jede Geste. Der Zorn überwältigte ihn, er wurde laut.

»Warum haben wir unseren Vater nie wiedergesehen?«

Er war auch Walters Vater, und Uwe hatte den seltsamen Eindruck, der Bruder stünde unsichtbar hinter ihm und wartete ebenfalls auf eine Antwort.

»Er hatte eine neue Familie«, erwiderte seine Mutter leise, als fürchtete sie, es könnte jemand mithören. »Eine andere Frau. Mit der ist er nach Südamerika gegangen.«

»Hast du nie versucht, seine Adresse herauszubekommen?«

»Ich wollte ihm nicht hinterherlaufen.«

»Du hättest es für uns Kinder tun müssen!«

»Mach mir keine Vorwürfe, Uwe. Ich dachte, wenn sich die Verhältnisse ändern, kommt er zurück. Ja, wirklich, das dachte ich. Aber ich habe nichts mehr von ihm gehört.«

»Was für Verhältnisse?«

»Bei solchen Liebschaften weiß man nie.«

Dabei blieb sie, so sehr er auch nachbohrte.

Warum hatte er nie mit Walter darüber gesprochen? Er erinnerte sich nur an seinen Stoßseufzer, *ich wüsste so gern, wo Papi ist*, und Walters Bemerkung dazu: *Das ist ein weiter Weg*. Es war am Geburtstag der Mutter gewesen, und sie hatten Gäste. Spätabends fiel er müde ins Bett und vergaß, dass er Walter um eine Erklärung hatte bitten wollen. Als er am Morgen erwachte, war der Bruder abgereist und ließ ihn, wie die Mutter sagte, herzlich grüßen. Uwe hätte einen Brief an Walter schreiben können, doch weil ihm das schwergefallen wäre, hatte er es nicht ernsthaft in Betracht gezogen.

Nun gab es weder Grüße noch Erklärungen und für Briefe war es zu spät.

2

BÄRBEL

Ihr kamen Zweifel. Hatte Malte recht? War es lächerlich, dem Schulfreund, der ihr der liebste gewesen war, weiter nachzujagen? War es sinnlos? Sollte sie aufgeben?

Das muss ich nicht allein entscheiden, sagte sie sich, während sie in der Küche ihrer kleinen Wohnung in Poppelsdorf die Spuren ihres späten Frühstücks beseitigte.

Sie rief Ulla an, die vier Jahre lang ihre Kameradin auf dem Schulweg gewesen war, bis deren Familie an den Stadtrand fortzog. Von da an hatten sich ihre Wege nicht mehr gekreuzt. Ulla hatte eine andere Schule besucht, auswärts studiert, schließlich geheiratet und den Namen ihres Mannes angenommen. Doch vor einigen Wochen hatte Bärbel den Namen von Ullas Bruder mitsamt seiner E-Mail-Adresse im Internet gefunden und erfahren, dass Ulla nach wie vor draußen am Kottenforst wohnte. Drei Tage später war ein Treffen mit der alten Freundin in einem Café am Markt zustande gekommen. Ulla trug nicht mehr den schönen langen Zopf, hatte fünf Enkel und immer noch die hinreißenden Grübchen in den Wangen.

»Völlig klar, du musst dranbleiben, Bärbel«, sagte Ulla nun am Telefon. »Den Uwe müssen wir dabeihaben.«

»Ich habe das dumme Gefühl, er will nichts mit uns zu tun haben.«

»Da täuschst du dich bestimmt. Vielleicht erinnert er sich nicht mehr an uns?«

»Ich glaube, dass er sich sehr gut erinnert.«

»Vielleicht hat er Hemmungen? Gib bloß nicht auf!«

»Ich habe ein Problem.«

»Ja?«

»Du hast doch einen Führerschein und ein Auto ...«

»Bärbel«, fiel Ulla ihr ins Wort. »Ich bin erst seit gestern von Gran Canaria zurück. Ich muss gleich zum Tennis, danach zum Bibelarbeitskreis, abends zum Chor, morgen fahre ich Essen auf Rädern aus, anschließend ist Bridgeturnier, übermorgen bin ich beim Friseur, dann beim Golf ...«

Bärbel hörte nicht länger zu. So waren sie, diese flotten Mittelschicht-Rentner. Sie hatten alles, nur keine Zeit. Man konnte es ihnen nicht einmal übelnehmen. Ein aktives, ausgefülltes Leben war genau das, was jeder Seniorenratgeber empfahl.

Also wieder Malte? Bärbel war sich fast sicher, dass er noch im Bett lag. Es konnte nicht so falsch sein, wenn jetzt sein Handy klingelte.

Bis er abhob, dauerte es eine Weile.

»Äh ... Bärbel?« Das klang ordentlich verpennt.

»Guten Morgen!«, rief sie munter, obwohl sie wusste, dass es jeden müden Langschläfer ärgerte, eine so verdammt hellwache Stimme zu hören. »Welche Vorlesung versäumst du heute?«

»Scheiße, schon elf?«

»Also welche?«

»Geschichte der Philosophie Zwei.«

»Ist es zu spät, um hinzugehen?«

»Hm«, brummelte er, »muss noch duschen und so.«

»Danach fahr mich bitte.«

Am anderen Ende blieb es still. Aha, dachte Bärbel, er ahnt, was ich vorhabe. Bei so was Lächerlichem will er nicht mehr mitmachen und mit den 70 Euro kommt er eine Woche aus. Sie erwog die eine oder andere taktische Behauptung. Plötzlich vernahm sie ein Räuspern.

»Kurt hat gesagt, er braucht den Meriva heute selbst. Er will Balkonpflanzen kaufen.«

»Der mit dem Meriva ist Knut«, korrigierte Bärbel. »Aber Klaus braucht seinen Skoda Yeti nicht. Den können wir haben.«

»Wow, den Yeti?« Das klang geradezu ehrfürchtig. Und erstaunlich wach. »Wann soll ich den holen?«

»Ich frag mal nach und sag dir Bescheid.«

Risiko! Sie hatte geschwindelt und keine Ahnung, ob der Köder überhaupt verfügbar war. Während sie genau wusste, dass der Meriva ungenutzt in Ippendorf stand, weil Knut mit einer heftigen Magen-Darm-Grippe zwischen Klo und Bett hin- und herwankte.

»Erstklassiger Wagen«, lobte Malte das entliehene Auto anderthalb Stunden später, nachdem Bärbel am Poppelsdorfer Platz zugestiegen war. »Ich mag so was Kompaktes. Wohin soll ich fahren?«

Der Yeti rollte bereits aufs Zentrum zu, als wüsste er dank seiner Erstklassigkeit, was Bärbels Plan war.

»In die Stadthausgarage. Ich muss ins ›Sudhaus‹.«

»Das Gasthaus am Friedensplatz? Soll ich da mit rein?«

»Nein, nein.«

»Bist du wieder hinter diesem Uwe her?«

»Ach was, nein.«

»Schade.«

Sie sah ihn verwundert an. »Wieso schade?«

»Ich hatte mir vorgestellt, dass dein Uwe dort zu Mittag isst und du ihn diesmal erwischst. Er kann ja seine Schweinshaxe oder seinen Sauerbraten nicht einfach stehen lassen und abhauen. Der muss erst zahlen, und dann hast du ihn.«

Was war mit Malte los? Der Yeti hatte ihn verändert. Und natürlich hatte er ins Schwarze getroffen. Sie hatte um 9 Uhr mit Jochen in Honolulu gesprochen. Auf ihre Bitte hin hatte er seine frühere Flamme und Uwes jetzige Lebensgefährtin noch mal angerufen und von ihr erfahren, dass ihr Liebster unter der Woche oft im »Sudhaus« zu Mittag aß. Diese Information hatte er an Bärbel weitergegeben, mit deutlichem Unbehagen allerdings, wie sie bemerkt hatte. Fühlte er sich als Spitzel missbraucht?

»Du würdest es also bedauern, wenn ich so eine Chance verpasse?«, fragte sie ihren veränderten Neffen.

»Weißt du, Bärbel, ich hab gestern einen Film gesehen. Da war so ein pensionierter Lehrer. Sah ganz normal und brav aus. Uwe war doch Lehrer?«

»Mathe und Physik.«

»In dem Film gab es schon Verdachtsmomente, aber er war ein gutaussehender, gebildeter Mann und die Leute hielten es nicht für möglich. Nachbarn, Freunde, Kollegen und so. Bis sich herausstellte, dass er ein Verbrecher war. Erpressung, Kindesmissbrauch, Mord.«

»So was kommt vor«, erwiderte sie gleichmütig. Sie ahnte, worauf er hinauswollte.

»Das kann bei unserem Uwe auch so sein. Und da kreuzt so eine alte Schulfreundin auf wie ein Kriegsschiff, stört sein geheimes Treiben und will ihn quasi ans Licht der Öffentlichkeit zerren! Ist doch klar, dass er alles daran setzt, sie sich vom Leibe zu halten.«

»Was für ein Käse. Du kennst Uwe nicht.«

»Kennst du ihn besser?«

»Na ja ...« Die Geschichten von Radiergummis, Schinkenbrötchen und Kindergeburtstagen schienen nicht geeignet, Maltes Verdacht zu zerstreuen. Aber ihr Verstand weigerte sich, einen Menschen, der vier Jahre mit ihr zusammen in der Obhut der sanften Frau Schmitz verbracht hatte, krummer Touren oder gar krimineller Taten zu verdächtigen. Uwe hatte nicht mal zu den Jungs gehört, die ständig blöde Witze über Atombomben machten.

»Es wäre mir eine Ehre, Bärbel«, sagte Malte feierlich, »an der Jagd des Verbrechers mitzuwirken! Besonders im Yeti.«

Bärbel schüttelte den Kopf. »Verbrecher! Du spinnst ja.«

Doch den Gedanken, dass Uwe einen wenig schmeichelhaften Grund haben könnte, sich dem Klassentreffen zu entziehen, fand sie nicht so abwegig. Hütete er ein skandalöses Geheimnis, fürchtete er, dass jemand davon erfuhr? War seine Tochter eine stadtbekannte Prostituierte oder sein Sohn ein Serienmörder, dessen Bild durch die Medien gegangen war – etwas in der Art?

Sie hatten die Einfahrt der Stadthausgarage erreicht. Malte nahm den ersten Stellplatz, in den er vorwärts hineinfahren konnte. Nach einem Stück gemeinsamen Wegs zu Fuß trennten sie sich. Malte ging in Richtung Münsterplatz, um ein paar Einkäufe zu erledigen, Bärbel überquerte den belebten Friedensplatz. Zwischen Linienbussen, ein- und aussteigenden Fahrgästen und Passanten mit Taschen und Tüten steuerte sie aufs »Sudhaus« zu.

Die Tür des Gasthauses, das für seine rheinische Küche und Gemütlichkeit bekannt war, stand einladend offen. Bärbel trat ein und ließ ihren Blick sorgfältig über die Tische und Stühle im Brauhausstil schweifen. Ein Kellner in weißem Hemd und roter Schürze erspähte sie und eilte auf sie zu.

»Wo möchten Sie Platz nehmen?«

»Ich suche jemanden«, antwortete sie, bemüht um gedämpfte Lautstärke. »Einen dunkelhaarigen Herrn in meinem Alter. Er kommt öfter hierher.«

»Kann es sein, dass der Herr vielleicht *Sie* sucht?«

Bärbel riss den Mund auf. Nicht möglich!

»Es ist nämlich so«, erläuterte der Keller. »Unser Gast, ich darf wohl sagen, er ist Stammgast, ließ sich hier vorne nieder, nahm die Speisekarte entgegen und blickte durch die offene Tür auf den Friedensplatz. Plötzlich springt er auf, knallt die Karte hin und stürzt hinaus, als hätte er den Teufel gesehen. Im Nullkommanix war er weg. Ich kann nicht mal sagen, in welche Richtung.« Der Kellner trat einen Schritt näher an Bärbel heran. »Der Chef meint, unser Gast wäre hinter einer Frau her, irgendein Techtelmechtel. Und wenn ich Sie jetzt so sehe …«

Er grinste verlegen. Bei näherer Betrachtung hielt er sie vermutlich nicht für die Angebetete, sondern für die eifersüchtige Gattin.

Bärbel verließ das Lokal. Sie war sprachlos. Für Uwes Verhalten konnte es nur einen einzigen Grund geben: Er hatte sie über den Platz kommen sehen und war getürmt. *Als hätte er den Teufel gesehen …* Das war ein starkes

Stück. Und nicht damit zu erklären, dass er keine Lust aufs Klassentreffen hatte. War an Maltes Verbrecher-These womöglich was dran?

Sie zog ihr Handy heraus und wählte Jochens Nummer, mitten auf dem geräuschvollen Friedensplatz. Wahrscheinlich würde sie nur die Hälfte verstehen.

In Honolulu war es weit nach Mitternacht, das war jetzt nebensächlich. Jedenfalls war er sofort dran.

»Oh, Bärbel …«

»Entschuldige, hab ich dich geweckt?«

»Ich liege im Bett und lese. Doch langsam finde ich –«

»Frag Uwes Lebensgefährtin bitte, wo man ihm sonst noch begegnen kann. Am besten wäre seine neue Adresse.«

»Bärbel, Mona ist sauer auf ihn und erzählt mir deshalb eine Menge, aber …«

»Warum sauer?«, fiel sie ihm ins Wort. »Hat er was verbrochen?«

»Was sie mir anvertraut hat, kann ich nicht weitergeben. Das wäre schofelig.«

»Sei nicht so edel. Vielleicht geht es hier um Größeres.«

»Bei einem Klassentreffen?«

»Bitte, leg nicht jedes Wort auf die Goldwaage. Frag sie noch mal, ja?«

»Darf ich endlich weiterlesen? Und dann schlafen? Ich bin früh aufgestanden, um meine Studenten in das Mysterium des deutschen Konjunktivs einzuweihen.«

»Machst du es?«

Er hatte aufgelegt.

Bärbel hatte mit Malte ausgemacht, sich in einer knappen Stunde am Auto zu treffen. Sie hatte also Zeit, ihre schlechte Laune ein wenig aufzubessern, indem sie den englischen Laden am oberen Ende der Sternstraße aufsuchte. Seit sie vor zwei Jahren anlässlich der Hochzeit ihrer Nichte eine Woche auf dem Land nördlich von London verbracht hatte, schätzte sie Yorkshire-Tee, Sour Cherry Curd und Ginger Shortbread über alles.

Leider brachte der Einkauf nicht das gewünschte Ergebnis. Als sie den Laden mit ihrem gut gefüllten Beutel verließ, erreichte ihre Stimmung den Tiefpunkt. Die Unzufriedenheit nagte an ihr und beide Knie schmerzten.

Irgendwas musste sie tun.

Sie betrachtete das Gewühl auf dem Friedensplatz. Hier hastete jeder irgendwohin, jeder schien ein Ziel zu haben, das ihm wichtig war. Und sie? Was war ihr im Augenblick das Wichtigste? Das wusste sie ganz genau. Ihr entschlüpfte ein Seufzer.

So war es nun mal: Sie wollte nicht klein beigeben. Sie wollte wissen, warum Uwe den Kontakt mit ihr so hartnäckig vermied. Sollte sie sich überwinden und es noch einmal mit seiner Rufnummer versuchen? Ein achtes Mal? Womöglich war er, obwohl sie sich lange im englischen Laden aufgehalten hatte, noch nicht zu Hause.

Aber was schadete ein Versuch? Sie zog ihr Handy wieder aus der Tasche und ging ein paar Schritte weiter, um die Ecke herum zu den Bäumen auf dem ruhigeren Bottlerplatz.

Unter Uwes Nummer meldete sich wieder die Frau. Diesmal stöhnte sie, als sie Bärbels Namen hörte. »Ach je, Sie schon wieder.«

»Es ist eine Woche her, dass ich angerufen habe. Er hat nicht zurückgerufen.«

»Ja, ja, schon gut. Er scheint überall Gespenster zu sehen.«
Bärbel schluckte. *Gespenster.* Das war kaum schmeichelhafter als *Teufel.* Immerhin wimmelte die Lebensgefährtin sie nicht sofort ab.

»Ich wollte ja nur …«

»Natürlich«, fiel die andere ihr ins Wort. »Ich habe ihm gesagt, wie unhöflich ich es finde, dass er nicht mit Ihnen spricht. Aber ich komme nicht an ihn heran. Er hat irgendwas im Kopf, woran er mich nicht teilhaben lässt. Ich kann Ihnen nicht weiterhelfen.«

»Gibt es eine Möglichkeit, ihn irgendwo anzutreffen, sodass es wie ein glücklicher Zufall wirkt?«, fragte Bärbel in der Hoffnung, eine Verbündete gefunden zu haben. Sie stellte sich vor, dass die Frau sie zum Tee einlüde und bereitwillig die Vermittlerin spielte, sobald Uwe ahnungslos zur Tür hereinkäme.

»Ich halte es für möglich, dass er auf dem Friedhof ist.

»Friedhof«, wiederholte Bärbel betroffen.

»Wenn ihn düstere Gedanken quälen, macht er das manchmal. Ich kann mich natürlich irren.«

»Welcher Friedhof?«

»Seine Mutter liegt auf dem Südfriedhof, sein Bruder auf der anderen Rheinseite, in Schwarzrheindorf, wo er gewohnt hat.«

»Sein Bruder?« Bärbel erinnerte sich an einen jungen Mann, der ihr als kleines Mädchen groß wie eine Pappel vorgekommen war. »Der ist tot? Seit wann?«

»Das ist ewig her. Haben Sie im Sommer 1975 mal von einem Badeunfall gehört? Das war er. Ertrunken im Dornheckensee.«

»1975 schon«, murmelte Bärbel bestürzt. »Ertrunken …«

Nein, sie hatte nichts davon gehört und wusste nur, dass Schwimmen im Dornheckensee verboten war. Für sie war 1975 ein kompliziertes Jahr gewesen, in dem ihr Leben heftig durcheinandergeraten war. Sie hatte Kurt, den sie mit 19 geheiratet hatte, verlassen und sich heimlich mit Knut verlobt. Woran sie sich jetzt aber erinnerte, war, dass in ihrer Kindheit irgendwas mit Uwes Vater gewesen war.

»Und sein Vater?«, fragte sie.

»Der hat kein Grab. Er ist seit April 1963 vermisst.«

»Oh.«

»Wussten Sie das nicht?«

»Vermisst … Nein.«

Zu dieser Zeit waren Uwe und Bärbel nicht mehr in dieselbe Klasse gegangen. Er besuchte ein Gymnasium für Jungen, sie eine Realschule für Mädchen. Gleichwohl sprach es sich bis zu ihr herum, dass Uwes Vater plötzlich verschwunden war. Morgens zum Dienst aufgebrochen, abends nicht nach Hause zurückgekehrt. Die Erwachsenen redeten flüsternd davon und verstummten, sobald ein Kind in der Nähe auftauchte. Bärbel schnappte nur einen einzigen Satz auf, der sie fürchterlich beunruhigte: *So kann's gehen mit den Männern.* Sie hatte lange Zeit unter der Angst gelitten, es könnte mit ihrem eigenen Vater genauso gehen. Nichts hätte sie grauenvoller gefunden, als dass er plötzlich fort wäre.

Nun ließ sich Uwes Verhalten erklären: Vermutlich wollte er nicht an seine Schulzeit erinnert werden, an die Jahre, in denen sein Vater noch lebte und dann so etwas Schreckliches geschah.

Schluss jetzt, entschied Bärbel, als sie sich verabschiedete. Auf Friedhöfe, wo Uwe um seine Angehörigen trauerte, wollte sie ihm keinesfalls folgen.

Langsam ging sie Richtung Stadthausgarage. An der

Ampel stand plötzlich Malte neben ihr. Sie ertappte sich bei dem Gedanken, dass sein Haar jede vernünftige Form vermissen ließ und seiner Wildlederjacke eine gründliche Reinigung guttäte. Doch sein Lächeln und die samtbraunen Augen unter der wilden dunklen Mähne machten das aufs Schönste wett.

»Hey, Bärbel, hast du ihn erwischt?«

»Malte, wir lassen ihn in Ruhe.«

Sie erzählte ihm, was sie soeben gehört hatte und was ihr dazu durch den Kopf gegangen war. Malte schwieg, wirkte aber seltsam grüblerisch.

»Bring mich nach Hause; Malte. Wenn du knapp bei Kasse bist, kannst du mich morgen zum Arzt fahren. 40 Euro. Meine Knie machen wieder Rabatz.«

»Das ist merkwürdig«, sagte er mit abwesendem Gesichtsausdruck, als hätte er sie nicht gehört. »Der Vater verschwindet und …«

»Ist vielleicht mit einer flotten jungen Biene durchgebrannt«, unterbrach ihn Bärbel.

Die Fußgängerampel sprang auf Grün. Sie überquerten den Berliner Platz, um zum Stadthaus zu gelangen, dem Klotz aus Glas und Beton, in dem die Ämter der Stadtverwaltung untergebracht waren. Bärbel erinnerte sich daran, wie ganze Straßenzüge mit alten Häusern für das Bauwerk hatten weichen müssen.

»Soviel ich weiß, geht man davon aus, dass die meisten dauerhaft Vermissten ermordet worden sind«, meinte Malte. »Und wenn zwölf Jahre später der Sohn des Vermissten beim Baden stirbt …«

»Es gibt Familien, die das Schicksal noch härter trifft. Wenigstens verdächtigst du Uwe jetzt nicht mehr krimineller Machenschaften.«

»Andersherum wäre schlimmer, Bärbel.«

»Wie – andersherum?«

»Wenn Vater und Bruder einem Verbrechen zum Opfer gefallen sind, könnte es auch Uwe treffen.«

»Malte, sein Bruder ist ertrunken! Und das ist nicht verwunderlich. Es wurde immer davor gewarnt, im Dornheckensee zu schwimmen, er gilt als gefährlich.«

»Und wenn jemand sich den Ruf des Sees zunutze gemacht und nachgeholfen hat?«

»Warum das denn? Du hast eine sonderbare Fantasie.«

Sie standen inzwischen auf dem Plateau des Stadthauses. Bärbel sah zu den Fensterreihen der breiten Türme hoch.

»Abgesehen davon, dass das bestimmt nicht so einfach ist.«

»Ein kräftiger Schwimmer ist sicher in der Lage, einen anderen Erwachsenen überraschend unter Wasser zu drücken. Er kann ihm auch eins auf die Rübe geben oder die Kehle abschnüren.«

Bärbel schüttelte sich. »Du siehst zu viele Filme, Malte.«

Dennoch protestierte sie nicht, als er den Yeti auf der Kennedybrücke über den Rhein lenkte. Sie ahnte, wohin er fahren wollte, sie hatte ihm ja alles berichtet, was die Frau ihr erzählt hatte. Wer weiß, wozu es gut ist, entschuldigte sie sich vor sich selbst. Und schließlich war keineswegs sicher, dass Uwe auf dem Friedhof weilte, das war nur eine Vermutung der Lebensgefährtin. Ebenso gut konnte er am Dornheckensee stehen und aufs Wasser schauen.

»Man braucht keine Filme, um an Mord zu denken«, sagte Malte. »Meistens reichen die Nachrichten. Kennedy zum Beispiel ist ermordet worden. Viele andere ebenfalls.«

Bärbel blickte auf den Rhein. Sie war lange nicht hier gewesen, zuletzt bei Hochwasser. Die Bäume der Uferpromenade hatten im Wasser gestanden und die Lehnen der Bänke nur zur Hälfte herausgeschaut.

»Malte, du dichtest dir was zusammen, damit wir einen Grund haben, Uwe hinterherzufahren. Aber es gibt keinen. Seine Mutter ist kürzlich verstorben, er ist verstört und traurig. Das müssen wir respektieren.«

»Und sein Vater ist in den goldenen 6oern verschwunden. So wunderbar waren sie also doch nicht, ich sag's ja.«

»Als Uwe und ich zusammen zur Schule gingen, war der Vater noch da. An Uwes Geburtstag machte er Spiele mit uns, Verstecken, Reise nach Jerusalem, Dreimal schwarzer Kater, alles Mögliche, er war nett und lustig. Um diesen Vater haben wir Uwe beneidet.«

Auf der rechten Rheinseite hielt Malte sich nordwärts. Die Häuserreihen von Beuel schienen nahtlos in die von Schwarzrheindorf überzugehen. Das weithin sichtbare Wahrzeichen, die romanische Doppelkirche mit dem mächtigen Vierungsturm, thronte würdevoll über dem Ort.

Während Malte den Wagen gegenüber der Feldsteinmauer der Kirche einparkte, überlegte Bärbel, ob sie deren Inneres mal mit einer Freundin besichtigen sollte. Malte machte sich nichts aus Kirchen, das war ihr klar. Er gönnte dem alten Bauwerk keinen Blick, sondern betrachtete interessiert die anderen Autos, die hier standen.

Sie überquerten die ruhige Straße und betraten den Friedhof durch eine Seitenpforte. Das breite Haupttor war geschlossen, vielleicht wurde es nur für Bestattungen geöffnet.

Malte blickte sich um. »Hat Uwes Freundin gesagt, wo sich das Grab befindet?«

Bärbel schüttelte den Kopf. »Gehen wir zuerst nach links.«

Einige Schritte weiter zweigte rechts eine Allee ab, eine Art Mittelachse, die vom Haupttor auf einen runden Platz mit Bänken zuführte. Die prächtigen alten Lindenbäume zogen Bärbel magisch an. Sie bog dort ein und Malte folgte.

»Hast du den Bruder gekannt?«, fragte er.

»Flüchtig. Ich erinnere mich nur …« Sie verstummte.

Hinter höheren Grabkreuzen und Sträuchern nahm sie eine Bewegung wahr. Ein schlanker Mann im braunen Sakko entfernte sich jenseits einer Lorbeerhecke Richtung Ausgang. Uwe! In diesem Moment tat er Bärbel leid. Es lag an seiner Haltung, leicht gebeugt in einer Art von Trauer, aber doch anders, als drücke ihn etwas nieder. Ihr fielen die Worte seiner Freundin ein: *Er hat irgendwas im Kopf, woran er mich nicht teilhaben lässt.*

Bärbel berührte Malte am Arm, konnte Uwe jedoch nicht mehr sehen. »Du, da war er.«

Malte, der die Gräber links und rechts des Weges musterte, blickte nur kurz auf. »Ich hab nichts bemerkt. Aber hier, schau mal.« Er deutete auf einen schlichten Stein aus unpoliertem grünlichen Granit. »Walter Ohlbruck 1942–1975.«

Bärbel entfuhr ein Seufzer. Der Mann, der ihr einst groß wie eine Pappel vorkam, war mit 33 Jahren in diese Erde gelegt worden. Sein Tod war mehr als 40 Jahre her. Dennoch war er unvergessen, denn inmitten der von Efeu bedeckten Grabfläche steckte eine Vase mit einer weißen Rose. Die makellose Blüte sah frisch aus.

»Die kommt mir vor wie ein Versprechen«, sagte Malte.

Überrascht sah Bärbel ihn an. Sie hatte nicht damit gerechnet, dass er einen Sinn für solche Dinge hatte. »Was würdest du einem Toten versprechen?« Ihre Stimme klang heiser in der kühlen Stille.

Malte antwortete nicht. Er schien zu lauschen. Auch Bärbel horchte. Außerhalb des Friedhofs sprang ein Motor an. Ungefähr dort, wo der Yeti parkte. Ein Auto fuhr los.

»Außer unserem stand dort nur ein einziger Wagen mit Bonner Kennzeichen«, sagte Malte. »Ein blauer Ford Mondeo.«

»Das könnte Uwes sein. In der Kaiserstraße ist er in was Blaues eingestiegen.«

Malte verzichtete auf den mitleidigen Blick, den er ihr sonst gern zuwarf, wenn sie nicht auf Marke und Modell geachtet hatte. »Ich hatte mir so was gedacht und mir das Kennzeichen eingeprägt«, sagte er stattdessen. »Gehen wir?«

Bärbel folgte ihm zum Ausgang, verblüfft, dass er die Nummernschilder studiert hatte, während sie über einen Besuch der Kirche nachgedacht hatte. Nun geriet sie wieder ins Grübeln, weil sie sich fragte, was sie von seinem Engagement halten sollte.

Als sie den Rhein auf der Nordbrücke überquerten, merkte sie, dass sie auf der Autobahn unterwegs waren, die sie nicht mochte. Außerdem fuhr Malte für ihren Geschmack viel zu schnell. War dieses Tempo hier erlaubt? Vor ihnen tauchte ein blauer Ford Mondeo mit Bonner Kennzeichen auf, und Malte grinste unverschämt breit. Offenbar hatte er sich genau das vorgestellt. Das missfiel ihr noch mehr.

Sie schnaubte und hoffte, dass es verärgert klang.

Malte zuckte mit den Schultern. »Das ist Schicksal und kann nur eins bedeuten: Wir sollen ihn im Auge behalten. Damit er unversehrt zum Klassentreffen kommt.«

»Was für ein Quatsch, Malte. Er ist nicht in Gefahr. Die tragischen Ereignisse in seiner Familie sind viel zu lange her.«

Dennoch befiel sie ein eigenartiges Unbehagen. Sie erinnerte sich, dass nah am Friedhof, vermutlich hinter der Straßenecke, fast gleichzeitig ein anderes Auto gestartet war, das sie zwar nicht gesehen, aber durchs offene Fenster gehört hatte. Es konnte Zufall sein und musste nichts mit ihnen zu tun haben, sie hatte sich zunächst nichts dabei gedacht. Doch jetzt überkam sie die Vorstellung, der fremde Wagen hätte dort darauf gewartet, dass sie losfuhren.

Sie konnte nicht anders, sie blickte prüfend in den Außenspiegel und drehte sich sogar um, so gut es im Sicherheitsgurt ging.

»Ist was?«, fragte Malte. »Du wirkst so unruhig.«

»Ach, nichts. Ich hatte nur den Eindruck …«

Sollte sie es aussprechen? Es kam ihr albern vor. Unmittelbar hinter ihnen war niemand und der weiße Lieferwagen, der auf der anderen Spur fuhr, war ziemlich weit weg. Da Malte sie jedoch fragend anblickte, statt geradeaus auf die Fahrbahn zu schauen, sagte sie es schnell, damit er um Himmels willen wieder nach vorn sah:

»Ich hatte das Gefühl, wir werden verfolgt.«

MALTE

Er beobachtete eine Weile den Rückspiegel. »Wie kommst du darauf? Schwarzer Land Rover, grauer Mercedes, kleiner Lastwagen, ein Reisebus, den gerade ein weißer Lieferwagen überholt. Das wechselt dauernd hinter uns.«

»Ja, ja«, sagte Bärbel. »Ist schon zwei oder drei Minuten her, dass ich das Gefühl hatte.«

Sie ist nicht mehr die Jüngste, dachte Malte, man merkt es jetzt öfter. Ab einem gewissen Alter werden sie komisch, da muss man nachsichtig sein.

Andererseits war zu bedenken, dass es gewiefte Beobachter geben musste, falls Uwe wirklich in Gefahr war. Und die fuhren bestimmt nicht direkt hinter seinem Ford her, sondern verbargen sich lieber hinter diesem seltsamen Gespann aus Tante und Neffe, das ihnen vermutlich längst aufgefallen war.

Der blaue Mondeo verließ die A 565 Richtung Innenstadt. Malte folgte ihm. Bärbel blickte immer wieder zum rechten Außenspiegel und schien nicht auf die Strecke zu achten.

»Malte!«, schnaufte sie plötzlich. »Ich dachte, es geht nach Hause, aber du fährst ihm hinterher! Du weißt doch, dass ich das nicht will!«

»Ist kaum ein Unterschied.«

»Ich hab gesagt, ich will ihn in Ruhe lassen. Ich bin für ihn ein Gespenst oder der Teufel.«

»Er sieht uns nicht, es ist ja der Lieferwagen dazwischen.«

Bärbel runzelte die Stirn. »Der war vorhin hinter uns.«

Sie befanden sich mittlerweile auf der schmalen, von parkenden Autos flankierten Fahrbahn der Poppelsdorfer Allee, die als Einbahnstraße um die Grünzone herumführte. Im Rückspiegel verschwand die gelbe Fassade des Poppelsdorfer Schlosses hinter den Reihen der Kastanienbäume. Der Ford Mondeo hielt an und steuerte rückwärts in eine Parklücke, sie mussten warten. Der weiße Lieferwagen vor ihnen schob sich Zentimeter für Zentimeter vorwärts.

»Ganz schön ungeduldig«, meinte Malte.

Der Ford war eingeparkt, der Lieferwagen fuhr geradeaus weiter. Malte ließ den Yeti langsam an dem Mondeo vorbeirollen. Sie sahen Uwe Ohlbruck durch das schmiedeeiserne Tor eines Vorgartens treten und auf ein gepflegtes Gründerzeithaus zugehen.

»Er besucht da jemanden, Malte.«

»Wir warten einfach, bis er wieder rauskommt.«

»Nein!« Das klang scharf und streng.

»Er wird nicht über Nacht bleiben, Bärbel.«

»Vergiss es. Ist sowieso keine Lücke frei.«

»Ich fahre eine Runde um die Allee herum.«

»Malte!« Noch eine Portion schärfer.

Er beschrieb mit der Hand einen Bogen. »Da muss ich sowieso lang, um dich nach Hause zu bringen«, fügte er engelsanft hinzu.

»Direkt nach Hause, bitte.«

Ihr Nein war ernst gemeint, keine Frage. Doch Malte hatte es gepackt. Das war ein merkwürdiges, fremdartiges Gefühl. Ob diesem Uwe wirklich Gefahr drohte, war natürlich zweifelhaft und einem Mann nachzuspionieren, weil er keinen Bock hatte, zum Klassentreffen zu kommen, konnte nicht in Ordnung sein. Normalerweise hätte Malte sich gesagt: Hey, lass den Scheiß! Aber heute … Es musste am Yeti liegen.

UWE

Nun war er also hier. Vor einem der schönsten Bonner Bürgerhäuser aus der Gründerzeit, ein paar Minuten von der Wohnung seiner Mutter entfernt, in der Allee aus Kastanienbäumen, welche die ehemalige Residenz des Kurfürsten mit dessen Lustschloss Clemensruhe verband. Alles so vertraut. Trotzdem fühlte er sich, als bewege er sich auf unbekanntem Terrain.

Es war der erste richtige Schritt, etwas auf eigene Faust zu unternehmen. Sein Besuch bei der Kriminalpolizei, von dem er sich viel erhofft hatte, war enttäuschend verlaufen. Die erste Akte war dünner als er befürchtet hatte, die zweite nicht auffindbar. Ging das mit rechten Dingen zu? Er musste Klarheit bekommen! Das schien ihm seit Tagen das Dringendste, sein Leben wäre verfehlt, wenn er das nicht schaffen würde.

Die Fassade des beige und braun gestrichenen Hauses mit den Verzierungen über dem Eingang, an den Fenstern und dem Balkon wäre eine eingehende Betrachtung wert gewesen, gleichwohl warf er nur einen flüchtigen Blick darauf. Er stieg die Stufen zu der kunstvoll geschnitzten Eichenholztür hinauf und strich nervös über sein zerknittertes Sakko.

Den Mann, der hinter dieser Tür wohnte, hatte Uwe zuletzt in seiner Kindheit gesehen, einmal im Wohnzimmer seiner Eltern, ein anderes Mal im Büro seines Vaters. Dr. Schwitzburg, ein Mann mit wenig Haar, viel Bauch und kurzen dicken Fingern, mit denen er dem kleinen Uwe Schokolade zugesteckt hatte, eine große Tafel mit ganzen Nüssen, welche Kostbarkeit.

Uwe drückte auf den Klingelknopf. Während er darauf wartete, dass ihm geöffnet wurde, warf er einen Blick zurück auf die Fahrbahn der Allee. Dort fuhr im Schritttempo ein dunkelgrüner Skoda Yeti vorbei. Den hatte er bereits auf der Autobahn und auf dem Weg hierher hinter sich gesehen, mit diesem bärtigen jungen Mann am Steuer. Und auf dem Beifahrersitz saß – wie ärgerlich – Bärbel! Beide drehten schnell die Köpfe weg.

Warum jagte Bärbel hinter ihm her? Sie war ihm in der Nähe von Walters Grab aufgefallen, auf dem Friedensplatz, als er im »Sudhaus« saß, und gestern in der Kaiserstraße, nachdem sie an der Wohnung seiner Mutter Sturm geklingelt hatte; später hatte die Nachmieterin aus Buschdorf angerufen, um ihm mitzuteilen, es habe eine komische bunte Frau nach ihm gefragt.

Mit einer Einladung zum Klassentreffen hatte das nichts mehr zu tun! Dahinter musste etwas anderes stecken. Dieser Gedanke wäre nicht halb so beunruhigend, wenn er Bärbels Namen nicht in Walters Heft gelesen hätte. Aber so …

Die Haustür wurde aufgezogen. Eine elegante Dame mit schneeweißem kinnlangen Haar und tiefen Falten im Gesicht musterte ihn mit kritischem Blick. Uwe stellte sich vor und bat darum, ihren Mann sprechen zu dürfen.

»Ach, mein Gott«, sagte sie.

»Das muss nicht lange dauern.«

»Er ist tot.«

Ein Schreck durchfuhr ihn, er zuckte zusammen. Diese Sache machte ihn wirklich kaputt. All die Vermutungen, die in ihm aufstiegen wie giftige Gase, seit er unter Stapeln von Papieren das dünne graue Heft im Schreibtisch seiner Mutter entdeckt hatte. Auf dem Deckblatt stand *1975*, Walters Todesjahr. Die meisten Seiten waren leer, aber die ersten beiden enthielten Notizen in Walters ordentlicher kleiner Handschrift, einzelne, nicht zusammenhängende Sätze, die wenig aussagten und gleichwohl alarmierend waren. Uwe nahm an, dass seine Mutter auf das Heft gestoßen war, als sie im Spätsommer 1975 Walters Wohnung ausräumte. So viele Jahre hatte sie es im Besitz gehabt und ihm niemals gezeigt.

»Mein herzliches Beileid, Frau Schwitzburg.«

»Es ist zehn Jahre her«, sagte sie.

»Darf ich fragen, woran er gestorben ist?«

»Herzinfarkt. Der dritte. Er hat ein hohes Alter erreicht, da darf ich nicht klagen. Weshalb wollten Sie ihn sprechen?«

»Mein Vater war Kollege Ihres Mannes im Bundeskanzleramt.«

Über ihr Gesicht glitt ein schwaches Lächeln. »Ihr Name kam mir gleich so bekannt vor. Gerhard Ohlbruck, nicht wahr? Abteilung Eins, habe ich recht? Justiz oder Inneres? Ich weiß es nicht mehr.«

»Zunächst Inneres. Später war er zuständig für die gesamtdeutschen Fragen.«

»Ach ja. In dem Ministerium wurde ja tüchtig gegen die Kommunisten gekämpft, sehr verdienstvoll. Sagenhaft, wie man von dieser kleinen Stadt aus das ganze Land beeinflusst hat, vielleicht sogar die Welt. Ich habe oft den Eindruck, hier direkt am Puls der deutschen Geschichte gelebt zu haben.«

»Das geht mir in letzter Zeit auch so.« Darüber war Uwe nicht so beglückt wie sie. In ihm keimte der Verdacht, dass das Verschwinden seines Vaters mit der besonderen Geschichte dieses Landes zusammenhing.

»Mein Hubert war in der Abteilung Zwei mit der Wirtschaft befasst. Da hatte er irgendwann mit Ihrem Vater zu tun und sie wurden Freunde. Als das Kanzleramt im Palais Schaumburg residierte, war alles so nett. Das hatte noch Stil. Ganz anders als heute in Berlin. Kommen Sie herein, ich mache uns einen Kaffee. Oder trinken Sie lieber Tee?«

»Kaffee ist wunderbar.«

Uwe trat in den Hausflur, der mit schwarzen und weißen Marmorfliesen ausgelegt war. Eine geschwungene breite Holztreppe mit einer prachtvoll gedrechselten Säule am Aufgang führte in die oberen Etagen.

Frau Schwitzburg bat ihn in ein Wohnzimmer mit aufwendiger Stuckdecke und dunkler Holztäfelung an den Wänden. Er setzte sich auf das mit gelber Seide bespannte Biedermeiersofa, während sie in der Küche herumklapperte. Ihn beschlichen sonderbare Empfindungen. Ob sein Vater hier mal gesessen hatte? Und Walter? Der wuchtige Schreibtisch vor der Wand gegenüber sah nach dem heimischen Arbeitsplatz des verstorbenen Dr. Schwitzburg aus, Jurist und Ministerialrat im Bundeskanzleramt.

»Das war ja die Ära Adenauer«, flötete die Witwe aus der Küche. »Unter Willy war es nicht mehr dasselbe. Mein Hubert ließ sich ins Wirtschaftsministerium versetzen.«

Sie trug ein Tablett mit zwei gefüllten Kaffeetassen, einem Milchkännchen und einem Zuckerstreuer herein und stellte es auf den Couchtisch. »Es tat mir damals so leid für Ihre Mutter, dass ihr Gatte sie verlassen hatte. Jede Frau in Bonn konnte ihr nachfühlen, wie scheußlich das war.«

»Dass er so plötzlich verschwand, ist seltsam«, sagte Uwe.

Sie setzte sich auf den Sessel gegenüber. »Tja, in einer Stadt wie dieser gab es eine Menge Verlockungen. Mandeläugige und dunkelhäutige Schönheiten, die mit den Diplomaten kamen, aparte Französinnen, rassige Südamerikanerinnen. Es steckte natürlich eine Frau dahinter.«

»Hat Ihr Mann etwas Bestimmtes dazu gesagt?«

»Ach, Gott, das ist so lange her. Aber warten Sie, doch – erstaunlich, was einem in meinem Alter noch einfällt. Nun, Hubert hat es ja mehrfach wiederholt, weil es so unglaublich war und in einem Haus wie dem Bundeskanzleramt wirklich unerhört – oh, Verzeihung, ich wollte Ihren Vater nicht beleidigen. Es war eben ein Skandal und viele haben sich abfällig darüber geäußert. Eine Brasilianerin mit langem seidigem Haar, Tochter eines Presseattachés, ich bitte Sie, blutjung und schon ein Kind von ihm! Man hatte sie zusammen in der Stadt gesehen, auf der Terrasse der Kaiserhalle. So eine Frau fällt ja auf. Als Ihr Vater weg war, schrieb jemand einen anonymen

Brief an Ihre Mutter mit Durchschlägen ans Bundeskanzleramt und die Presse. So wussten dann alle über diese Peinlichkeit Bescheid.«

Uwe starrte sie betroffen an. Frau Schwitzburg lächelte mitfühlend. Sie konnte nicht wissen, was er dachte: Handelte es sich um den Brief, den seine Mutter am Rhein zerrissen hatte? Der die Möwen aufgescheucht hatte? Nur eine war sitzen geblieben und hatte den elfjährigen Jungen angeblickt.

BÄRBEL

Sie fasste sich in Geduld. Die erste Ampel war lange rot geblieben, die zweite noch länger und nun versperrte ein Transportwagen für Menschen mit Behinderung die schmale Fahrbahn. Bis der Rollstuhl ausgeladen und dem Besitzer hineingeholfen war, dauerte es eine Weile.

»Bärbel, was hast du bei der Bundestagswahl gewählt?«, fragte Malte, als es weiterging. »Sicher eine Partei, die die Werte von damals bewahrt. Diese Zeit war ja so wundervoll.«

»Deine Linke ist auch nicht das Gelbe vom Ei. Wer

weiß, ob sie sich vollständig vom Geist der alten DDR-Kader befreit hat. Nein, ich wähle Grün, damit es eine Chance für die Umwelt, das Klima und gegen den Wahnsinn der Menschheit gibt.« Sie blickte auf die Fahrbahn, dann empört zu Malte. »He! Das ist falsch! Ich will nach Hause!«

»Oh, zu spät«, murmelte Malte. »Ich kann hier nicht wenden. Entschuldigung.«

Raffinierter Bengel. Tat so, als sei es ein Versehen! Natürlich wollte er noch einmal auf das Haus schauen, in dem Uwe verschwunden war. Er fuhr daran vorbei und hielt ein Stück weiter verbotswidrig an der Ecke.

»Ich sehe schnell nach, wer da wohnt.«

»Mensch, Malte«, sagte sie in einem unbestimmten, halb vorwurfsvollen Ton, während er aus dem Auto sprang. Sie wollte es nicht zugeben – es interessierte sie auch.

Er kam rasch zurück. »Dr. jur. Hubert Schwitzburg.«

»Ah.« Bärbel nickte. »Seine Frau hat am Bonner Talweg eine kleine Galerie mit dem Namen ›Tout en bleu‹. Im vorigen Jahr war ich dort auf einer Vernissage. Alle Bilder sind blau. Das hat was.«

»Uwe ist Mathelehrer, oder? Haben Mathematiker was für Kunst übrig?«

»Warum nicht? Wenn das bei Zahnärzten so ist …«

»Ich fahre noch mal um die Allee herum, vielleicht wird eine Lücke frei.«

»Lass es sein, Malte.«

»Und falls er da in eine Falle läuft?«

»Bei Schwitzburgs? Das ist absurd.«

»Gut, bring ich dich eben nach Hause.«

»Nicht nötig, ich hab es mir anders überlegt. Ich gehe zu Fuß zum ›Raben‹. Wegen des Menüs fürs Klassenfest.«

»Dann fahre ich eben allein um die Allee. Wenn er aus dem Haus kommt, sage ich ihm, sein Menü fürs Klassentreffen ist bestellt.«

Mein Neffe ist sonderbar, dachte Bärbel, während sie ausstieg. Kein Wunder, dass er mit dem Studium nicht zu Potte kommt.

UWE

Er stellte die Tasse ab und lehnte sich zurück.

Ein Brief von irgendwem war kein Beweis. Dennoch war Uwe versucht, die Version mit der Brasilianerin zu glauben. Es wäre so bequem. Beinah wie früher, als er die Widersprüche in den Worten seiner Mutter geschluckt hatte, bis sie zur Bedeutungslosigkeit verblassten.

Aber jetzt waren da Walters fragmentarische Notizen und jene erste Zeile: *Was stimmt? Wem kann man trauen?*

Und in Zürich lebte Uwes 30-jähriger Sohn, der auf der Beerdigung der Großmutter nach Großvater Gerhard gefragt hatte. Ob der wirklich so ein Schuft gewesen sei, der die Familie im Stich gelassen habe. Die Worte hatten Uwe tief erschüttert. In seiner Kindheit hatte er seinen

Vater auf einen Sockel gestellt. Er schien so besonders, solange er bei ihnen war, und so rätselhaft, als er fort war. Niemals hatte Uwe einen Schuft in ihm gesehen.

»Für seine beiden Jungs hat er nicht mal Unterhalt bezahlt«, riss Frau Schwitzburg ihn aus seinen Gedanken. »Ihre arme Mutter musste jeden Pfennig umdrehen. Wir haben viele Male mit Jungenkleidung aus unserer Verwandtschaft ausgeholfen. Sie war uns sehr dankbar dafür.«

Ihr Blick schien über sein gestreiftes Hemd, seine Jeans und sein Sakko zu wandern. Prompt fühlte er sich unwohl, als ob auch diese Kleidungsstücke eine barmherzige Spende ihrer Verwandten wären.

»Hat mein Bruder mit Ihrem Mann über meinen Vater gesprochen? War Walter mal hier?«

»Der war nicht hier. Ich erinnere mich nur, dass ich seinerzeit in der Zeitung las, er sei ertrunken, der Name fiel mir auf. Wie kommen Sie darauf, dass er hier gewesen sein könnte? Was für einen Grund sollte er gehabt haben, mit meinem Mann zu reden?« Ihre Stimme war verändert, unruhiger und rauer. Ihre Finger knibbelten an den goldgefassten Türkisen ihrer Halskette herum.

»Ich glaube, Walter wollte mehr über unseren Vater wissen. Das möchte ich auch.«

»Ihr Vater war ein reizender Mensch, so viel steht fest, ich habe ihn selbst kennen gelernt, auf einem Empfang mit Damen im Kanzleramt. Es hieß, er sei ein tüchtiger Beamter. Sonst weiß ich nichts über ihn.«

»Hat Ihr Mann Tagebuch geführt oder in irgendeiner Form Erinnerungen zu Papier gebracht?«

»Mein Hubert? Nein, der hat nie etwas aufgeschrieben, selbst Briefe waren ihm ein Gräuel. Er war ein Mann der Tat, eloquent und kontaktfreudig.«

»Die Polizei schloss nicht aus, dass hinter dem Verschwinden meines Vaters ein Verbrechen stecken könnte.«

Sie hob die Hand vor den Mund. »Nein, wirklich? Davon habe ich nie etwas gehört.«

»Ich habe mit einem Kriminalkommissar gesprochen. Nach der Vermisstenakte hat mein Vater das Palais Schaumburg an einem Nachmittag im April 1963 gegen 15 Uhr verlassen. Für die Zeit danach fand man keine Zeugen.«

»Sie denken hoffentlich nicht an Entführung? In Rom oder Paris mag so was vorgekommen sein, aber in Bonn? Undenkbar. Wir lebten in einer biederen, überschaubaren Stadt, kein Vergleich zu heute. Wahrscheinlich hat die junge Frau ihn mit dem Auto irgendwo erwartet, dann sind sie durchgebraust bis Amsterdam oder Marseille und mit falschen Papieren nach Übersee gestartet. Damals waren solche Dinge einfach.«

Uwe leerte seine Tasse. Das Bild einer südamerikanischen Schönheit nistete sich dermaßen in seinem Kopf ein, dass er nichts mehr zu sagen wusste. Er verabschiedete sich.

»Besuchen Sie mich noch mal oder kommen Sie in meine Galerie ›Tout en bleu‹ im Bonner Talweg«, schlug Frau Schwitzburg vor. »Das würde mich freuen.«

Mit einem schalen Geschmack im Mund und dem Gefühl, versagt zu haben, verließ Uwe das Haus und ging auf sein Auto zu.

Wusste die Witwe etwas? Hatte ihr Mann etwas gewusst? Walter hatte auf der zweiten Seite des grauen Hefts so eine Andeutung gemacht, wie auch seine übrigen Notizen sich auf bloße Andeutungen und Fragen beschränkten: *Schwitzburg, mit dem kann man über*

alles reden, hat Papi gesagt, wenn man jemandem etwas
anvertrauen kann, dann Schwitzburg. Hat er ihm etwas
anvertraut?

Von der Affäre mit der Brasilianerin hatte sein Vater
Schwitzburg anscheinend nichts erzählt. Die Informa-
tion kam laut seiner Witwe aus dem anonymen Brief, und
sie musste nicht stimmen. Allerdings schien ein anderer
Satz, der zwischen den übrigen Fragmenten im grauen
Heft stand, sie nicht zu widerlegen: *Im Grunde war Vater*
so ein ehrlicher Mensch. Was wollte Walter damit sagen?
Warum hatte er sich nicht klarer ausgedrückt?

Uwe trat zwischen die eng geparkten Autos an den
Rand der Fahrbahn, um zur Tür seines Fords zu gelangen.
Da rollte wieder der grüne Skoda Yeti vorbei! Am Steuer
derselbe junge Mann, Bärbel saß nicht daneben. Offenbar schickte sie ihn jetzt alleine los.

Der Wagen verschwand um die Ecke. Irritiert sah Uwe
ihm nach. Walters Heft von 1975 ... Die Erwähnung von
Bärbels Mutter auf der ersten Seite ... Bärbel und der
junge Mann hinter ihm her ... Da war der Hauch einer
Ahnung, wie alles zusammenhängen konnte. Zu flüchtig,
um ihn festzuhalten.

BÄRBEL

Es war nicht weit bis zum Restaurant »Der Rabe« in der Königstraße, das hatte sie ihren Knien zumuten können. Schließlich galt Bewegung als gesund, auch wenn sie manchmal schwerfiel. Bärbel nahm sich vor, in Zukunft mehr zu laufen, ihre Muskulatur zu stärken und ein wenig abzunehmen, kurzum alles zu tun, was ihre Ärztin empfahl. Dennoch fürchtete sie, früher oder später nicht um künstliche Kniegelenke herumzukommen.

Im Gastraum des »Raben« war nur ein einziger Tisch besetzt. Bärbel trat ein, und Herr Freiturm, der hinter dem Tresen stand, erblickte sie sofort. Er bat sie, ihm durch den Flur in den Wintergarten zu folgen. Seine Frau kam mit der in Kunstleder gebundenen Speisekarte und einem Notizblock hinterher.

»Wir freuen uns auf Sie!« Anita Freiturm verzog die tiefroten Lippen zu einem breiten Lächeln. »Um welche Uhrzeit wollen Sie und Ihre lieben Freunde hier sein?«

Sie war völlig verändert, geradezu liebenswürdig, ihre Stimme war sanft und angenehm. Hatte ihr Mann ein deutliches Wort mit ihr geredet? Unfreundlichkeit konnte man sich in der Gastronomie nicht leisten, die war schlecht fürs Geschäft.

Während Bärbel ihr die geplante Zeit nannte, tappten langsame Schritte leise den Flur entlang und näherten sich der offenen Tür.

Anita Freiturm drehte sich um. »Ach, Vater. Das interessiert dich doch nicht. Wir besprechen das Essen für Samstag.«

Plötting schlug mit der Faust auf die Griffstange seines Rollators. »Das soll mich nicht interessieren? Hab ich diesen Laden nicht aufgebaut?« Er schob seine Gehhilfe über die Schwelle. »Und ihr seid so unhöflich, die Dame nicht zum Sitzen aufzufordern? Bitte sehr, liebe Frau Thorgast.«

Er löste seine Hände vom Rollator und zog einen der Holzstühle von der Längsseite des Tisches heran. Ganz charmant, der alte Herr, dachte Bärbel, während sie sich setzte. Sie hätte das altertümliche rote Samtsofa vorgezogen, aber dort lagen mehrere Stapel gebügelte Tischdecken und Servietten, die vielleicht darauf warteten, in den antiken Schrank eingeräumt zu werden, der daneben stand. Plötting ließ sich auf einem Stuhl an der Schmalseite des langen Tischs nieder, das Ehepaar nahm Bärbel gegenüber Platz.

Das Angebot an attraktiven Gerichten war außerordentlich groß. Bärbel folgte im Wesentlichen Freiturms Vorschlägen. Er bot eine abwechslungsreiche Mischung zu einem erträglichen Preis an, ein Fünfgangmenü, für alle das Gleiche. Seine Frau notierte die Einzelheiten. Der Schwiegervater sagte kein Wort, starrte vor sich hin und wirkte schläfrig.

Als Anita Freiturm sich erhob und hinausging, hob Plötting den Kopf und richtete seinen Blick auf Bärbel. »Kommt der Zwölfte auch?«

Er hatte es also im Gedächtnis behalten.

»Das ist noch unklar«, erwiderte sie. »Ich habe den unangenehmen Eindruck, dass er vor mir flieht. In der Kaiserstraße, wo seine Mutter wohnte, im ›Sudhaus‹, wo er gern zu Mittag isst, und auf dem Friedhof ... Vielleicht erinnere ich ihn zu sehr an seine Kindheit. Nachdem wir uns aus den Augen verloren hatten, ist etwas Schreckliches passiert ...«

Sie verstummte. An der offenen Tür war Malte aufgetaucht und warf ihr einen flammenden Blick zu, den sie sofort verstand. Oje, sie war zu schwatzhaft. Es war völlig unnötig, alles Mögliche über Uwe zu erzählen. Außerdem schien der alte Herr das Interesse an ihrer Antwort bereits verloren zu haben, ihm fielen die Augen zu. Vermutlich ging es ihm nur darum, dass für zwölf Leute bezahlt wurde.

»Wir sind in einem Alter, wo mancher schon tot ist«, erklärte sie. »Menschen, die einem was bedeuten, sollte man nicht fallen lassen. Aber wenn er es so will ... Ich gebe auf.«

Georg Freiturm, der aufmerksam zugehört hatte, neigte den Kopf. »Sehr vernünftig.«

Sie verabschiedeten sich mit Händeschütteln. Der Alte ließ ein durchdringendes Schnarchen ertönen. Freiturm lächelte, als wollte er um Verständnis bitten. Malte ging zur Eingangstür voraus.

»Wer ist die Schnarchnase?«, fragte er draußen auf der Straße. »Der Papa vom Chef?«

»Sein Schwiegervater, Rolf Plötting. Er ist der eigentliche Inhaber. Ach ja, und nett von dir, dass du vorbeikommst.«

»Ich dachte, der Heimweg ist zu weit für dich. Deine Knie haben doch wieder Ärger gemacht.«

Sie war ihm wirklich dankbar. Ihre Knie hätten wahrscheinlich durchgehalten, aber es strengte sie an, immer die Zähne zusammenzubeißen.

»Bist du noch mal um die Allee gefahren?«, fragte sie, als sie im Auto saßen und losfuhren.

»Mehrmals.«

»Ist er herausgekommen?«

»Er ist in die Kaiserstraße gefahren. Zu dem grauen Haus, wo du gestern geklingelt hast.«

»Malte, ich wiederhole: Ich will das nicht. Wir lassen ihn ziehen.«

Ihr Neffe sah mit gerunzelter Stirn in den Rückspiegel. »Da ist wieder ein weißer Lieferwagen ohne Firmenaufschrift.«

»Hinter uns?«

»So einer war auch in der Kaiserstraße hinter mir. Es gibt zu viele davon. Für einen möglichen Verfolger äußerst praktisch.«

Bärbel fuhr im Sitz herum. »Der verfolgt uns?«

»Jetzt biegt er ab. Trotzdem sollten wir nächstens ein anderes Auto nehmen. Der Yeti ist zu auffallend.«

Sie blickten einander an.

»Malte, red mir nicht ein, dass jemand uns beide im Visier hat. Das kann doch nicht sein.«

»Irgendwas ist faul. Und es hat mit Uwe zu tun.«

»Der ist Luft für uns, hörst du? Ich geh gleich zur Herzsportgruppe und will mich entspannen.«

3

UWE

Vor neun Jahren hatte er mit der sehr viel jüngeren Mona angebandelt und nicht gewusst, dass sie mit Jochen liiert war, den er zuletzt auf dem Abiturball gesehen hatte. Von der Verbindung der beiden erfuhr er, als er in einem Mehrfamilienhaus in Bad Godesberg die Treppe heraufkam, um Mona beim Tragen und Einladen ihrer Sachen zu helfen, da sie beschlossen hatten zusammenzuziehen. Plötzlich stand er dem Schulfreund in der Tür gegenüber. Er erkannte ihn auf Anhieb und stotterte vor Überraschung. Ihm war sofort klar, dass er Monas bisheriger Partner war, von dem er sich zuvor keine genaue Vorstellung gemacht hatte. Es war einer der unangenehmsten Augenblicke seines Lebens gewesen.

Mona belastete es offenbar kaum, Uwe dafür umso mehr. Sie unterhielt zu ihrem Ex-Partner noch einen losen Kontakt, der sich auf das alljährliche Zusenden von Weihnachtskarten zu beschränken schien, und sie besaß dessen Telefonnummer, die sie Uwe auf seine Bitte bereitwillig gegeben hatte.

»Warum willst du Jochen sprechen?«, hatte sie gefragt.

»Es ist wegen des Klassentreffens.«

»Heißt das, du gehst hin?«

Er hatte halb genickt, so etwas Ähnliches wie »mal sehen« gemurmelt, und gleichzeitig geräuschvoll ein Weizenbier in sein Glas gegossen, um nicht ein weiteres Mal lügen zu müssen. Ihm war selbst nicht ganz klar, weshalb er Mona nicht längst eingeweiht hatte, aber er brachte es nicht über sich. Irgendwas hielt ihn immer zurück, vielleicht die Furcht, sie könne ihn nicht verstehen und es für albern halten, dass er nach so langer Zeit versuchte, etwas herauszubekommen. Mona war keine Frau, die sich mit längst Vergangenem beschäftigte. Sie sah immer konsequent nach vorn.

»Schön«, hatte sie gesagt. »Aber Jochen kann doch nicht kommen, oder?«

»Es geht nur um zwei Mitschüler, die man noch finden könnte.«

Das war gestern Abend in dem kleinen Reihenhaus im Stadtteil Endenich gewesen. Sie hatten es vor einem Vierteljahr gekauft, weil es hell und freundlich war und ihnen die Lage am Rand des Meßdorfer Felds gefiel, der Freifläche im Westen Bonns, die größtenteils landwirtschaftlich genutzt wurde.

Nun stand Uwe in der dunkleren Altbauwohnung seiner Mutter in der Kaiserstraße und hielt deren Telefon in der Hand, das er längst hatte abmelden wollen. Die Notiz mit Jochens langer Nummer lag vor ihm auf dem Tisch. Er wollte ihn nicht vom Handy aus anrufen, damit seine Mobilnummer nicht demnächst bei der hartnäckigen Bärbel landete. Dass sie Jochen danach fragen würde, war so gut wie sicher. Von wem sonst hatte sie seine E-Mail-Adresse, seine Rufnummer, die nicht im Telefonbuch stand, und die alte Anschrift, die für Jochens Weihnachtskarte noch aktuell gewesen war?

Bedächtig wählte er die ungewohnte Vorwahl. Und legte auf. Es war so peinlich wegen Mona.

Er trat ans Fenster und blickte einem vorbeifahrenden Fernzug nach. Es war sowieso sinnlos. Was konnte Jochen wissen, nach so vielen Jahren? Als Student hatte er für die Tageszeitung gejobbt, für die Walter hin und wieder Berichte geschrieben hatte wie für andere Blätter auch, und manchmal hatten sich die beiden privat getroffen. Vielleicht lebten irgendwo weitere Freunde seines Bruders, aber Uwe kannte ihre Namen nicht.

Und falls Jochen doch etwas wusste? Ein Anruf schadete nichts. Zögern war reine Feigheit.

Draußen brauste ein Güterzug vorüber. Nun denn! Uwe wählte sie, diese Nummer im fernen Honolulu, er tippte flott hintereinander alle Zahlen, ohne innezuhalten. Jede kleine Pause hätte ihn dazu bringen können, es sich anders zu überlegen.

Auf der Insel im Pazifik wurde abgehoben. Uwes Atem beschleunigte sich. Er hätte beinahe aufgelegt, hätte nicht das heisere »Hello« etwas in ihm berührt, das er verschüttet geglaubt hatte. Seit dem Abitur hatte er keinen richtig guten Freund mehr.

»Spreche ich mit Jochen? Hier ist Uwe Ohlbruck.«

»Uwe?« Ein Lachen, das nach etlichen Zigaretten klang. »Nee, so was!«

Jochens Stimme nach so langer Zeit zu hören, brachte Uwe aus dem Tritt. Der Anfang war schwer, das hatte er gewusst und sich im Kopf ein paar Worte zurechtgelegt. Die waren wie weggeblasen und er fand sie nicht wieder.

»Was verschafft mir die Ehre?«, fragte Jochen gut gelaunt.

Während Uwe sich räusperte, um eine passende Einleitung zu formulieren, sprach der Schulfreund bereits weiter.

»Sag mal, warum zierst du dich bei diesem Klassentreffen? Warum weichst du Bärbel aus? Wäre ich nicht so weit weg und hätte keine terminlichen Verpflichtungen, wäre ich sofort dabei. Wenn ich daran denke, wie wir …«

»Hör auf, bitte«, fiel Uwe ihm ins Wort. Er wollte auf keinen Fall irgendwelche Kindheits- und Jugenderinnerungen hören und Jochens Frage zu beantworten, kam erst recht nicht in Betracht.

»Gab es ein Problem zwischen dir und Bärbel, das nach einem halben Jahrhundert unvergessen ist?«, wollte Jochen wissen.

»Ich rufe aus einem anderen Grund an.«

»Lass hören.«

Uwe vernahm ein Klicken wie von einem Feuerzeug, anschließend einen tiefen Atemzug. Vermutlich hatte Jochen sich eine Zigarette angesteckt. Uwe war seit jeher Nichtraucher und die Vorstellung, dass Jochen in einer giftigen grauen Wolke vor einem vollen Aschenbecher saß, störte ihn.

»Ich räume gerade die Wohnung meiner Mutter aus«, sagte Uwe. »Sie ist vor Kurzem gestorben.«

»Das tut mir sehr leid.«

»Dabei bin ich auf Notizen von Walter gestoßen. Er war anscheinend mit Nachforschungen beschäftigt. Seltsamerweise spart er das Wesentliche aus. Als hätte er Bedenken gehabt, sich deutlicher auszudrücken.«

»Walter war Journalist mit Leib und Seele«, meinte Jochen. »Vielleicht wollte er einen Skandal enthüllen? Dafür gab es in Bonn reichlich Stoff.«

»Es scheint mit unserem Vater zusammenzuhängen. Walter muss sich einige Fragen gestellt haben.«

»Gut möglich. Er hat einmal gesagt, es hätte nicht zu eurem Vater gepasst, mit einer anderen Frau abzuhauen.«

»Hat er dir gegenüber etwas Konkretes erwähnt? Beim Wandern vielleicht? Ihr seid zusammen im Siebengebirge gewandert, das hat er mir erzählt.«

»Das ist eine Ewigkeit her, Uwe. Ich führe jetzt so ein ganz anderes Leben. Was bei euch in dieser Stadt am Rhein mal war, ist für mich unter Bergen neuer Eindrücke verschwunden. Die Deutschen scheinen in mancher Hinsicht schrecklich kompliziert.«

Das mag sein, dachte Uwe missmutig, während er auf das Grau des Himmels über den Dächern jenseits der Bahnlinie blickte. Vor ein paar Wochen hatten noch Reste von Schneematsch am Rand des Bürgersteigs gelegen. Sonne, Wärme, Palmen, Meer – für die Stimmung der Menschen musste das einen gewaltigen Unterschied machen.

»Kennst du jemandem, der öfter mit Walter zusammen war?«, fragte Uwe.

»Nein, niemanden. Er war ein einsamer Wolf und sprach nicht viel.«

Sie verabschiedeten sich mit der gegenseitigen Versicherung, unbedingt miteinander in Kontakt bleiben zu wollen.

Was für ein abwegiger Gedanke, Jochen könne irgendwas wissen!, schalt sich Uwe.

Er wandte sich den Büchern zu, die er in den letzten Tagen geradezu verschlungen hatte, und verstaute sie Stück für Stück in dem Umzugskarton, der aufgeklappt vor ihm stand. Es waren Sachbücher aus den letzten 20 Jahren, die seine Mutter in der zweiten Reihe ihres Regals hinter dicken Bänden gehobener Literatur verwahrt hatte wie Schundlektüre, die niemand sehen sollte. Sie handelten von der deutsch-deutschen Spionage während des Kalten Kriegs.

Davon hatte er bis zu dem Tag, an dem er diese Titel entdeckt hatte, nur gewusst, dass einige Bundesbürger wegen Geheimdienstlicher Agententätigkeit oder Landesverrat zu hohen Strafen verurteilt worden waren, weil sie im eigenen Land als »Inoffizielle Mitarbeiter« der »Stasi«, kräftig spioniert hatten, jenem DDR-Ministerium für Staatssicherheit, das Nachrichtendienst und Geheimpolizei zugleich war. Die Bücher, die sich teils auf die Erforschung der Stasi-Akten stützten, teils von »Top-Spionen« selbst verfasst waren, führten ihm das ganze Ausmaß vor Augen: Zahlreiche Beamte, Angestellte, Journalisten, Mitglieder sämtlicher politischer Parteien, gewählte Abgeordnete und andere waren in der Bundesrepublik unter Führung der Stasi emsig als Spitzel tätig gewesen. Sie hatten von geheimen Verschlusssachen bis zu privaten Gewohnheiten unzählige Informationen und abgelichtete Dokumente an die Hauptverwaltung Aufklärung des DDR-Ministeriums geliefert und zu diesem Zweck ihre Vorgesetzten, Kollegen, Freunde und sogar die eigene Familie getäuscht und hintergangen. Sie nannten sich »Kundschafter des Friedens«, obgleich die Stasi sich als »Schild und Schwert« der Sozialistischen Einheitspartei verstand und im Wappen eine Schusswaffe führte.

Uwe hatte sich gewundert, dass seine Mutter solche Bücher besaß. Bis zu ihrem Tode hatte er geglaubt, Politik und neuere Geschichte interessierten sie nicht. Seit Tagen drängte sich ihm der Verdacht auf, dass zwischen den Büchern und Walters Notizen ein Zusammenhang bestand. Er legte die letzten beiden Bücher in den Karton, griff nach dem grauen Heft und schlug es auf.

Ich durfte den Schreibtisch meines Vaters im Kanzleramt sehen, man hat ihn mir gezeigt. Hier saß er also. Woran arbeitete er, wie machte er das alles? Dies waren Walters erste Sätze auf der zweiten Seite. Sein Bruder wollte offenbar etwas über die Tätigkeit seines Vaters wissen. Hatte er einen entsprechenden Auftrag gehabt? Walter hatte nie einen Hehl daraus gemacht, dass ihm manches in der Bundesrepublik nicht passte und er die Amerikaner, die westlichen Bündnisse und die Macht der Wirtschaftsunternehmen äußerst kritisch sah. War er ein Kundschafter des Friedens gewesen? Bedeutete das Vorhandensein der Bücher über DDR-Spione, dass Uwes Mutter es geahnt oder sogar gewusst hatte? Der Gedanke war verstörend.

Uwe blickte auf seine Armbanduhr. Er wollte heute ein paar leckere Sachen einkaufen, frühzeitig zu Hause zu sein und für Mona ein aufwendiges Currygericht mit Vorspeise und Nachtisch kochen. Er hatte etwas gutzumachen, es war höchste Zeit, ihr alles zu erzählen. Ein gepflegtes Abendessen würde den angemessenen Rahmen dafür schaffen. Ihre vernünftige Einstellung würde ihm helfen, auf dem Boden der Tatsachen zu bleiben und nicht verworrenen Schlussfolgerungen zu erliegen.

Er klappte den Bücherkarton zu und wollte ihn gerade zur Tür schieben, als das Telefon klingelte.

Es war Jochen. Jochen!

»Uwe, mir ist was eingefallen. Obwohl – eingefallen ist mir nur, dass da was war, das ich mir merken sollte, und ich hab schon immer gewusst, dass ich mir keine Namen merken kann. Erst recht nicht, von Leuten, die ich nicht kenne. So was muss ich mir aufschreiben.«

»Was für Namen?«

»Ich habe mich an einen Zettel erinnert. Der lag in einem alten Buch, man hätte denken können, er wäre ein Lesezeichen. Dieses Buch ist mit mir von Bonn nach Honolulu umgezogen, denn von Büchern trenne ich mich nie. Wer mich beerdigt, soll sie mir als Grabbeigabe in den Sarg legen, soweit Platz ist, aber dieses hier müsste nicht unbedingt mit hinein. Obwohl es hervorragend geschrieben ist, wirklich ausgezeichnet.«

Uwe stöhnte auf. »Jochen, kannst du bitte zur Sache kommen?«

»›Der Spion, der aus der Kälte kam‹. Kennst du den?«

Uwe zuckte zusammen. Das Wort Spion hatte einen erschreckend persönlichen Bezug bekommen. »Was stand auf dem Zettel?«

»Walter war dagegen, dass ich was aufschreibe. Er sagte, Geschriebenes kann gefunden werden.«

»Wer sollte danach suchen?«

»Keine Ahnung. Jedenfalls war es ihm wichtig, dass jemand davon wusste außer ihm. Falls ihm was zustößt oder so.

»Zustößt?«

»Ich fand das nicht ungewöhnlich, Uwe, ich hab mit 21 Jahren mein Testament gemacht. Jeder kann einen Autounfall haben und dein Bruder war immer forsch unterwegs. Viel Gas, wenig Bremse.«

Uwe dachte nicht an Autos, er dachte an den Dornheckensee. Hatte Walter Vorahnungen gehabt? Oder das Gefühl einer Bedrohung? Hatte er sich in Gefahr geglaubt? Aus welchem Grund? Vor Uwes innerem Auge teilten sich die Nebel: Walter musste im Begriff gewesen sein, etwas Brisantes aufzudecken.

»Uwe, bist du noch dran?«

»Was ist mit dem Zettel?«, stieß er atemlos hervor. Seine Gedanken überstürzten sich.

»Shit, er ist mir runtergesegelt.« Jochen stöhnte. »Ich muss untern Tisch kriechen. Kann einen Moment dauern. Mein Rücken …«

Das war Uwe recht. Denn ausgerechnet jetzt drängten die Worte, die er vor langer Zeit gehört und weit hinten im Gedächtnis verstaut hatte, mit aller Macht nach vorn. Die Worte seiner Mutter am Rhein, als er elf Jahre alt gewesen war: *Er kämpft für den Frieden und eine bessere, gerechtere Welt. Für unsere Sicherheit.* In diesem Augenblick, mit dem Telefon vor dem Bücherkarton, erschloss sich ihm endlich die Bedeutung: Die gleichen Worte hatten die ehemaligen »Top-Spione« der Stasi benutzt.

Da war nur eine Folgerung möglich: Sein Vater war DDR-Spion gewesen. Und Walter hatte das herausgefunden, vielleicht sogar noch mehr. Deshalb die unklaren Notizen. Agenten der Stasi hätten seine Wohnung durchsuchen und das Heft finden können.

Uwe ließ sich auf einen Stuhl fallen. Sein Vater ein Stasi-Gehilfe? Wie konnte das sein?

Nach allem, was Uwe über den totalitären Staatsapparat der DDR wusste, passte es nicht in das Bild, das er sich von seinem Vater gemacht hatte. Man hatte ihn bestimmt dazu gezwungen. Erpresst. Gerhard Ohlbruck hätte das nie freiwillig getan.

Uwe sprang auf, ihm war etwas eingefallen. Er hatte unlängst ein Stück Papier mit der schwer lesbaren Schrift seiner Mutter achtlos beiseitegeschoben. Derartiges

Gekritzel auf abgerissenen Kalenderblättern, alten Kassenbons und dergleichen war er von ihr gewohnt, meist betraf es Belangloses, das sie nicht vergessen oder jemandem erzählen wollte. Dieses Papier aber hatte, wie er flüchtig bemerkt hatte, das Wort »Berlin« enthalten, das schien mit einem Mal bedeutsam. Mit dem Telefon am Ohr zog Uwe die mittlere Schublade ihres Schreibtischs auf.

»Hab Geduld mit mir!«, hörte er Jochens Stimme aus Honolulu. »Hier ist Durchzug, der Zettel ist weitergesegelt, untern Schrank. Ich hab ihn gleich.«

Die Zeilen seiner Mutter befanden sich auf einem Briefumschlag ihrer Krankenkasse aus dem Jahr 2001. Uwe entzifferte drei Sätze: *Berlin war eine Sackgasse. G. ist nicht in den Akten. Als wäre das alles nicht wahr.*

G. wie Gerhard. Sie hatte es also gewusst! Und hatte – wie unzählige andere Betroffene – die Stasi-Unterlagen-Behörde in Berlin aufgesucht. Was bedeutete es, wenn sich ein Name nicht wie erwartet in den Akten fand?

»So«, vernahm er Jochen an seinem Ohr. »Da sind sie, die beiden Namen: Bernd Buch und Lorenz Lange.«

Uwe schrieb sie auf. »Wie kam mein Bruder an die?«

»Bei dem einen weiß ich es nicht, den anderen hat er von einem Mann erfahren, der aus Ost-Berlin stammte und Krebs im Endstadium hatte. Die Verwandten hatten ihn zum Sterben nach Köln geholt, die DDR hatte ihn gehen lassen. Ich vermute, dass er den Namen vor seinem Tod noch loswerden wollte.«

»Welchen? Bernd Buch oder Lorenz Lange?«

»Weiß ich nicht.«

»Woher kannte Walter den Kranken?«

»Der hatte den Namen Walter Ohlbruck unter einem Artikel in einer Kölner Zeitung gelesen und sich gedacht, der Journalist müsse der Sohn von Gerhard sein. Er hat sofort mit Walter Kontakt aufgenommen. Kannte euren Dad wohl vom Krieg, von der Front. In der DDR hat er fürs Innenministerium gearbeitet und alle möglichen Schulungen durchgeführt.«

Innenministerium!, durchfuhr es Uwe. Walter konnte bereits gewusst haben, was Uwe erst kürzlich einem Buch entnommen hatte: Hauptamtliche Beschäftigte des Staatssicherheitsdienstes hatten häufig das Innenministerium als Arbeitsstelle angegeben, um ihre Funktion zu verschleiern. Vielleicht hatte der Kranke, der nichts mehr zu verlieren hatte, Gerhard Ohlbrucks Sohn offenbart, dass sein Vater Inoffizieller Mitarbeiter der Stasi gewesen war, und Walter war davon ausgegangen, der mitgeteilte Name stünde damit in Zusammenhang.

»Hat mein Bruder sonst noch was dazu gesagt?«

»Ich erinnere mich, dass ich nachgebohrt habe. Aber er schwieg. So war er ja oft.«

»Wann hat Walter dir die Namen genannt?«

»Das war im Mai 75. An einem der Feiertage. Auf der Löwenburg. Kurz vorher war der Mann aus Ost-Berlin gestorben.«

Und im August 75 war Walter tödlich verunglückt. Walter mit seinen Vorahnungen und Befürchtungen. Er hatte Jochen die Namen Bernd Buch und Lorenz Lange anvertraut, für den Fall, dass ihm etwas zustieße. Das war eine Spur, die er bewusst gelegt hatte, damit ihr jemand nachging. Ob er dabei an den Bruder gedacht hatte, der mehr als vier Jahrzehnte brauchte, um sich auf den Weg zu machen?

»Hey, Uwe? Noch da?«

»Also den einen der beiden Namen hat er von dem

Todkranken erfahren, und du weißt nicht, welchen. Was ist mit dem zweiten Namen?«

»Keine Ahnung, von wem er den hat.«

»Also durfte er die Quelle nicht mal vage umschreiben.«

»Übrigens steht hinter Bernd Buch auf meinem Zettel ganz klein ›B-Allee‹ mit Fragezeichen.«

»Die Baumschulallee in Bonn?«

»Weiß ich nicht. Aber hör mal, Uwe ...«

»Und bei Lorenz Lange steht nichts?«

»Nee, aber warum sollte das noch von Belang sein? Nach so vielen Jahren? Egal, was mit den Typen los war, da ist längst Gras drüber.«

»Wahrscheinlich.«

Uwe bedankte und verabschiedete sich, ehe Jochen nachhaken konnte. Er wollte ihn nicht einweihen und am Telefon kam das sowieso nicht infrage.

Der Spion, der aus der Kälte kam ... Es war eine ungeheure Kälte, die Uwe überfiel. Sie kroch tief in sein Innerstes. Wo würde sie ihn hinziehen? Hoffentlich nicht ins Grab.

Ihm entfuhr ein verkrampftes Lachen. Wie kam er auf solchen Blödsinn? Der Kalte Krieg zwischen Ost und West war längst Geschichte. Dass Deutsche andere Deutsche bespitzelt hatten und die Stasi im »Operationsgebiet« Tausende von Mitarbeitern beschäftigt, eine legendäre Fülle an Informationen gesammelt und dafür ein Heidengeld investiert hatte, schien kaum noch vorstellbar und fast ein bisschen lächerlich. Auch wenn es damals bitterer Ernst gewesen war.

Die ehemaligen Stasi-Spione hatten nichts mehr zu befürchten. Das war vorbei. Ihre Geheimdienstliche

Agententätigkeit war verjährt. Dennoch hatte Uwe den Eindruck, dass hier etwas drohend und gefährlich in die Gegenwart hineinragte und nicht alles vorbei war.

Was niemals verjährte, war Mord. Ein Mörder musste auch nach vielen Jahren noch befürchten, dass man ihn aufspürte. Und zögerte vielleicht nicht, sich durch einen weiteren Mord zu schützen.

Uwe stockte der Atem. Ging es hier um Mord? Auftragsmord der Stasi?

MALTE

»Mann … was macht der da?«, murmelte er verwundert.

Was er seit einigen Minuten mit den Augen verfolgte, war sonderbar. Womöglich kamen nach der Baumschulallee die Nebenstraßen dran, das konnte dauern. Er blickte auf sein Handy, damit es eventuellen Beobachtern nicht merkwürdig erschien, dass er schon wieder stehen geblieben war.

Hauptsächlich galt sein Blick jedoch der anderen Straßenseite, von der ihn die Fahrbahn und ein Mittelstreifen mit Bäumen trennten. Dort ging Uwe Ohlbruck von Tür zu Tür und ließ kein Haus aus. Malte hatte Schwierigkeiten zu erkennen, was genau der Mann dort tat. Dann sah er, dass Ohlbruck die Klingelschilder betrachtete und bunte Faltblätter einwarf, die er seiner Umhängetasche entnahm. Was er da verteilte, sah nicht aus wie das Kirchenblättchen. Mussten Lehrer neuerdings Werbung austragen, um ihre Altersversorgung aufzustocken? Jedenfalls machte es Malte stutzig, dass die Blätter verschiedenartig in Form, Farbe und Größe waren.

Am Beethovenplatz überquerte Ohlbruck die Fahrbahn. Malte sah ihn auf seiner Seite näher kommen. Rasch bog er in die Nebenstraße ein. Er wartete in einem Hauseingang, bis der pensionierte Lehrer die Einmündung passierte, und folgte mit einigem Abstand.

Ohlbruck ging wieder von Haus zu Haus. Hier gab es lange Vorgärten, sodass es eine Weile dauerte, bis er von den Türen zurückkehrte. Malte verbarg sich einmal hinter parkenden Autos, ein weiteres Mal half ihm ein Busch, ein drittes Mal eine Mülltonne. Hinter dem letzten Haus der Baumschulallee wurden Ohlbrucks Schritte schneller. Er eilte über die kreuzende Poppelsdorfer Allee Richtung Bonner Talweg.

Mal schauen, was er eingeworfen hat, beschloss Malte und trat an die letzte Tür, neben der die Praxisschilder verschiedener Ärzte hingen. Aus zwei Briefkästen schauten farbige Faltblätter heraus. Die Aufschriften waren gut erkennbar: Orgelkonzerte in der Lutherkirche 2011, Seniorenreisen 2013. Beides lange vorbei. Die Blätter stammten aus irgendeiner alten Kiste. Somit war eines klar: Bärbels Schulfreund verteilte sie nur zum Schein. Aber warum?

Eine knappe halbe Stunde später stand Malte in der Bismarckstraße im Schatten eines Kastanienbaums. Hier war es ruhig genug zum Telefonieren und nicht allzu auffällig. Bärbel war beim dritten Freizeichen dran.

»Muss man sich Sorgen machen um diesen Uwe?«, fragte Malte. »In der Baumschulallee hat er veraltete Faltblätter in alle Briefkästen geworfen.«

»Wie – du hast ihn gesehen? Bist ihm hinterher? Malte, ich habe gesagt, ich will das nicht!«

»Ich war auf dem Weg zum Schopenhauer-Seminar, bisschen spät, hätte aber noch hingehauen. Da komme ich am Hofgarten beim ›Cafe-Roller‹ vorbei und …«

»Café- was?«

»So ein mobiles Outdoor-Café, ein roter Dreirad-Laster, wo es richtig guten Kaffee gibt, den musste ich einfach haben. Und wen sehe ich da mit der frisch gefüllten Tasse auf der Bank sitzen?«

»Mir wäre es lieber, du hättest nicht hingeschaut. Dann säßest du jetzt mit nützlichen Gedanken über die Welt als Wille und Vorstellung in der Uni.«

»Er stand bald auf und ging los. Da bin ich automatisch hinterher, weil er reichlich komisch wirkte. Mit der breiten Umhängetasche sah er bescheuert aus, die passte nicht zu ihm. Und in der Baumschulallee, wo er zu jeder Tür ging, wirkte er so angespannt, als hätte er was Größeres vor.«

»Welchen Film hast du gestern Abend gesehen?«

»Hach, Bärbel! Auf der anderen Straßenseite ging er auf dieselbe Weise zurück. Offenbar las er alle Klingelschilder.«

»Er hat jemanden gesucht.«

»Und wozu die überholten Flyer?«

»Er fürchtete, von irgendwem beobachtet zu werden, der sein Verhalten als Ausbaldowern für Einbruchsdiebstähle ausgelegt hätte.«

»Bärbel, wer lässt sich denn mit Zetteln von 2011 und 2013 täuschen? Danach ist er in die Galerie gegangen.«

»Die von Frau Schwitzburg? ›Tout en bleu‹?«

»Genau. Der Fahrer des weißen Lieferwagens, der langsam hinter der Straßenbahn herfuhr, hat es mit Sicherheit auch gesehen.«

»Das heißt nichts, Malte. Im Bonner Talweg sind viele Geschäfte, die Waren geliefert bekommen.«

»Und während ich mir in der Galerie die Bilder angucke …«

»Bitte? Du hast dir moderne Kunst angeschaut?«

»Was ist daran erstaunlich?«

»Das hast du noch nie getan, Malte, da bin ich mir sicher.«

»Ich dachte mir, ein bisschen Bildung sei mal notwendig. Kunst und Philosophie berühren sich ja irgendwie. Und als ich so vor einem blauen Quadrat stehe und mich frage, was es mir sagen will, höre ich, wie sie etwas vereinbaren.«

»Uwe und die Schwitzburg?«

»Er will sie in der Galerie vertreten, wenn sie verhindert ist. Das wollen sie gleich mit einem Sekt begießen. Bei ihr zu Hause.«

»Der sucht eine Aufgabe für den Ruhestand«, sagte Bärbel leichthin, »und hat sein Leben lang davon geträumt, sich mit Kunst zu beschäftigen, statt begriffsstutzige Schüler zu unterrichten.«

»Findest du das alles völlig normal?«, fragte Malte säuerlich. »Okay, lock ihn einfach damit, dass unter den Klassenkameraden ein begnadeter Künstler wäre! Dann kommt er bestimmt zum Treffen. Und bringt euch ein paar schöne Faltblätter aus dem Jahr 2000 mit.«

Malte hatte die Schnauze voll. Dass sie sich nicht die Bohne für seine Entdeckung interessierte, ärgerte ihn. Es war schließlich Bärbels Uwe, nicht seiner. Für ihn war das ein wildfremder Mann. Der wahrscheinlich einen Spleen hatte. Seine ehemaligen Mitschüler konnten heilfroh sein, dass sie ohne ihn im »Raben« speisen durften.

UWE

Er konnte nicht anders, er musste sich auf dem Weg zur Wohnung seiner Mutter immer wieder umdrehen.

Es war beunruhigend: Vorhin, am »Cafe-Roller«, hatte er den Eindruck gehabt, der junge Mann mit dem schwarzen Haar, der ein paar Meter weiter neben einem blondgelockten Mädel stand, wäre der Fahrer des grünen Skoda Yeti. In der Baumschulallee hatte er diesen Wuschelkopf mehrmals von Weitem gesehen und nachdem er in der Galerie das Gespräch mit Frau Schwitzburg beendet hatte, war sein Blick wieder auf diesen Jungen gefallen, der in seiner speckigen Wildlederjacke vor einem blauen Quadrat stand und so tat, als wäre er tief in dessen Anblick versunken. Er hatte überlegt, ihn anzusprechen, aber Frau Schwitzburg war schneller gewesen. Sie hielt den Kerl offenbar für einen Kunstliebhaber, während Uwe davon überzeugt war, dass er auf ihn angesetzt war. Ebenso wie Bärbel.

Hier war jemand hinter ihm her. Irgendwer in dieser Stadt wollte wissen, was Uwe Ohlbruck vorhatte. Aus welchem Grund? Wer von den rund 330.000 Bonner Einwohnern konnte ein Interesse an seinen nächsten Schritten haben? Wenn Walters Badeunfall ein Mord war, musste es der Mörder sein – war das ein Hirngespinst oder die bittere Wahrheit?

Es war so lange her. Wie sollte jemand nach fast 43 Jahren auf den Gedanken kommen, dass der Bruder des Ertrunkenen Nachforschungen anstellte?

Dafür gab es nur eine Erklärung: Dieser Mensch hatte darauf gewartet. Auf irgendeine Weise hatte er bemerkt, dass es jetzt so weit war.

Am frühen Abend begab sich Uwe auf den Weg in die Poppelsdorfer Allee. Seinen Wagen, den er schon am Morgen in der Kaiserstraße geparkt hatte, ließ er dort stehen und ging wieder zu Fuß.

Inzwischen war er ruhiger. Niemand schien ihm von der Galerie bis zur Wohnung seiner Mutter gefolgt zu sein, und auch jetzt, drei Stunden später, fiel Uwe niemand auf. Oder sie machten es diesmal besser. Auf dem Kaiserplatz, am Brunnen und in der Bahn-Unterführung war es überall so belebt, dass es nicht schwer sein konnte, unauffällig zu beobachten, wohin dieser Ohlbruck unterwegs war.

So viele verstrichene Jahre, in denen er nichts begriffen hatte, ging es Uwe durch den Kopf, als er die Kastanienbäume der Allee erreichte. Versäumte Zeit. Er sah die Einzelheiten jenes Sommertages deutlich vor sich: Die dunkle Badekappe weit hinten im Dornheckensee und den Bruder, der vergnügt hinausschwamm, das Mädchen, das dafür sorgte, dass er nicht zum Wasser sah, der Typ mit dem Goldkettchen, der mit übertriebener, lautstarker Eifersucht solches Aufsehen erregte, dass die Leute den See nicht im Blick hatten und nichts Verdächtiges wahrnahmen. Der Badekappen-Mensch, das Mädel, der mit der Goldkette – ihr Zusammenspiel war perfekt gewesen.

Uwe hätte nicht glauben dürfen, dass Walters Tod ein Unfall gewesen war. Er hätte überlegen müssen, aus welchem Grund jemand Walter hätte ermorden wollen. Er hätte daran denken müssen, dass sein Bruder Journalist und das Verschwinden seines Vaters ungeklärt war. Er hätte einen Zusammenhang für möglich halten und sich fragen müssen, warum der Kopf mit der Badekappe so schnell verschwunden war. Er hätte dafür kämpfen müssen, dass die Polizei sich nicht auf die Annahme eines tragischen Badeunfalls zurückzog, sondern Ermittlungen wegen Mordes einleitete, zumal das rechtsmedizinische Gutachten eine Fremdeinwirkung nicht sicher hatte ausschließen können, da die Blutergüsse an Walters Armen zwar durch postmortale Einflüsse erklärbar waren, aber sich ebenso als Griffspuren deuten ließen.

Er hätte … Aber er hatte nicht.

Er war 23 Jahre alt und keiner von den kämpferischen jungen Leuten gewesen, die der Obrigkeit misstrauten. Er war davon ausgegangen, dass die Polizei das Richtige tat. Die Polizei, bei der Walters Akte jetzt nicht auffindbar war.

Nun galt es, sich aufs Nächstliegende zu konzentrieren: Bernd Buch und Lorenz Lange. Er hatte beide nicht im öffentlichen Telefonbuch gefunden und in seiner Ratlosigkeit die Baumschulallee, die vielleicht die »B-Allee« auf Jochens Zettel war, nach Bernd Buch abgesucht, bis ihm eine bessere Idee gekommen war – Frau Schwitzburg.

Die Witwe schien die einzige Verbindung zu der Vergangenheit zu sein, in der sein Vater und Walter gelebt hatten. *Wenn man jemandem etwas anvertrauen kann, dann Schwitzburg*, hatte Walter den Vater im grauen Heft zitiert.

Uwe öffnete das verschnörkelte Gartentor des Gründerzeithauses, stieg die Stufen zur Haustür hinauf und klingelte.

Mittlerweile war er davon überzeugt, dass sein Bruder hier gewesen war, um Fragen zu stellen. Die Erwähnung seines Namens hatte die Witwe nicht ganz kaltgelassen. Sie musste einen Grund haben, Walters Besuch zu leugnen.

»Mein Lieber! Nennen Sie mich Luise«, begrüßte sie ihn herzlich.

Er nannte ihr seinen Vornamen, worauf sie ihn bat, im Wohnzimmer Platz zu nehmen, sie wolle in der Küche schnell ein paar Häppchen zusammenstellen, damit der Sekt auch gut bekomme.

Uwe betrat den länglichen Raum und ließ seinen Blick über die Orientteppiche auf dem Parkett, die polierten antiken Möbel sowie die Porzellanfiguren hinter dem Glas der Vitrine schweifen. Alles wirkte so kostbar. Er erinnerte sich daran, wie Luise beim letzten Mal das frühere Bundesministerium für gesamtdeutsche Fragen gelobt hatte, für das sein Vater im Kanzleramt zuständig gewesen war: *Dort wurde tüchtig gegen die Kommunisten gekämpft.* Welch verzwickte Lage für einen Spion der

DDR! Wie hatte er das ausgehalten? Uwe hatte gelesen, dass ein hoher Beamter jenes Bundesministeriums die antikommunistische Abwehrarbeit zu der Zeit mit besonderem Eifer betrieb, ein ungewöhnliches Herrschaftswissen besaß und konspirativ mit westlichen Geheimdiensten zusammenarbeitete, unter anderem mit dem amerikanischen CIA. Hatte sein Vater dort in der Schusslinie gestanden? Oder Walter? Uwe fröstelte. Das wäre eine Nummer zu groß.

»Ich bin so froh, in Ihnen dann und wann eine Vertretung in der Galerie zu haben«, rief Luise fröhlich aus der Küche, die mit dem Wohnzimmer durch eine Tür verbunden war, die weit offen stand. »Mit 83 wird einem manchmal alles zu viel. Aber keine Sorge, ich werde nicht allzu häufig von Ihrem Angebot Gebrauch machen.«

So ähnlich wie ich müssen sie sich gefühlt haben, die Stasi-Spione, dachte Uwe, als er auf dem Biedermeiersofa Platz nahm. Sie bewarben sich auf Stellen, die brauchbare Informationen versprachen, und bekamen sie dank ihres guten Eindrucks, ganz ähnlich, wie ich mich hier eingeschlichen habe. Die Kundschafter täuschten über ihren politischen Standpunkt, ich täusche Interesse für moderne Kunst vor. Sie suchten heimlich nach brisanten Unterlagen und das habe auch ich vor. Mein Gewissen bleibt ruhig, da ich mich moralisch auf der richtigen Seite glaube, genau wie sie.

»Wie lange haben Sie die Galerie schon, Luise?«

»Fast 21 Jahre. Hubert meinte, das sei eine schöne Beschäftigung für meinen Ruhestand, und hat sie mir geschenkt. Früher war ich Vorzimmerdame bei einem Klinikchef. Da bin ich mit der Kunst in Berührung gekommen.«

»Ah, schön!«

Er konnte nur ihren Rücken sehen, der sich an der Küchenzeile über die Granitplatte beugte, lilafarbene Seide mit grünem Blattmuster, die Ärmel trompetenförmig.

»Wie mögen Sie die Schnittchen am liebsten?«, fragte sie, ohne sich nach ihm umzudrehen. »Ich habe einen hervorragenden französischen Weichkäse und könnte uns damit ein paar Pumpernickel fertig machen, d'accord?«

»Sehr gern.«

Er erhob sich vom Sofa. Das Parkett knarrte unter seinen Schuhsohlen. Er hustete mehrmals, um das Geräusch zu übertönen.

»Sie werden sich doch nicht erkältet haben, Uwe?«

»Bestimmt nicht. So einen Hustenreiz habe ich oft.«

»Vielleicht allergisch?«

»Ja, vermutlich.«

Hoffentlich merkte sie nicht, dass er nicht mehr auf dem Sofa saß, sondern ein Stück davon entfernt auf dem Teppich stand. Hier knarrte nichts.

»Sie haben sicher einen Mordshunger. Männer müssen sich was zuführen. Das nächste Mal koche ich uns beiden ein schönes Abendessen, wenn Sie gestatten.«

»Wunderbar!«, rief er mit kaum gespielter Begeisterung.

Inzwischen war er vor dem wuchtigen Schreibtisch angekommen und hoffte, dass sie nicht zu den Frauen gehörte, die nach dem Tode ihres Mannes all seinen persönlichen Kram entsorgten. Er konnte sich nicht von dem Gedanken lösen, dass ein höherer Bundesbeamter aus dem Umfeld des Kanzlers Erinnerungen für die Nachwelt hinterlassen haben musste, in denen Kollegen wie Gerhard Ohlbruck, der Journalist Walter Ohlbruck und Menschen wie Bernd Buch und Lorenz Lange auftauchten. Wenn ihm im Zusammenhang mit diesen Personen irgendwas begegnet war, das ungewöhnlich oder nicht in Ordnung schien, hatte er es vielleicht schriftlich festgehalten.

Zentimeter für Zentimeter zog Uwe die unterste Lade des linken Schubladenblocks auf. Er wollte jedes verräterische Schrappen oder Quietschen vermeiden. Und es gelang. Erstaunlich bei einem alten Möbelstück. Ob Luise ein Pflegeöl verwendete?

Plötzlich fühlte er sich unbehaglich, ja, geradezu kriminell, und fragte sich, wie echte Spione damit klarkamen. Und bei aller Vorsicht – sein Tun war leichtfertig. Luise konnte ihn von der Küchenzeile zwar nicht sehen, aber wenn sie an die Tür träte, würde die Zeit nicht ausreichen, um die Schublade geräuschlos zu schließen und zum Sofa zurückzugelangen.

»Oder mögen Sie lieber Kräuterfrischkäse, lieber Uwe?«

»Ich mag beides, Weichkäse und Frischkäse, einfach herrlich.«

Die Schublade enthielt Umschläge mit Fotos. Er schob sie vorsichtig wieder zu und zog die mittlere Schublade auf. Dort lagen mehrere Packen handgeschriebener Briefe. Die konnte er unmöglich alle mitnehmen und ebenso wenig auf die Schnelle durchsehen. Vielleicht sollte er lieber warten, bis Luises nächster Urlaub anstand, und ihr anbieten, während ihrer Abwesenheit die hundert Topfpflanzen zu gießen, die hier auf Fensterbänken, Hockern und Tischchen verteilt waren. Dann käme er ganz legal an ihren Hausschlüssel und könnte in aller Ruhe auf die Suche gehen.

»Haben Sie in diesem Jahr schon Urlaub gemacht?«, rief er zur Küche hinüber.

Immerhin passte die Frage zu dem Bild, das hinter dem Schreibtischstuhl an der Wand hing, ein hell leuchtendes Ölgemälde: Meer und Steilküste im Sonnenlicht.

»Ich war im März auf Mauritius und im Juni ist Madeira dran.«

»Wie schön.«

Bis Juni konnte er auf keinen Fall warten. Obwohl – was drängte ihn so? Die vielen versäumten Jahre ließen sich ohnehin nicht aufholen. Trotzdem war ihm, als müsste er den Dingen sofort auf den Grund gehen. Wichtige Beweisstücke konnten verschwinden, die letzten Informanten sterben.

Er beugte sich über die oberste Schublade: Beschriftete Aktendeckel aus verblichenem Karton. Feuerversicherung, Hausrats- und Krankenversicherung, Rechnungen, Quittungen, Steuerbescheide.

»Und wie wär's mit Oliven?«, rief Luise herüber. »Ich hätte eingelegte blaue aus dem Feinkostgeschäft.«

»Ganz wunderbar!«

»Ach, und Gewürzgürkchen, wie wäre es damit?«

»Auch toll! Sie verwöhnen mich!«

»Es ist mir eine Freude.«

Uwe wandte sich dem rechten Block des Schreibtischs zu und zog dessen oberste Schublade auf. Alte Sparbücher, Ausweise, Kontoauszüge, Unterlagen der Deutschen Bank. Weit hinten lag ein kleines, in weinrotes Leder gebundenes Büchlein. Er schlug es auf, schaute auf ein Buchstabenregister, auf Namen, Adressen und Telefonnummern, klappte es zu und ließ es in der Innentasche seines Sakkos verschwinden. Das konnte weiterhelfen. Er musste sich beeilen, Luise würde in der Küche bald fertig sein.

Mittlere Schublade: Mappen mit gedruckten Vorträgen und Ansprachen, Urkunden und Bescheinigungen in Klarsichthüllen.

Das Klackern von Luises hohen Absätzen. Er hielt die Luft an.

»Ah, im Kühlschrank sind noch ein paar Cocktail-Tomätchen!«

Ein Glück. Sie war offenbar nur zum Kühlschrank gegangen, der sich neben der Arbeitsplatte befand.

»Fantastisch!«, rief er erleichtert. »Ich trage Ihnen alles rüber, Luise!«

»Ich nehme ein Tablett. Aber den Sekt müssten Sie öffnen, Uwe.«

»Ich komme.«

»Hat noch zwei Minütchen Zeit! Ruhen Sie sich ein wenig aus.«

»Ich schaue mir gerade das wunderbare Küstengemälde an.«

»Freut mich, dass es Ihnen gefällt. Das zeigt die Ostsee bei … Ich habe es vergessen. Mein Mann bekam es geschenkt.«

Unterste Schublade: ein paar Schnellhefter. Tempo! Auf die angekündigten zwei Minuten durfte er sich nicht verlassen, sie konnte jederzeit kommen, um schon mal Gläser oder Teller zu bringen.

Er öffnete den obersten Hefter, einen dicken mit Broschüren und Urlaubsprospekten, dann den nächsten, der dünner war, keine 20 Seiten. Auf dem ersten Blatt stand in gedruckter Schrift: *An meine Familie und Weggefährten – ich über mich.* Unfassbar … Genau das, was er suchte! Doch zum heimlichen Lesen blieb keine Zeit. Er musste die Blätter mitnehmen. Aber wie?

»Jetzt ist alles fertig«, erklang der Ruf aus der Küche.

»Bin sofort da!« Er griff an seinen Rücken, zerrte das Hemd aus der Hose und schob den Schnellhefter unter den Hosenbund, sodass er flach auf der Wirbelsäule lag und der Gürtel quer über die Mitte verlief. Er stopfte das Hemd zurück in die Hose. Das offene Sakko fiel locker darüber.

Der Hefter saß perfekt und verhalf zu einem geraden Kreuz. Allerdings knirschte er ein wenig, als Uwe fast lautlos die Schublade schloss und in die Küche eilte.

Luise Schwitzburg hielt ihm lächelnd das volle Tablett entgegen.

BÄRBEL

So einfach, wie sie gedacht hatte, war die Planung des abendlichen Mahls beim Klassentreffen leider nicht. Das stellte Bärbel bei Durchsicht ihrer E-Mails fest. Unglaublich, wie viele Fragen und Einwände es bei zehn Leuten geben konnte, wenn es ums Essen ging! Lutz war der Einzige, der geschrieben hatte, ihm sei alles recht. »Hauptsache, es schmeckt«.

Isolde, die Vegetarierin, war relativ unproblematisch. Schwieriger schien es bei Viola, die nur vegan aß, und bei Arnold, der sich rein basisch ernährte. Angela brauchte laktosefreie Speisen, für Karin mussten sie glutenfrei sein. Bert, der Filmregisseur, der aus Berlin anreiste, verzehrte nur Fleisch von freilaufenden Tieren, Jürgen mied wegen der Verschmutzung der Meere jeglichen Fisch. Ulla und Doris hatten Allergien – die eine vertrug weder Zwiebeln noch Knoblauch, die andere geriet durch Tomaten und Paprika in lebensbedrohliche Atemnot.

Für neun von zwölf Menüs galt es, eine Lösung zu finden.

»Wenn ich das bloß geregelt bekomme«, stöhnte Bärbel und kam ins Grübeln über ihre eigenen Essgewohnheiten. Sie mochte den Geruch von gebratenem Fleisch, doch Gemüse in der Pfanne roch genauso gut und dafür musste niemand sterben. Die übliche Massentierhaltung verabscheute sie wegen des Leids der Tiere und glückliches Vieh, dem man mit Gewalt das Leben genommen hatte, musste sie ebenso wenig auf dem Teller haben. Schlachten war so brutal, und die Jagd aufs Wild war auch nichts Nettes.

Kein Fleisch mehr, beschloss sie, kein totes Lebewesen. Sie würde vegetarisch essen wie Isolde, so schlimm konnte das nicht sein. Zehn Extras also. Die Einzelheiten wollte sie nicht per Telefon oder E-Mail durchgeben, sondern lieber persönlich im »Raben« vorbeischauen. Das hatte bis morgen Zeit.

Warum wollte sie es nicht heute tun? Jetzt gleich, damit es erledigt war?

Sie ertappte sich dabei, dass sie wieder über Uwe nachdachte und im Begriff war, alles aufzuschieben, was sie dabei stören konnte. Hatte sie nicht beschlossen, keine weiteren Gedanken an ihn zu verschwenden? Was Malte beobachtet hatte, war bestimmt die Suche nach einem Bekannten, den Uwe aus den Augen verloren hatte, ein Pensionär hatte ja Zeit für so etwas. Und der Rückzug in die Wohnung seiner Mutter musste nichts anderes bedeuten, als dass er in Ruhe trauern wollte. Vielleicht hatte er Fotos und Briefe gefunden, die ihn in besonderem Maße beschäftigten.

Was es auch sein mochte, es ging seine alte Schulfreundin nichts an.

Was sie dagegen eine Menge anging, spürte sie mit einem Mal deutlich: Sie hatte eine Mutter, die 93 Jahre alt war und häufig klagte, sie fühle sich einsam.

Bärbel kümmerte sich nicht übermäßig, und manchmal bedauerte sie, dass es ihr so furchtbar schwerfiel, eine gute Tochter zu sein. Im Gegensatz zu ihrer jüngeren Schwester Beate hatte sie ihrer Mutter nicht einmal Enkel beschert. Allerdings drei ehemalige Schwiegersöhne. Jeder von ihnen besuchte die alte Dame häufiger als Bärbel.

Ihr schlechtes Gewissen sprang sie so heftig an, dass sie zum Spiegel stürzte, sich mit der Bürste durchs Haar fuhr und Jacke und Handtasche ergriff, um sich sofort auf den Weg zur Bushaltestelle zu begeben.

Knapp 20 Minuten später erreichte sie das Seniorenheim »Maria Einsiedeln« auf dem Venusberg. Sie grüßte die Frau an der Rezeption und fuhr mit dem Aufzug in den zweiten Stock. Im Gemeinschaftsraum besorgte sie zwei Tassen heißen Früchtetee auf einem handlichen Tablett.

Als Bärbel das vertraute Zimmer betrat, döste die 93-Jährige in ihrem Ohrensessel am Fenster und schnarchte leise. Sie trug eine hübsche, saubere Bluse. Wie immer war sie gepflegt zurechtgemacht und sorgfältig frisiert.

Bärbel schloss die Tür hinter sich. Ihre Mutter war sofort hellwach. Sie setzte ihre Brille auf und beäugte den roten Tee in den weißen Tassen, die Bärbel auf den kleinen runden Tisch stellte.

»Schön, dass du auch mal kommst, Barbara. Aber diesen Krankenhaus-Tee kannst du alleine trinken.«

Nach einer halben Stunde, die überwiegend mit den Themen Befinden und Gesundheit ausgefüllt war, kam die Rede auf das geplante Klassentreffen. Obwohl Bärbel sich vorgenommen hatte, nicht von Uwe zu reden, tat sie es natürlich doch.

»Ach, das hat er wohl geerbt«, sagte ihre Mutter.

»Was?«

»Auch sein Vater war seltsam.«

»Hast du ihn gut gekannt?«

»Uwes Vater? Nein, wir kannten uns nicht. Aber man munkelte alles Mögliche. Er galt als übertriebener Anhänger Adenauers. Wenn auch mehr rechts. Wie einige andere, die damals mit gesamtdeutschen Fragen befasst waren und die Angst vor den Kommunisten ordentlich schürten, als ob die rote Gefahr das Ärgste wäre, was über die Menschheit hereinbrechen könnte. Sicherlich ein guter Beamter, pflichtbewusst und genau. Als er so plötzlich verschwand, dachte ich, der war bestimmt ein alter Nazi, dem ein Verfahren droht, da ist er heimlich ausgewandert. Es gab noch Nazis im Bereich der Bundesregierung, wusstest du das?«

»Klar, die wurden ja am Ende des Krieges nicht vom Erdboden verschluckt.«

»Auf den Sohn eines solchen Mannes könnt ihr gut verzichten.«

»Uwe ist gewiss kein Neonazi, Mama.«

»Der Apfel fällt nicht weit vom Stamm.«

»Weißt du etwas über seinen Bruder Walter?«

Ihre Mutter zuckte. Ihr Arm stieß gegen die Tasse, die vor ihr auf dem Tisch stand, der Tee schwappte auf den Unterteller. »Nichts! Gar nichts!« Die Worte kamen ungewöhnlich schnell heraus, als müsste sie damit eilig etwas Unliebsames verdecken.

Bärbel sah die Mutter aufmerksam an. »Aber du kanntest ihn? Hattest mal mit ihm zu tun? Bei deinem Job im Auswärtigen Amt?«

Die alte Dame rückte die schief stehende Teetasse gerade. Das Porzellan klapperte, ihre Hand zitterte. Sie schob sie in die Seitentasche ihres Rocks, worauf ein heftiges Beben durch den braun karierten Stoff ging. »Er war zwei- oder dreimal zu Gesprächen beim Referatsleiter. Bei seinem ersten Besuch habe ich ihm eine Tasse Kaffee serviert, weil er ziemlich lange warten musste, beim nächsten Mal sah ich ihn nur von Weitem. Später stand groß in der Zeitung, dass er ertrunken ist. Sehr tragisch. Er schien ein netter junger Mann zu sein.«

»Er war Journalist, das habe ich im Internet gefunden. Habt ihr miteinander gesprochen?«

»Wo denkst du hin, ich war eine unbedeutende Sekretärin und völlig uninteressant.« Das klang ganz gleichmütig. Sie nahm die Hand aus der Rocktasche. Kein Zittern.

Ich habe mich getäuscht, dachte Bärbel, eine Frau in ihrem Alter zuckt zuweilen unkontrolliert und erschrickt über ihr Ungeschick, das muss nichts bedeuten.

»Hast du irgendwas über ihn gehört? Von Kollegen und Kolleginnen vielleicht? In der Kantine? Gab es Gerüchte?«

»Nichts dergleichen. Außer dass er hartnäckig gewesen ist. Das ist typisch für freie Journalisten, so sind sie.«

»In welcher Abteilung hast du gearbeitet? Womit wart ihr beschäftigt?«

»Das war die politische Abteilung. Unser Referat befasste sich mit Fragen der Verteidigungs- und Sicherheitspolitik. Davon verstehe ich nichts, ich war nur die Schreibkraft.«

»Weißt du, welches Thema Walter bearbeitet hat? Weshalb er ins Auswärtige Amt gekommen ist?«

»Nein.«

»Deiner Tochter kannst du ruhig alles anvertrauen. Und Walters Tod ist ewig her, fast ein halbes Menschenleben.«

Ihre Mutter schien den Atem anzuhalten.

»Aber eben nur ein halbes!«, stieß sie dann hervor.

»Was willst du damit sagen?«

Die 93-Jährige hob mit leicht bebender Hand die tropfende Tasse und trank den erkalteten Tee, den sie angeblich nicht mochte. »So übel ist er nicht.«

Hatte sie die Frage nicht gehört?

»Was hast du gerade gemeint, Mama?«

»Dass man den Tee durchaus trinken kann.«

»Nein, vorher.«

»Die Fragerei strengt mich an, Kind.« Ihre Mutter schloss für einen Moment die Augen. »Und ich habe gar keine Zeit, ich muss mich fürs Abendessen fertig machen. Eine Strickjacke, ein passendes Tuch …« Sie erhob sich langsam und stöhnte. Wahrscheinlich machten ihr die Gelenke Probleme.

Bärbel fragte ein drittes Mal. Es war zwecklos. Ihre Mutter blickte stumm an ihr vorbei zum Kleiderschrank. Es war, als hätte sie zwischen sich und ihre Tochter eine

Wand geschoben. Wenn die alte Dame etwas für sich behalten wollte, war nichts zu machen, basta. Das war schon immer so gewesen.

Aber eben nur ein halbes!, ging es Bärbel durch den Kopf, während sie sich verabschiedete und zur Tür ging. Eine seltsame Bemerkung, in der etwas Düsteres lag, eine Art tief sitzende Angst.

Und was war mit Uwes Vater? War der wirklich untergetaucht, weil er Nazi gewesen war? Bärbel hatte den Eindruck, dass überall verstreut kleine Puzzleteilchen lagen. Wenn sie die alle finden und richtig zusammensetzen könnte, würde sie wissen, was mit Uwe los war.

Sie öffnete die Tür und wich erschrocken zurück. Vor ihr stand ein Mann mit dickrandiger Hornbrille. Er wandte sich hastig um und entfernte sich eilig. Als sie in den Flur trat, verschwand er an der Treppe.

Wer war das? Ein Bewohner des Heims? Hatte er gelauscht? Manch einer leidet hier unter Demenz, sagte sich Bärbel, wer weiß, ob so jemand nicht vor lauter Langeweile gern an fremden Türen horcht.

Sie stieg in den Aufzug, in dem eine hochbetagte Ordensschwester stand. Während der Fahrt ins Erdgeschoss lächelte sie der Schwester zu und rekapitulierte im Stillen ihre eigenen Worte – *Walters Tod ist ewig her, fast ein halbes Menschenleben* – und anschließend die Erwiderung ihrer Mutter: *Aber eben nur ein halbes!* Dieser unerklärliche Ausdruck von Furcht! Was hatte er zu bedeuten?

Bärbel sah auf das Kreuz über dem schwarzen Stoff der Nonnentracht und fühlte ihr Lächeln erstarren. Die Ordensschwester blickte besorgt. Sie sagte etwas, das Bärbel kaum hörte, denn ihr Kopf füllte sich mit weiteren Worten und beängstigenden Gedanken. Malte hatte auf der Fahrt über die Kennedybrücke den Verdacht geäußert, Walters Badeunfall könnte ein getarnter Mord gewesen sein. Dachte ihre Mutter das auch? Meinte sie, von dem Mörder ginge noch Gefahr aus? Wie kam sie darauf? Was wusste sie?

UWE

Mit dem Schnellhefter im Rücken fiel es ihm schwer, sich auf die Unterhaltung und den Imbiss zu konzentrieren. Das flache rechteckige Ding ließ ihn ständig hautnah spüren, dass er sich zusammenreißen musste: Aufrecht sitzen, keine spontanen Bewegungen, trotzdem ganz natürlich wirken. Mit dem Adressbuch ging es ihm kaum besser. Die Sakkotasche, in der es sich befand, war leicht ausgebeult, und er schaffte es nicht immer, den Unterarm exakt davor zu halten.

Auch seine Gedanken ließen sich nur mühsam in Schach halten und lenkten ihn ab. Was würde sich ergeben, was noch folgen?

Seine Einsilbigkeit schien Luise Schwitzburg, die ihm gegenüber saß, nicht zu stören. Sie erzählte, wie sie

Ende 1955 als Verlobte des etwas älteren Juristen Schwitzburg von Braunschweig nach Bonn gezogen war. Die Bundesregierung hatte sich in verschiedenen Gebäuden eingerichtet und das Kanzleramt, wo ihr Hubert arbeitete, war in dem schlossähnlichen Palais Schaumburg zwischen Rheinufer und Koblenzer Straße untergebracht. Bis zu ihrer Heirat 1958 hatte die junge Luise ein bescheidenes Zimmer in der Nähe bewohnt, eine Mansarde unter dem Dach eines klassizistischen Hauses gegenüber dem Auswärtigen Amt.

Uwe horchte auf. Das Haus konnte zu der Reihe gehören, in der Bärbel aufgewachsen war. Er erinnerte sich an hohe Räume, einen großen Garten, den man durch den Keller erreichte, alte Apfelbäume und eine riesige Blutbuche. Bärbels Mutter hatte im Auswärtigen Amt gearbeitet. Darauf war die Tochter sichtlich stolz gewesen und hatte gelegentlich damit angegeben, sodass der Eindruck entstanden war, ihre Mutter hätte die ausländischen Staatsgäste höchstpersönlich in die Bundeshauptstadt eingeladen.

»Kannten Sie eine Frau ... hm ...« Der Name war ihm entfallen, doch was Walter über sie geschrieben hatte, war ihm so gegenwärtig, als läge das graue Heft aufgeschlagen vor ihm: *Die Mutter der blonden Bärbel, die früher oft bei uns war, hat mir einen Termin beim Referatsleiter verschafft. Sie interessiert sich sehr für meine Arbeit und meine Ansichten. Das kann mich weiterbringen. Da kommt noch was.*

»Sagen wir doch ruhig du zueinander«, schlug Luise vor.

»Gern«, stimmte Uwe zu, »Und jetzt weiß ich wieder, wie sie hieß: Frau Teichmann. Kannten Sie – kanntest du sie?«

»O ja, Teichmanns wohnten im selben Haus im zweiten Stock. Sie hatten eine kleine Tochter mit ganz hellem Haar, später kam ein Baby dazu. Den Vater sah man selten, er war stark eingespannt in einer Zeitungsredaktion. Die Mutter war schweigsam, eine eifrige Hausfrau, alles blitzblank und tipptopp aufgeräumt, es roch nach ›Ata‹ und ›Sidol‹, obwohl sie halbtags arbeitete und oft mit einer Aktentasche voll Schreibkram nach Hause kam. Man hörte sie noch spätabends auf der Schreibmaschine tippen.«

»Bist du dort zufällig einem Herrn Buch begegnet?«, fragte Uwe in beiläufigem Ton, als sei es ganz unwichtig. »Soweit ich mich erinnere, wohnte der ebenfalls in diesem Haus.«

»Buch?«

»Bernd Buch.«

»Nie gehört.«

»Kennst du denn einen Lorenz Lange? Der war auch öfter dort«, log er weiter.

»In der Reuterstraße praktizierte früher ein Professor Lange, ein Augenarzt, glaube ich. Ob der Lorenz hieß?«

Sie wirkte nachdenklich, aber nicht heuchlerisch. Schwer zu sagen, ob die beiden Männer ihr wirklich unbekannt waren. Merkwürdigerweise fragte sie nicht, wie er auf die Namen kam und woher er Frau Teichmann kannte. Darüber war Uwe ganz froh, denn nun schien der richtige Zeitpunkt gekommen, um sich zu verabschieden.

Während er sich erhob, hustete er, damit sie nicht auf das Knirschen in seinem Rücken aufmerksam wurde. Im Anschluss gelang ihm ein halbes Niesen, worauf sie ihm empfahl, einen Arzt zu konsultieren. Zu seiner Erleichterung ging sie voran, um ihm die Haustür zu öffnen. So musste er nicht befürchten, dass sie die Form des flachen Rechtecks unter seinem Sakko bemerkte.

Uwe konnte es kaum erwarten, in die Wohnung seiner Mutter zu gelangen. Nachdem er Luises Haus verlassen hatte, blickte er sich um und konnte niemanden in der Nähe entdecken. Keinen schwarzen Haarschopf, keine Bärbel. Der Fahrer des weißen Lieferwagens, der den Motor anließ, als das Gartentor zufiel, telefonierte und beachtete ihn anscheinend nicht.

Im Wohnzimmer in der Kaiserstraße ließ Uwe sich auf dem lindgrünen Polstersessel im Erker nieder, wo er seine Mutter unzählige Male hatte sitzen sehen, mit der Tageszeitung, einem Roman oder in Gedanken versunken den vorbeibrausenden Zügen nachblickend. Das weinrote Büchlein legte er vor sich auf den Tisch, den Schnellhefter schlug er auf und las den eng gedruckten Text.

Hubert Schwitzburg wurde 1923 in Strausberg in Brandenburg geboren, verbrachte dort seine Schulzeit und war in der Hitlerjugend aktiv. Nach dem Abitur kämpfte er als Soldat in verschiedenen Infanterie-Divisionen an der Ostfront, verlor dort seine besten Freunde und seine beiden Brüder, im russischen Winter froren ihm vier Zehen ab. Nach der Rückkehr aus sowjetischer Gefangenschaft begann er in Jena ein Jurastudium, das er in Bonn fortsetzte. Erstes Staatsexamen, Referendarzeit, zweites Staatsexamen und immer wieder Rückblenden auf Kriegsereignisse, bei denen er schwierige Situationen heldenhaft gemeistert hatte. Promotion summa cum laude, Eintritt in die CDU, Regierungsrat im Bundeskanzleramt …

Uwe fielen die Augen zu. Worte und Jahreszahlen verschwammen. Schwitzburgs Heirat und Beförderungen bekam er gerade noch mit, ebenso den Wechsel zum Innenministerium und die Verleihung des Bundesverdienstkreuzes. Die Hobbys ersparte er sich. Alles war in trockenem Stil erzählt und sterbenslangweilig. 19 Seiten lang. Viele Namen, vor allem solche, die bekannt waren wie Theodor Heuss, Konrad Adenauer, Hans Globke, Ludwig Erhard, Franz Josef Strauß. Es schien so, als wollte Schwitzburg sich mit ihnen schmücken: *Mit Globke Kaffee getrunken, wunderbarer Gesprächspartner ... Sektempfang bei Heuss in der Villa Hammerschmidt, sehr stilvoll ... Großes Lob von Ludwig Erhardt, herzlich und persönlich ...* Die Namen, um die es Uwe ging, waren nicht dabei. Nirgends ein Wort über den Kollegen Gerhard Ohlbruck, den Journalisten Walter Ohlbruck oder die Herren Buch und Lange.

Der Hefter rutschte raschelnd zu Boden. Uwe war eingenickt. Er schüttelte sich wach, beugte sich hinunter und klappte die Memoiren zu. Wie war er nur auf die Idee gekommen, es könnte etwas darin stehen, das ihm weiterhalf? Welche Dummheit. Wenn sein Vater dem Freund und Kollegen etwas Vertrauliches erzählt hatte, war das nicht zur Niederschrift in dessen Erinnerungen bestimmt.

Draußen dämmerte es bereits. Uwe knipste die Stehlampe an und nahm Schwitzburgs Adressbuch zur Hand. Es konnte immerhin die Anschriften oder Rufnummern von Bernd Buch oder Lorenz Lange enthalten. Sorgsam blätterte er von Seite zu Seite. Die Schrift mit den stark nach rechts geneigten Buchstaben war nicht leicht zu lesen. Und es waren viele Namen. Schwitzburg musste eine unglaubliche Menge Leute gekannt haben.

Nach einer ermüdenden halben Stunde hatte Uwe nicht nur die Eintragungen unter den Buchstaben B und L, sondern das ganze Alphabet bis zur letzten Zeile durchgesehen. Die Nachnamen Buch und Lange waren nicht dabei. Es gab Buchenkötter, Buchmacher, Buchowsky, Buchmeyer, Buchecker, Buchele, Buchdeckel, Buchner, Dickbuche, Hofbuchler, Katzbuchel, Kirchbuch, Piepenbuchski, Pilzbucher … nicht einfach nur *Buch*. Den Namen *Lange* konnte er überhaupt nicht finden, nicht einmal als Teil eines anderen Namens.

Der ganze Aufwand war umsonst. Und die Aktion noch lange nicht abgeschlossen. Denn Schnellhefter und Adressbuch mussten rasch und unbemerkt zurück in Schwitzburgs Schreibtisch gelangen.

Uwe griff nach dem Telefon und rief die Witwe an.

»Luise, ich bin morgen früh zufällig in der Gegend. Du wolltest mir doch ein Kunstbuch leihen.«

»Habe ich das gesagt?« Das klang erstaunt. Zu Recht. Sie hatte nichts dergleichen gesagt.

»Zur Einführung in meine Vertretungsarbeit«, erklärte er. »Damit ich mehr davon verstehe.«

»Ach so, ja, natürlich, ich habe etwas Geeignetes hier. Wann willst du kommen? Ich bin den ganzen Vormittag zu Hause. Die Galerie öffnet erst nachmittags. Magst du einen Saft oder Sherry mit mir trinken?«

Er mochte. Am liebsten mit Schnittchen. Aber das sagte er nicht. Zum Zurücklegen des Schnellhefters und des Büchleins würde er nicht lange brauchen.

Ihm fiel plötzlich auf, wie ruhig es draußen auf der Straße war. Höchste Zeit, um nach Hause zu fahren, es war fast dunkel. Zum Kochen war es viel zu spät, doch er durfte Mona nicht länger warten lassen. Vielleicht konnten sie zusammen ausgehen, irgendwo eine Kleinigkeit essen und einen guten Wein trinken, das hatten sie seit

Wochen nicht getan. Dafür war es noch früh genug, und sicher bot sich auf diese Weise ganz zwanglos die Gelegenheit für das längst fällige Gespräch.

Sollte er sie vorher anrufen? Unnötig, die Fahrt dauerte nur wenige Minuten und das Auto stand vor der Tür.

Von Weitem sah das schmale Haus neben seinen behaglich erleuchteten Nachbarn merkwürdig finster aus. In der Reihe war es das einzige Haus, in dem kein Licht brannte. Nicht mal die Lampe neben der Tür war an.

Was war mit Mona? War sie über ihrem Stapel Lateinarbeiten eingeschlafen? Das passte nicht zu ihr.

Beklommen trat er in den kleinen Flur und schaltete das Licht an, bevor er die Tür hinter sich schloss. Es war unheimlich still hier drinnen. Zu still. Ihn beschlich ein ungutes Gefühl. Mona war nicht im Haus. Jedenfalls nicht lebend.

Er atmete tief durch. Es war absurd, sich verrückt zu machen und beliebige Gewaltakte für möglich zu halten, nur weil ihn eine fremde, kalte Vergangenheit berührt hatte. Mona war natürlich bei einer Freundin.

Na, bitte, da lag einer ihrer gelben Notizzettel mit einer Nachricht mitten auf dem bunten Baumwollteppich. Der Luftzug, der beim Öffnen der Tür entstanden war, hatte ihn wohl vom Garderobentisch geweht.

Uwe bückte sich und hob den Zettel auf. Monas vertraute Handschrift. Ein wohltuender Anblick. Doch was er las, bestürzte ihn.

Mir reicht's. Ich bin weg. Mona.

Er hatte den Bogen überspannt.

Wie hatte er glauben können, seine Liebste hätte eine Engelsgeduld und ohne Weiteres Verständnis dafür, dass er sich tagsüber in der Wohnung seiner Mutter vergrub und abends unergründlich schweigsam war? Er hätte Mona einweihen müssen. Das hatte er sich immer wieder vorgenommen und immer wieder unterlassen. Er hatte nicht die richtigen Worte gefunden, eine anstrengende Diskussion befürchtet und sich erschöpft gefühlt. Das war unverzeihlich. Und nicht nachvollziehbar. Er verstand es selbst nicht mehr.

P.S. Ich will keine Erklärungen. Anrufe sind zwecklos, ich habe eine neue Handynummer.

Keine Chance, ihr zu versichern, wie sehr er alles bereute. Keine Möglichkeit zu beteuern, dass er heute ernsthaft vorgehabt hatte, sich ihr zu offenbaren.

Es war aus. Das tat weh. Wo mochte sie sein? Wenn er das wenigstens wüsste.

Während er so dastand und auf die Buchstaben starrte, die sich von links nach rechts neigten, als wäre ein Windstoß über sie hinweggefegt, musste er an die andere Handschrift denken, die er vor wenigen Minuten vor Augen gehabt hatte. Eine Schrift, die größer und ordentlicher war, aber auf ähnliche Weise gekippt. Da war ihm etwas aufgefallen, das ihn hätte stutzig machen müssen.

Er zog das Adressbuch aus dem Sakko und blätterte noch einmal darin. Dort standen ungewöhnlich viele Namen, in denen die Silbe *Buch* steckte. Selbst wenn Schwitzburgs Bekanntenkreis gigantisch gewesen sein sollte, war diese Häufung extrem. War es überhaupt möglich, dass alle diese Leute existierten? Oder waren die Namen erfunden?

4

BÄRBEL

Es war 10 Uhr morgens. Nicht gerade die Zeit, zu der sie davon ausgehen konnte, dass der »Rabe« geöffnet war. Aber es passte ihr gut, sie hatte Lust auf einen Spaziergang und wollte die Regelung der Essenswünsche hinter sich bringen. Der Morgen war frisch, die Sonne schien, die Knie verhielten sich friedlich. So schaffte Bärbel den Weg zu dem Restaurant in der Königstraße zu Fuß ohne Probleme.

Und nun? Am Knauf der zweiflügeligen Tür mit den schmiedeeisernen Fenstergittern hing unübersehbar ein Schild mit der Aufschrift *Geschlossen*. Das kam nicht überraschend, sie durfte sich nicht ärgern. Schließlich hatte sie die gewünschte Bewegung gehabt und etwas für ihre Gesundheit getan.

An der Hauswand neben der Tür fiel ihr eine emaillierte Tafel ins Auge, die sie bisher nicht bemerkt hatte. Sie zeigte einen großen schwarzen Vogel mit glänzendem Gefieder und schief gestelltem Kopf. Der Blick, den er dem Betrachter zuwarf, wirkte argwöhnisch, was ein wenig an Rolf Plötting erinnerte. Unter dem Bild stand: *Der Rabe – Sinnbild von Weisheit und Intelligenz.*

War dieser Vogel nicht auch ein Symbol für Unheil?, überlegte Bärbel. Das eignete sich natürlich nicht für den Eingang eines Restaurants.

Sie sah wieder zur Tür. Möglich, dass trotz der eindeutigen Aussage des Schilds jemand anwesend war. Vielleicht kam es den Inhabern sogar gelegen, solche Sonderwünsche außerhalb der Gastronomiestunden zu besprechen, weil sie dann mehr Zeit hatten. Sie drückte gegen den Messingknauf. Die Tür gab nach.

Zögernd trat Bärbel auf den Terrazzoboden des Eingangsbereichs. Plötzlich kamen ihr Bedenken, die Leute in ihrer Freizeit zu stören. Sie fragte sich, ob es rücksichtsvoller wäre umzukehren. Dennoch ging sie auf die Gaststube zu, deren Tür halb offen stand.

Hier war es still und aufgeräumt. Die Stühle standen ordentlich um die rechteckigen Tische herum. Der Tresen war leer und blank gewischt. In der Küche dahinter war offenbar niemand bei der Arbeit.

Bärbel fühlte sich in dieser Stille seltsam. Als wäre sie heimlich eingedrungen und hätte vor, die Kasse zu klauen. Sollte sie sich bemerkbar machen? Andererseits war die Gelegenheit günstig, sich den Wintergarten, der vermutlich nicht abgeschlossen war, in aller Ruhe anzuschauen, ohne von jemandem abgelenkt zu werden. Am Abend des Klassentreffens wollte Bärbel eine Ansprache halten, an der sie bereits stundenlang herumgefeilt hatte, um ihren Worten Geist und Witz zu verleihen, nun konnte sie überlegen, an welcher Stelle des Raums sie sich dafür postieren sollte.

Sie verließ die Gaststube und folgte dem schlauchartigen Flur in Richtung Wintergarten. Das Gefühl, sich rechtswidrig zu verhalten, wich nicht von ihr und ließ sie leise auftreten. Sie hätte sich besser gefühlt, wenn der Wintergarten einladend offen gestanden hätte, aber sie sah schon von Weitem, dass die Tür mit dem ovalen Milchglasfensterchen zu war.

Ihr Schritt verlangsamte sich. Sie dachte erneut ans Umkehren und setzte dennoch Fuß vor Fuß wie jene Aufziehpuppen aus ihrer Kindheit, die, einmal in Gang gesetzt, nicht anders konnten, als vorwärts zu marschieren.

Zwei, drei Schritte von der Tür entfernt, vernahm sie gedämpfte Stimmen aus dem Wintergarten. Eine davon wurde hier und da von einem blubbernden Nebenton begleitet. Das musste Frau Freiturm sein. Ein Mann sprach sie mit Anita an.

Statt kehrtzumachen, blieb Bärbel wie angewurzelt stehen. Sie lauschte.

»Nun mal dalli«, sagte die Blubberstimme. »Das muss weg. Bringste mit Bob zum Aldi, klar?«

»Nur den Zwieback?«, war eine männliche Stimme mit südländischem Akzent zu hören. »Oder auch die Mikros und Tickets? Die Drops?«

»Alles, du Dumpfbacke«, erwiderte Anita Freiturm. »Bis auf die Platten, die willst du ja für dich. Aber nicht, dass du dich damit in die City stellst wie neulich mit den Plomben in der Thomas-Mann-Straße, das gibt's bei uns nicht.«

»Was ist mit den Steinen?, meldete sich eine dritte Person, ebenfalls ein Mann. Dem Geräusch nach wurde etwas von Gewicht auf die Tischplatte gelegt. »Sind die vom Laster aus Belgien.«

Bärbel konnte nicht widerstehen – sie beugte sich zum Schlüsselloch hinab und lugte hindurch. Das hatte sie seit Jahrzehnten nicht getan. Prompt fuhr ihr ein Schmerz in den Rücken. Dazu befiel sie die wohlbekannte Angst aus ihrer Kindheit, jemand könnte von der anderen Seite ihr Auge sehen. Doch was sie auf dem Tisch erblickte, begeisterte sie: Es war ein schmaler Koffer aus rötlichem Holz, für den sie auf dem Flohmarkt ihr letztes Geld gegeben hätte.

»Zum Kottenforst«, ertönte schläfrig die jung anmutende Stimme des alten Herrn Plötting. Wahrscheinlich saß er auf dem Sofa an der Wand, die sich nicht in Bärbels schlüssellochgroßem Blickfeld befand. »Frieda ist am Parkplatz.«

»Sind wir jetzt durch?« Wieder Anita Freiturm, von der Bärbel nur den reptilienartig gemusterten Rücken sah. »Bob wartet mit dem Wagen im Hof.«

Schuhsohlen schrappten über den Boden, Stühle wurden gerückt. Bärbel fuhr jäh in die Höhe, ihre Stirn stieß gegen die Klinke. Wohin so schnell? Sie hastete den Flur entlang und floh in die Gaststube. Da hörte sie schon, wie die Tür des Wintergartens aufging.

»Moment«, ertönte die Blubberstimme.

Bärbel zuckte zusammen, als hätte die Frau auf sie geschossen.

»Das sind zu wenig Piepen!«

Den Rest verstand sie nicht. Anscheinend war die Tür wieder zu.

Bärbel verließ den Gastraum und spähte zum Ende des Flurs. Dort rührte sich nichts. Während sie sich auf den Eingang zubewegte, ging sie vorsichtshalber rückwärts, um den Wintergarten im Blick zu behalten. Sie zog die Haustür auf und trat hinaus. Gerettet!

Auf der untersten Stufe der Außentreppe holte sie tief Luft. Es kam ihr dumm vor, unverrichteter Dinge abzuziehen, nur weil sie unrechtmäßig etwas belauscht hatte, das ihr sonderbar vorkam. Kurz entschlossen kehrte sie um, öffnete die Tür erneut und setzte ihre Füße geräuschvoll auf den Boden, um den Eindruck zu erwecken, sie beträte das Haus zum ersten Mal an diesem Morgen.

Georg Freiturm kam gerade die letzten Stufen der Treppe herunter und eilte ihr entgegen. »Da sind Sie ja! Ich habe Sie zufällig vom Fenster im ersten Stock gesehen, Sie sind ja schon einmal hereingekommen. Haben Sie niemanden angetroffen?« Er lächelte sie gewinnend an, aber sein Blick war forschend.

Bärbel verschlug es die Sprache. Er hatte sie gesehen! Sie bekam nur ein stummes Kopfschütteln zustande.

Freiturm schaute sich um. »Meine Frau muss hier irgendwo sein, sie hatte ein Gespräch mit Lieferanten.«

Bärbel fasste sich wieder. »In der Gaststube war niemand, deshalb bin ich wieder hinausgegangen. Und draußen habe ich gedacht: Halt, die Haustür war nicht abgeschlossen, es muss jemand da sein.«

»Sehr richtig. Haben Sie was auf dem Herzen?«

Sie erklärte, dass sie die Bestellung der Menüs den besonderen Wünschen der Damen und Herren anpassen müsse, und hielt inne. Unter dem Blick seiner kleinen braunen Augen hatte sie Mühe, sich zu konzentrieren. Unentwegt musste sie an die Worte aus dem Wintergarten denken. Das waren merkwürdige Lieferanten. Warum hatte sie überhaupt so genau zugehört? Was ging es sie an, was die Leute zu besprechen hatten?

Sie sah auf ihre Armbanduhr. »Oh, verzeihen Sie, meine Zeit reicht nicht. Es ist viel später, als ich dachte. Um ein Haar hätte ich meinen Zahnarzttermin versäumt! Wenn es Ihnen recht ist, komme ich morgen wieder.«

»Wie Sie wünschen, Frau Thorgast. Es ist ja noch ein bisschen Luft bis zum Klassentreffen.«

Sie fürchtete, vor lauter Lügen rot geworden zu sein, und verabschiedete sich rasch. Womöglich glaubte er ihr kein Wort. Aber das war ihr fast gleichgültig, sie musste mit Malte reden. *Steine* zum Kottenforst, *Zwieback, Mikros, Tickets und Drops* zum Aldi, *Plomben* in der Thomas-Mann-Straße und dann noch *Platten*. Bevorzugten jüngere Leute neuerdings solche Ausdrücke? Konnte der alte Plötting da mithalten? Sie jedenfalls nicht, das war bedenklich. Wenn man nichts mehr kapierte, war man endgültig alt.

UWE

Er hatte alle Namen, in denen die Silbe *Buch* steckte, mit dem Handy abfotografiert. Es waren 25 und davon allein 17 in Bonn. Daneben war jeweils eine Telefonnummer oder Anschrift angegeben, manchmal beides zusammen.

Mittlerweile ging er davon aus, dass die Häufung dieser Namen der Irreführung diente. Was hatte den Juristen und Beamten Dr. Hubert Schwitzburg dazu bewogen? Jedenfalls war es denkbar, dass sich hinter einem der Namen der gesuchte Bernd Buch verbarg, auch wenn nirgends sein Vorname oder eine »B-Allee« dabeistand.

War es sinnvoll, alle Nummern anzurufen und die Adressen zu überprüfen? Uwe stöhnte bei dem Gedanken. Es gelang ihm nicht, sich zu einem Entschluss durchzuringen. Der Gesuchte konnte verzogen oder verstorben sein und letztlich war es möglich, dass er abstreiten würde, der richtige zu sein.

Am späten Vormittag machte Uwe sich mit einer Aktentasche, in der er Schwitzburgs Schnellhefter und Adressbuch verstaut hatte, auf den Weg zu Luise. Ein unbegabter Spion in eigener Sache, erfolglos auf der ganzen Linie. Auch privat. Während seine Bratkartoffeln in der Pfanne schmorten, hatte er gestern Abend verzweifelt versucht, jemanden zu erreichen, der ihm Monas neue Handynummer geben konnte, die bisherige hatte er vergeblich gewählt. Er musste Mona unbedingt sprechen und ihr alles erklären, die richtigen Worte hatte er inzwischen. Doch ihre Freunde wirkten überrascht und versicherten, von einer neuen Nummer nichts zu wissen; ihr Bruder sagte, er habe seit Wochen nichts von Mona gehört. Als Uwe aufgelegt hatte, waren die Kartoffeln samt der Pfanne verkohlt.

Nicht mal bei der Suche nach einem Parkplatz war er sonderlich erfolgreich. Er ärgerte sich, dass er nicht mit dem Fahrrad gekommen war. Schließlich fand er ein gutes Stück hinter dem Poppelsdorfer Schloss eine Lücke für sein Auto und hatte einige Minuten zu gehen.

Luise Schwitzburg begrüßte ihn mit der gewohnten Herzlichkeit. Sie trug auffallenden kobaltblauen Schmuck zum türkisfarbenen Kleid und sah genauso aus, wie man sich die Inhaberin einer modernen Kunstgalerie vorstellte.

»Ich habe ein Tablett mit Sherry, Kaffee, Gemüsesaft und Käse-Snacks vorbereitet«, sagte sie und strahlte ihn an. »Zweites Frühstück, heißt das bei uns. Bitte sehr, du brauchst nur zuzugreifen.«

Was für eine Panne. Es stand alles fertig auf dem Couchtisch, sie hatte nichts mehr in der Küche zu tun. Sogar zwei Bücher über Kunst der Gegenwart hatte sie bereits herausgesucht. Wie sollten die Sachen ihres Mannes nun unbemerkt in den Schreibtisch gelangen?

Der unumgängliche Small Talk fiel Uwe heute schwer. Luise lächelte mehr als sonst, das ging ihm auf die Nerven.

»Fühlst du dich nicht wohl, lieber Uwe?«

»Ich habe schlecht geschlafen.«

Er ließ ihr Mitgefühl über sich ergehen und griff immer wieder nach den Käsewürfeln, die er bisher größtenteils allein vertilgt hatte. Wahrscheinlich würde ihm kreuzübel werden von all dem Käse, aber er hoffte, dass Luise, wenn die Platte leer war und er hungrig wirkte, für eine Weile in die Küche ging. Er brauchte eine Gelegenheit, um zum Schreibtisch zu schleichen.

»Pack die Bücher ruhig schon in deine Aktentasche«, sagte Luise. »Lass uns schauen, ob sie überhaupt hineinpassen.«

Sie streckte die Hand aus. Erschrocken zog er die Tasche nah an sich heran. Nicht auszudenken! Sie würde den Schnellhefter und das Büchlein sofort erkennen.

»Lieber später«, stammelte er. »Ich möchte die Bücher erst durchblättern.«

»Ach so, verstehe.«

Er wischte sich die Finger an einer Papierserviette ab und langte nach dem Buch, das zuoberst lag. Als er es aufschlug, klingelte es an der Haustür. Luise erhob sich. Was für ein Glück. Er atmete auf.

Kaum war sie im Flur verschwunden, hechtete er mit der Aktentasche zum Schreibtisch, zog die oberste und die unterste Schublade des rechten Blocks gleichzeitig auf und legte den Schnellhefter und das Adressbuch an ihre Plätze. Er lauschte.

Luise sprach an der Haustür mit jemandem. Genug Zeit also. Vielleicht gab es noch was.

Er griff nach einem der anderen Schnellhefter in der untersten Schublade. Da glitt ihm ein weißer Briefumschlag entgegen. Die Vorderseite zeigte keine Aufschrift, die Rückseite war unverschlossen. Im Innern steckte ein gefaltetes Papier. Uwe zog es heraus.

Das Blatt war beschrieben, die Handschrift kannte er. Der Text schien Teil eines längeren Briefs von Hubert Schwitzburg zu sein. Offenbar war er mit der Schere abgetrennt, an den Kanten oben und unten wies er unregelmäßige Schnittlinien auf.

Uwe horchte. Luise redete noch. Sie lachte. Er beugte sich über die Zeilen mit den schrägen Buchstaben.

Ja, mein Liebes, eine bittere Niederlage und schreiendes Unrecht. Die ehemaligen westdeutschen Agenten genießen Ansehen und wir, die wir für Frieden und Gerechtigkeit, für Menschlichkeit und eine bessere Gesellschaft ins Feld zogen, müssen willkürliche Verurteilungen und Gefängnisstrafen hinnehmen. Aber keine Sorge, Luischen, nicht dein Hubert. Der »Heinz« landete samt Klarnamen im Reißwolf. Er taucht in keiner Akte, keiner Liste, Karteikarte oder Reiseabrechnung auf, ist in jedem Fall unkennt-

lich gemacht. Das hat mir einer der Unsrigen versichert,
der bei der Unterlagen-Behörde beschäftigt ist. Nach vie-
len Enttäuschungen und manchem Verrat ist es ein Trost,
dass Kundschafter und Genossen nach wie vor treu zuei-
nanderstehen. Wobei ich mir bei B. (der mit dem Domi-
zil am Rhein) nicht sicher bin, er ist – hier war der Schnitt.
Die letzten Worte waren nicht mehr vollständig auf dem
Papier. Doch das B war gut erkennbar, als wäre es mit
Kugelschreiber nachgezeichnet worden.

Draußen im Flur klappte die Haustür zu. Luises
Absätze klackerten auf den Fliesen. Uwe schob das Blatt
in den Umschlag, warf ihn in die Schublade und stieß sie
zu. Luise trat in den Raum. Er schaffte es gerade noch,
sich dem Ölgemälde an der Wand zuzuwenden.

»Herrlich, dieses Bild von der Steilküste!«, rief er. »Es
ist wie ein Magnet! Ich musste es noch einmal aus der
Nähe sehen, Luise! Dieser Farbauftrag, der bewegte Himmel …«

»Ja, ein aufregendes Bild.«

Sie setzten sich wieder an den Couchtisch. Während
Luise ihm etwas über die Ostsee und die Landschaftsma-
lerei erzählte, toste es in Uwes Kopf. Nicht nur sein Vater
war Stasi-Kundschafter gewesen, nein, auch Dr. Hubert
Schwitzburg!

Das konnte doch alles nicht wahr sein. Mitten in Bonn.
In dieser damals so gemütlichen Stadt, die Uwe als behü-
tete, heile Welt erschienen war. Lauter freundliche Herren, die den Kindern der Kollegen Schokolade schenkten
und milde auf sie herablächelten.

Dr. Hubert Schwitzburg, Deckname Heinz. Mit diesem Mann hatte sein Bruder gesprochen. Und anscheinend nichts geahnt. Oder hatte er? Welche Rolle spielte

Bernd Buch, dessen Name Walter so wichtig war, dass er ihn Jochen gewissermaßen zur Aufbewahrung gab? War er der von Schwitzburg erwähnte B., ein früherer Stasi-Agent, dessen Treue zweifelhaft erschien?

Den muss ich finden, sagte sich Uwe, während er Luise zustimmte, dass die deutsche Ostseeküste unvergleichlich sei. *Domizil am Rhein,* rekapitulierte er im Stillen. Er wusste die Namen mit der Silbe Buch bereits auswendig. In Schwitzburgs Adressbuch stand hinter Buchner, dem kein Vorname beigefügt war, eine Straße in Bonn-Castell, parallel zum Rhein, die kannte er, dort hatte eine Kollegin gewohnt. Buchner konnte dieser B. mit dem Domizil am Rhein sein. Und zugleich Bernd Buch.

Nun hatte Uwe es eilig. Er entschuldigte sich mit einer Verabredung und stand auf.

Luise lächelte. »Eine Dame?«

Er wollte ihr Lächeln erwidern, aber der Anblick seiner Aktentasche ließ ihn erstarren. Sie lag auf dem Boden hinter Schwitzburgs Schreibtisch neben dem rechten Schubladenblock.

»Na, so was!« Er schüttelte den Kopf. »Das Bild hat mich wirklich gepackt. Hab ich da einfach meine Tasche fallen lassen!«

Das wirkte lässig und natürlich. Wie bei einem perfekten Spion. Mit ein paar schnellen Schritten war er am Schreibtisch, nahm die Tasche vom Boden und hob sie lachend hoch. Luise hielt schon die Kunstbücher bereit. Beide passten hinein.

MALTE

Heute war er total verquer. Zwar war er morgens zu einer passablen Zeit aus dem Bett gekommen, aber er ärgerte sich nach wie vor über Bärbels Desinteresse. Und über sich selber noch mehr.

Seine Tante ahnte ja nicht, worauf er gestern so selbstlos verzichtet hatte! Am Cafe-Roller hatte er so eine verdammt süße Maus kennen gelernt. Als ihre Kaffeetassen leer waren, hätte er gern behauptet, er hätte denselben Weg wie die brave Jurastudentin, die es ins Juridicum an der Adenauerallee zog. Doch weil ein paar Meter weiter dieser Uwe stand, hatte er mit der süßen Maus nur Handynummern ausgetauscht und war Bärbels Schulfreund bis in die Baumschulallee gefolgt, als gehöre das zu den Pflichten eines lieben Neffen. Und Bärbel war es scheißegal!

Maltes Verzicht war unermesslich groß, wurde mit jeder Minute größer, denn die Maus reagierte nicht auf seine Anrufe, obwohl es mittlerweile zehn oder zwölf waren. Hinzu kamen fünf Kurznachrichten ohne Antwort. Zum Verzweifeln! Ob die Nummer falsch war? Dann hatte er die Chance seines Lebens unwiederbringlich verpasst. Die Stadt war zu groß, um ein Mädchen zu finden, das nur alle paar Wochen zum Cafe-Roller ging und ansonsten Leitungswasser trank.

Noch gab es einen Funken Hoffnung. Vielleicht hatte die Maus ihr Handy wegen einer mehrstündigen Prüfung oder langwierigen Zahnbehandlung weit entfernt abgelegt und stumm geschaltet. Er würde jedenfalls alle Hebel in Bewegung setzen, um sie wiederzusehen. Und da sie so verflixt nach Frühaufsteherin aussah und zudem zielstrebig und arbeitsam wirkte, wollte auch er von heute an bienenfleißig sein. Er würde nichts mehr versäumen, was dem Studium diente, die Hausarbeiten pünktlich abliefern und eine Bachelor-Arbeit schreiben, die ihresgleichen suchte. Sonst war bei der Maus sowieso nichts zu machen, das hatte er deutlich gespürt.

In sein Ziel hatte er schon zwei Stunden Aufräumarbeit investiert und ein Plätzchen auf seinem Schreibtisch freigeschaufelt. Nun konnte er loslegen mit der Schopenhauer-Hausarbeit. Er setzte sich auf seinen Drehstuhl, den er nach Abtragung des Klamottenbergs kaum wiedererkannt hatte, und klappte den Laptop auf. Während er über die richtige Überschrift nachgrübelte, ertönte seine jazzige Handymelodie.

Melanie! Aufgewühlt zog er das Smartphone unter einem Stapel Notizen hervor. Mit klopfendem Herzen starrte er aufs Display.

Bärbel. Auf die hatte er absolut keine Lust. Dennoch strich er artig über den grünen Button.

»Malte«, begann sie ohne Begrüßung, »wenn jemand Zwieback, Mikros und Tickets zum Aldi bringen soll, ist das doch merkwürdig, oder?«

Ach du Schreck, durchfuhr es ihn. In was für Kreisen war seine Tante unterwegs? Musste man auf sie aufpassen wie auf eine naive Zwölfjährige?

»Bärbel, wie kommst du darauf? Ich fürchte, du bist mit den falschen Leuten zusammen. Mit Aldi ist wohl kaum die Ladenkette gemeint, sondern ein Dealer. Zwieback ist verbackenes, rauchbares Kokain, auch Crack genannt. Mikros und Tickets enthalten LSD.«

»Auwei. Und Platten?«

»Gepresstes Haschisch. 100-Gramm-Tafeln.«

»Plomben?«

»Eingewickeltes Pulver. Heroin oder Kokain.« Ihm wurde ganz anders. »Bärbel, hör mal –«

»Und Drops? Sind das Bonbons?«

»Das sind Ecstasy-Tabletten.«

»Steine?«

»Dasselbe wie Crack, glaube ich.«

»Die befanden sich in einem äußerst hübschen Holz-koffer.«

»Vielleicht eher eine Münzsammlung.«

»Angeblich von einem Laster in Belgien.«

Malte stöhnte auf. »Bärbel, wo warst du? ›Vom Laster gefallen‹ ist ein Ausdruck für geklaute Ware!«

»Woher weißt du das?«

»Ich schau ab und zu Filme. Also, wo war das?«

»Im ›Raben‹. Das Lokal hatte noch nicht geöffnet, aber die Eingangstür war nicht verschlossen. Ich bin eingetreten, habe niemanden gesehen und dachte, dass ich mir den Wintergarten, den ich fürs Klassentreffen reserviert habe, noch mal ansehen könnte. Und dann hörte ich was hinter der Tür. Dort unterhielt sich die Chefin mit zwei Männern, und sie war eindeutig der Boss. Ihr Vater saß dabei, ihr Ehemann allerdings nicht, und ich frage mich, ob Herr Freiturm etwas von diesen Geschäften weiß.«

»Du willst es ihm hoffentlich nicht sagen?«

»Das ist zu überlegen, er wirkt so anständig.«

»Bitte, Bärbel, halt den Mund. Wenn seine Frau dort einen Gemischtwarenhandel mit Drogen und Hehlerware betreibt, ist er mit Sicherheit beteiligt.«

»Das mag ich nicht glauben.« Bärbel seufzte. »Herrn Plötting hätte ich das ebenso wenig zugetraut. In seinem Alter kann es allerdings sein, dass ihm nicht klar ist, worum es geht.«

»Wenn du was tun willst, Bärbel, informiere die Polizei.«

»Das geht nicht! Jedenfalls nicht vor dem Klassentreffen.«

»Was?«, rief er entsetzt. »Du willst eure Versammlung dort noch durchführen?«

»Selbstverständlich! In den zwei Tagen bis zum Treffen finde ich keinen gleichwertigen Ersatz. Malte, es ist der perfekte Raum. Ganz egal, wie viel Drogen da über den Tisch gegangen sind. Den werden sie ja wohl abwischen, bevor das Essen serviert wird.«

»Okay«, schnaufte Malte, »es ist deine Sache. Ein bisschen LSD am gemischten Salat kann das Fest zu einem unvergesslichen Erlebnis machen. Ich muss jetzt weiterarbeiten.«

»Wieso arbeiten? Ich hatte gedacht …«

»Nee, Bärbel.«

»Du weißt nicht, was ich meine.«

»Doch, so ungefähr: Ich soll hinfahren und gucken, ob mir rund um das Lokal irgendwas Fragwürdiges auffällt. Und genau das werde ich nicht tun.«

Bärbel schnaufte, offenbar pikiert. »Der Handel im ›Raben‹ ist ja nicht alles. Deine Großmutter hat sehr seltsam reagiert, als ich Uwes Bruder erwähnte.«

»Na, und? Sie ist 93 und manchmal schräg drauf. Was soll daran Besonderes sein? Vergiss es.«

»Interessiert es dich überhaupt nicht?«

»Ich muss meine Hausarbeit schreiben.«

»Das ist wirklich was Besonderes!«, fauchte sie.

»Glaubst du mir nicht?«

Sie hatte schon aufgelegt.

Prompt überfiel ihn ein schlechtes Gewissen. Sollte er sie anrufen und sich geduldig anhören, was Oma diesmal an Seltsamkeiten geäußert hatte? Das konnte Bärbel ebenso gut ihrer Schwester erzählen, seiner Mutter. Die musste das als Omas Tochter interessieren.

Er versuchte es noch einmal mit einem Anruf bei der Jurastudentin. Melanie, ein Name wie ein Sahnebonbon. Und sie meldete sich! Mit einem schmelzenden »Hallo«, das ihm die Sprache verschlug.

UWE

Auf nach Bonn-Castell! Wo vor etwa 2.000 Jahren das vermutlich größte Legionslager der Römer in Germanien gestanden hatte, würde der pensionierte Lehrer Ohlbruck vielleicht einen bedeutsamen Schritt weiterkommen, um die Todesfälle in seiner Familie aufzuklären.

Vielleicht.

Die Chance war so gering, dass Uwe sich ständig selber Mut machen musste. Nur wenn Buchner wirklich derjenige war, hinter dem Bernd Buch steckte, und zudem die Anschrift noch stimmte, bestand Hoffnung. Und nur wenn der Mann etwas wusste und zur Weitergabe bereit war, konnte es Uwe voranbringen. Zu viele Voraussetzungen, wie sollte das klappen.

Uwe parkte seinen Wagen in einer ruhigen Straße zwischen Uferpromenade und Römerstraße ein gutes Stück von der gesuchten Adresse entfernt und ging zu Fuß weiter. Nirgends bemerkte er Bärbel oder den jungen Mann, aber was hieß das schon? Wer auch immer ihn im Visier hatte, konnte das Personal ausgetauscht haben. War die verschleierte Gestalt, die ein Stück hinter ihm ging, womöglich keine muslimische Frau? Und der bieder aussehende Opa mit dem Kinderwagen da vorn, drehte der sich nicht allzu oft um?

An einer halbhohen Mauer, die den Vorgarten eines Bungalows begrenzte, entdeckte Uwe die gesuchte Hausnummer. Neben dem Gartentor stand ein kahlköpfiger alter Herr. Anscheinend sah er die Post durch, die er gerade seinem Briefkasten entnommen hatte. Er hob den Kopf und sah Uwe aus hellen wimperlosen Augen entgegen.

»Suchen Sie jemanden?«

»Ich weiß nicht, ob er noch hier wohnt.« Uwe war unsicher, wie deutlich er werden durfte.

Der Mann legte einen Arm auf der obersten Querstange des schmalen Tores ab. In seinem schlabberigen handgestrickten Pullover aus naturfarbener Wolle wirkte er wie ein Naturschützer, Bergführer oder Mitstreiter der ersten Stunde bei den Grünen. Durchaus vertrauenerweckend.

»Um wen geht es denn?«, fragte er freundlich lächelnd. »Möglich, dass ich ihn kenne. Ich wohne hier seit 20 Jahren.«

»Es handelt sich um einen Herrn Buchner«, erwiderte Uwe.

»Ah, Buchner! Das war der Vorbesitzer meines Hauses. Wollten Sie ihn sprechen? Ach, was rede ich, natürlich wollten Sie das, sonst wären Sie nicht hier.«

»Ich hätte einige Fragen an ihn, ich betreibe Familienforschung.«

»Interessant! Das ist ja richtig Mode. Und Herr Buchner kennt sich da aus?«

»Wir sind ganz weitläufig miteinander verwandt.«

»Gemeinsame Vorfahren im 17. Jahrhundert?«

»So ungefähr. Wären Sie so freundlich, mir seine neue Adresse zu geben?«

»Die ist mir nicht bekannt.«

»Hätten Sie denn einen Tipp für mich, wo ich ihn finden kann?« Uwe sah sich verstohlen um. Die Verschleierte ging auf der anderen Straßenseite vorbei, der Großvater mit dem Kinderwagen war nicht mehr zu sehen. »Es ist sehr wichtig für mich.«

»Na, wenn das so ist … Er hatte eine Gewohnheit. Und die dürfte er, falls er bei guter Gesundheit ist, auch beibehalten haben. Obwohl mir Zweifel kommen, ob ich Ihnen das anvertrauen darf.« Die hellen Augen schienen Uwes Gesicht einer gründlichen Prüfung zu unterziehen. »Sie sehen allerdings nicht aus wie ein Erpresser oder Entführer.«

»Himmel, nein, ich forsche nur privat.«

»Nun, Herr Buchner ist jeden Vormittag im Kuhle Dom anzutreffen. Zum stillen Gebet und zum Beichten.«

»Sie meinen die Stiftskirche in der Kölnstraße.«

»Stiftskirchen gibt es überall. Den Kuhle Dom, wie die echten Bonner sagen, gibt es nur hier. Leider gerät in Vergessenheit, dass die Kuhl die historische Altstadt war, die der Bombenkrieg und später die Abrisswut vernichtet haben.«

»Ich war noch nie in dieser Kirche«, bekannte Uwe.

»Dann wird es Zeit«, meinte der Mann im Wollpullover. »Der Bau ist dem Kölner Dom nachempfunden. Eine dreischiffige Basilika mit Doppelturmfassade.«

»Ich störe Herrn Buchner nicht gern bei seiner Andacht. Wie erkenne ich ihn überhaupt?«

»Gehen Sie morgen Vormittag um elf an der rechten Seite des Kirchenschiffs entlang und durch die gemauerte Pforte. Treten Sie durch die Glastür in die Basilika. Wenden Sie sich nach links ins vordere Seitenschiff und suchen Sie dort den zweiten Beichtstuhl auf. Knien Sie dort auf der linken Kniebank nieder, als wollten Sie beichten. Schönen Tag noch.«

Abrupt wandte der Mann sich um. Er entfernte sich über einen Plattenweg, der nicht durch das Gartentor führte, sondern an einer Hecke vorbei zu einem hinteren Grundstück.

Verwirrt ging Uwe zurück zu seinem Auto. Die punktgenaue Angabe, wohin er sich begeben sollte, irritierte ihn. Links ins vordere Seitenschiff, zweiter Beichtstuhl, linke Kniebank. Würde Buchner im Innern sitzen?

Die Worte des Herrn im Wollpullover hatten wie eine Anweisung geklungen. Sie wirkten wohlüberlegt und nicht spontan. Als hätte er Uwe erwartet. Als wäre vorab schon alles geplant und abgesprochen. Das war unheimlich.

5

UWE

In der Nacht wälzte er sich unruhig im Bett hin und her. Er dachte an Mona und fragte sich ständig aufs Neue, wieso er nicht hatte kommen sehen, was schließlich eingetreten war, und was er tun konnte, um sie zu erreichen und zurückzugewinnen.

Sobald es ihm gelang, Mona aus seinem Kopf zu verbannen, traten Gedanken auf den Plan, die ihn nicht weniger heftig am Schlafen hinderten. Wieder und wieder ging er im Geiste die Fragen durch, die er Buchner stellen wollte. Die Situation würde anders sein als bei allen Gesprächen, die er jemals geführt hatte. Hinzukam der unbehagliche Eindruck, dass etwas nicht stimmte. Dass irgendwas im Gange war. Aber woher hätte der Mann am Gartentor wissen können, dass Uwe vorbeikommen würde?

Am Morgen fuhr Uwe mit dem Bus in die Stadt. Er stieg am Hauptbahnhof aus und ging zu Fuß quer durch die Innenstadt zur Kölnstraße. Fast schon aus Gewohnheit drehte er sich mehrmals um. Niemand schien ihm zu folgen. Das hatte nichts Beruhigendes. Wer es auf ihn abgesehen hatte, kannte womöglich sein Ziel.

Uwes Beine wurden schwer. Nein, nicht umkehren. Weitergehen! Es war eine Chance.

Da war er also, der Kuhle Dom. Die beiden Türme des neugotischen Baus aus braunem Backstein überragten beeindruckend die umstehenden Häuser, den Autoverkehr der Straße und den gegenüberliegenden Stiftsplatz mit seinem Brunnen, den Bänken, Bäumen und parkenden Autos. Die Einzelheiten der Fassade nahm Uwe kaum wahr. Er hatte nur noch die Route im Blick, die ihm beschrieben worden war. *An der rechten Seite des Kirchenschiffs entlang und durch die gemauerte Pforte.*

Er betrat die Kirche durch die gläserne Seitentür. Überwältigt blieb er stehen. Hier drinnen wirkte die dreischiffige Basilika großartiger, als er von außen vermutet hatte. Ihm gegenüber erhob sich eine prächtige Kanzel. Unter den Chorfenstern befand sich der goldglänzende Hochaltar. Uwes Blick glitt an den Pfeilern empor zum hellen Deckengewölbe und den dunkler abgesetzten Verstrebungen. An den Wänden der Seitenschiffe standen je drei Beichtstühle aus kunstvoll geschnitztem Holz.

Es war unglaublich still. Kein Mensch war zu sehen oder zu hören. Nicht mal die Geräusche des Straßenverkehrs drangen bis hierhin vor.

Was für ein Ort, um einen Mann zu treffen, der möglicherweise ein Spion gewesen war! Ob er katholischer Priester war? Uwe wusste, dass auch kirchliche Amtsträger zu den Inoffiziellen Mitarbeitern der Stasi im Westen gezählt hatten. Von einem evangelischen Gemeindepfarrer in Bonn hatte man es in der Tageszeitung lesen können.

Uwe wandte sich nach links und ging an den Reihen

der Kirchenbänke entlang. Seine Schritte hallten unangenehm laut. Sein Herz hämmerte, als er sich dem zweiten Beichtstuhl auf der linken Seite näherte.

Vor dem Schnitzwerk angelangt, blieb er stehen. Er starrte auf die Figuren und Ornamente des schrankartigen Gebildes, ohne sie richtig zu sehen. Die Kniebänke waren außen an den Seiten des Mittelteils angebracht, an dem der violette Vorhang vollständig zugezogen war. Ob dahinter jemand saß, war nicht zu sagen.

Zögernd trat Uwe vor die linke Kniebank. Das Bewusstsein, dass sich die Eingangstür und ein weiterer Beichtstuhl in seinem Rücken befanden, verunsicherte ihn zusätzlich.

Langsam ließ er sich auf seine Knie hinunter. Die ungewohnte Haltung vermittelte ihm ein Gefühl der Hilflosigkeit. Wenn ihn hier jemand umlegte, dem seine Neugier nicht passte, würde es draußen niemand bemerken. Seine Leiche würde im Innern des Beichtstuhls verstaut und bis man den wieder brauchte, war der Täter über alle Berge.

Uwe nahm eine demütige Miene an, als wollte er beichten, und hob den Mund zu einem hölzernen Gittergeflecht, dessen Löcher sehr klein waren. Auf der anderen Seite wurde eine Klappe zur Seite geschoben. Hinter dem Geflecht blieb es dunkel. Er konnte kein Gesicht erkennen, nicht mal die Umrisse eines Kopfes, doch nahm er den Geruch eines fremden Körpers wahr.

»Herr Buchner?«, flüsterte er.

»Wer bist du, mein Sohn?«

Uwe schwieg. Sich auf Knien einem Unsichtbaren vorzustellen war arg befremdlich. Vielleicht sogar falsch.

»Der Herr hilft nur den Aufrichtigen«, sagte der Unsichtbare streng.

»Mein Name ist Uwe Ohlbruck.«

»Wie hast du mich gefunden?«

Uwe gab vor, er habe ganz zufällig von einem Herrn Buchner in Bonn-Castell erfahren.

Ein leises Lachen war die Erwiderung. »Eine doppelte Täuschung.«

»Wie meinen Sie das?«

»Erstens: Buchner gibt es nicht.«

»Aber er stand …« Uwe hielt inne. Beinahe hätte er sich verraten.

»In Schwitzburgs Büchlein, ich weiß«, ergänzte der Unsichtbare.

Uwe schwieg betroffen.

»Mein Sohn, es verhält sich folgendermaßen«, hub der andere wieder an. »Ihr Bruder kreuzte mehrmals bei Schwitzburg auf und gab keine Ruhe. Da hat Hubert ihm den imaginären Herrn Buch als Informanten genannt und seinen Adressen eine Schar ähnlicher Namen hinzugefügt, in der Annahme, Ihr Bruder würde das Büchlein aufstöbern und all die nicht vorhandenen Leute abklappern. Hubert hat sich kaputt gelacht über den Einfall.«

»Es gab weder Buch noch Buchner?«

»So ist es.«

Wenn es Bernd Buch nie gab, dachte Uwe fieberhaft, dann musste der andere Name von dem todkranken Ost-Berliner stammen. Und der hatte in seinem Zustand vermutlich keine Irreführung im Sinn. Lorenz Lange konnte also existiert haben. Und immer noch existieren.

»Aber ich habe Sie gefunden, als ich Buchner suchte! Wer sind Sie?«

Uwe hatte den starken Verdacht, dass der Mann hinter dem Geflecht mit dem Herrn vom Gartentor identisch war. Die Stimme konnte dieselbe sein, wenngleich verändert durch die Enge des Beichtstuhls und das Bemühen, sie fromm und priesterlich klingen zu lassen.

»Sagen wir: Ich bin ein Überzeugter«, erklärte der Unsichtbare.

»Worin bestand die zweite Täuschung?«

»Die liebe Luise. Nach dem Ende der DDR lernten wir uns alle kennen, wir früheren Einzelkämpfer und späteren Schicksalsgenossen. Wir gründeten Vereine, solidarische Zusammenschlüsse, tauschten Erfahrungen aus, unterstützten einander. Daher ist mir Huberts Namens-Manöver bekannt.«

»Und Luise weiß das auch alles?«

»Wer weiß, was Luise weiß. Frauen wie sie, zumal wenn sie alt sind und tüddelig wirken, werden oft unterschätzt. Sie hat natürlich gemerkt, dass im Schreibtisch ihres Huberts etwas fehlte.«

Uwe schluckte.

»Als Sie sich noch einmal bei ihr meldeten«, fuhr der Mann fort, »war ihr klar, dass Sie das Zeug wieder loswerden wollten und dafür die Schublade öffnen mussten. Da hat sie Ihnen was hineingelegt.«

Das Brieffragment! Uwe fühlte, wie ihm das Blut in den Kopf schoss. Er hatte sich für so raffiniert gehalten. Sie hatte ihn durchschaut. Was für eine Posse.

»Luise hat Sie ins Herz geschlossen und nachgeholfen, damit Sie zu mir finden«, raunte der Mann hinter dem Holzgeflecht. »Walter hat ihr etwas bedeutet. Man sah sie oft zusammen auf der Allee. Sie hätte auch ihm gern geholfen. Aber da wusste sie noch nichts.«

»Ist der Text, den sie mir hingelegt hat, eine Fälschung?«

»Nicht doch, der ist Original Schwitzburg. Ein Ausschnitt aus einem Brief, den Luise Anfang der 90er-Jahre von ihrem Gatten erhielt. Es war eine Beichte. Da stand ihm das Wasser bis zum Hals, weil sein Name vor Gericht gefallen war. Und weil Sie, Herr Ohlbruck, nach genau dem Bernd Buch suchten, der bereits Ihren Bruder beschäftigt hatte, verwandelte Luise das S aus der Feder ihres Gatten in ein B und informierte mich, in der Hoffnung, dass Sie Huberts Büchlein so gut studiert hatten, dass Sie in Bonn-Castell landen mussten.«

»Warum so viel Heimlichkeit?«

»Hm … Man weiß nie … Gehen Sie nicht mehr zu Luise. Auch nicht in die Galerie. Tun Sie ihr den Gefallen. Kommen Sie nie wieder nach Bonn-Castell, nie wieder in diese Kirche.«

Uwe atmete tief durch. In dieser Sache schien jeder irgendwelche Ängste zu haben. War das der lange Arm des Kalten Krieges?

»Was wissen Sie über meinen Vater? Er war Kundschafter des Friedens, das ist mir inzwischen klar.«

»Warum so grimmig? Seien Sie stolz auf Ihren Vater! Ernst Lehmann kämpfte für den Frieden und eine gerechtere Gesellschaft. Er tat es aus tiefster Überzeugung.«

»Ernst Lehmann?«

»Sein Deckname, für den er einen zweiten Pass besaß, um unauffällig zu konspirativen Treffen in die DDR reisen zu können.«

»Er war … überzeugt?«

Uwes Vorstellung, dass sein Vater erpresst und zur Spitzeltätigkeit gezwungen worden war, fiel wie ein Kartenhaus zusammen. Sich mit einem zutiefst überzeugten DDR-Spion abzufinden, fiel schwer.

»Er merkte, wohin die Bonner Republik trieb«, meinte der Mann hinter dem Holzgitter. »Und er arbeitete unter einem Dach mit Globke, der im Dritten Reich die Rechtsgrundlage für die Verfolgung und Ermordung der Juden schuf und nun Chef des Bundeskanzleramts war, engster Vertrauter Konrad Adenauers. Ihr Vater hatte jüdische Freunde, die in der Gaskammer umkamen, war Soldat an der Ostfront in dem Krieg, den die Nazis angezettelt hatten, seine erste Frau starb in den Bomben. Genug Gründe, einer Regierung zu misstrauen, die das Mörderpack von damals wieder hochkommen ließ und den säbelrasselnden Amerikanern hörig war. Dem Osten hat er vertraut, lebte aber im Westen, im Herzen der Bonner Republik. Was lag da näher, als zu dem großen sozialistischen Ziel, eine bessere Welt zu schaffen, einen kleinen Beitrag zu leisten?«

»Indem er ein System unterstützte, wo eine einzige Partei, die SED, die gesamte Macht innehatte und den Sozialismus mit Menschenrechtsverletzungen durchsetzte?«, wandte Uwe ein. »Wo Bürger überwacht und bespitzelt wurden? Wo Andersdenkende Repressalien ausgesetzt waren, die falsche Einstellung ins Gefängnis führte und Republikflüchtlinge auf dem Weg in die Freiheit erschossen wurden?«

»Im Westen wurde ebenfalls überwacht und zudem die reinste Gehirnwäsche betrieben. Denken Sie an das Niederringen der Kommunisten, an das Verbot der Partei, an die Genossen, die wegen ihrer sozialistischen Gesinnung aus dem Staatsdienst geworfen wurden! In der DDR waren gewisse Einschränkungen nur notwendige Vorsicht. Eine Übergangsphase.«

Glaubt der Mann das wirklich?, fragte sich Uwe. Hatte sein Vater das geglaubt? Dessen Gestalt rückte in immer größere Ferne, löste sich auf in einer langen Reihe von gleichen grauen Männern, die Uwe allesamt fremd waren.

»Wie ist mein Vater dazu gekommen, für die DDR zu arbeiten? Wissen Sie das?«

»Hubert hat es mir erzählt: 1953 besuchte Ihr Vater einen Kriegskameraden in Ost-Berlin. Der brachte ihn mit dem Staatssicherheitsdienst zusammen, wo man den Kontakt zu jungen, aufgeschlossenen Menschen suchte, die interessante Berufsaussichten hatten. Ihr Vater war zu der Zeit Gerichtsreferendar mit schmalem Salär und genoss es, dass man seine Sorgen im Osten ernster nahm als im Westen.«

Und er war dankbar für das monatliche Zubrot aus dem Osten, dachte Uwe, er hatte zwei Kinder und eine Ehefrau zu ernähren. Nein, er durfte seinen Vater nicht verurteilen, er musste Verständnis haben. Schließlich hatte er sich oft genug gefragt, was in den Menschen nach Ende des katastrophalen Krieges vorging, nachdem ihre Welt so entsetzlich aus den Fugen geraten war.

Und der Kriegskamerad? Möglich, dass es derselbe war, der später todkrank nach Köln kam und Walter den Namen Lorenz Lange anvertraute.

»Warum ist mein Vater im April 1963 verschwunden? Wissen Sie das auch?«

»Er hatte schon vorher nachgelassen und war ermahnt worden, besseres Material zu liefern. Eines Tages gestand er einem befreundeten Kollegen in privater Atmosphäre sein Doppelleben. Er halte die Täuschungen und Heimlichkeiten nicht mehr aus, er stehe nicht mehr zur Politik der DDR, die Mauer, die Opfer an der Grenze und was nicht alles. Sein Gewissen befehle ihm, sich an höchster Stelle zu offenbaren samt einer Auflistung der Informa-

tionen, die er an die Hauptverwaltung Aufklärung heraus-
gegeben hatte. Er wollte nicht nur Schluss machen, nein,
er wollte alles melden!«

Der Vater kam Uwe wieder näher, trat aus der Reihe
fremder grauer Männer heraus. »Eine anerkennenswerte
Haltung.«

»Es war Verrat«, widersprach der Unsichtbare.

»Wer war der Kollege?«

»Hubert Schwitzburg.«

»Ach! Der war doch selbst Inoffizieller Mitarbeiter!«

»Psst!«, zischte der Mann im Beichtstuhl. »Das war
Ihrem Vater nicht bekannt. Im Normalfall wussten die
Quellen nichts voneinander, das gehörte zur Strategie der
Staatssicherheit. Hubert gab sich Ihrem Vater nicht zu
erkennen und empfahl ihm freundschaftlich, alles noch
einmal zu überdenken. Kaum war Ihr Vater zur Tür he-
raus, hat Hubert Ost-Berlin verständigt. Über mich, den
Kurier.«

»Und dann?«

»Das übliche Prozedere. Der Führungsoffizier beor-
derte Ihren Vater in die DDR. Er erhielt dort eine neue
Identität.«

»Warum hat er sich nach der Wende nicht mit seiner
Familie in Verbindung gesetzt?«

»Um anschließend für seinen gerechten Kampf bestraft
zu werden? Dokumente aus dem Bundeskanzleramt, dem
Allerheiligsten der Bonner Regierung, da kannten die
Gerichte kein Pardon. Sein persönliches Ansehen wäre
ebenfalls dahin gewesen.«

»Meine Mutter war bei der Stasi-Unterlagen-Behörde.
Anscheinend war in den Akten nichts über meinen Vater
zu finden.«

»Haben Sie von der Operation Reißwolf gehört? Bei der Auflösung des Geheimdienstes hat die Hauptverwaltung Aufklärung Karteikarten, Akten und Datenträger vernichtet, um die Kundschafter zu schützen.«

Auf diese Weise verschwand auch der Inoffizielle Mitarbeiter Heinz alias Hubert Schwitzburg, dachte Uwe. Dazu fiel ihm etwas ein: »Man hatte doch zusätzliche Erkenntnisse aus anderen Abteilungen des Ministeriums und eine Liste aus dem Bunker der Nationalen Volksarmee.«

»Der Name Ihres Vaters ist schon 1963 an allen Stellen getilgt worden, um seine neue Identität zu wahren.«

Die Tilgung glaubte Uwe ihm, aber die neue Identität? Die Angst vor Strafe und Verlust des Ansehens? Nein.

»Was wissen Sie über meinen Bruder Walter?«, fragte er.

»Mit seinen Kontakten zu Bonner Politikern und Ministerien schien er vielversprechend. Eine unserer Quellen, eine Dame im Auswärtigen Amt, hatte uns auf ihn aufmerksam gemacht.«

Uwe hielt den Atem an – im Auswärtigen Amt hatte Bärbels Mutter, Frau Teichmann, gearbeitet. Walter hatte sie in seinem grauen Heft erwähnt. Nun war klar, warum. Hier war die Verbindung. Und vielleicht eine Spur.

»Er zeigte Interesse, für uns zu arbeiten«, sagt der Mann im Innern des Beichtstuhls. »Journalisten, die bestimmte Informationen in die Medien lancieren konnten, waren uns hochwillkommen.«

»Für Falschmeldungen? Daran hatte er Interesse?« Uwe wurde unsicher, was er von seinem Bruder denken sollte.

»Es ging mehr darum, das politische Klima und wichtige Entscheidungen zu beeinflussen, außerdem die Sichtweise auf die DDR.«

Uwe schmerzten die Knie auf dem hölzernen Bänkchen. Es fiel ihm immer schwerer, nicht den Faden zu verlieren. »Sie sagten eben, Walter war mehrmals bei Schwitzburg.«

»Er wusste nicht, dass Hubert für uns arbeitete. Und dessen Vorbehalt gegen den jungen Mann war berechtigt.«

»Was meinen Sie damit?«

»Ihr Bruder stand unter Beobachtung. Vor einer Anwerbung war das notwendig. Sein persönliches Umfeld, seine Gewohnheiten, alles war von Bedeutung. Und siehe da, es wurde etwas belauscht, das seine Unaufrichtigkeit bewies. Sein Interesse war gespielt, seine sozialistische Gesinnung bloßer Schein.«

Ach! Uwe richtete sich auf dem Bänkchen auf. Schlagartig kam ihm alles klar und folgerichtig vor. Jetzt musste es heraus, ganz egal, ob es unklug war: »Die Stasi hat Walter ermordet! Er ist ertrunken, weil er unter Wasser gezerrt wurde!«

»So was haben sie nicht gemacht«, sagte der Mann hinter dem Geflecht in aller Ruhe. »Der Vorgang erhielt den Vermerk, dass der IM-Vorlauf nicht zur Anwerbung führt und abgebrochen wird. Sonst passierte da nichts.«

»Die Stasi hat meinen Vater umgebracht und zwölf Jahre später Walter, der das beweisen wollte!«

»Unsinn.«

»Hat sich Stasi-Chef Erich Mielke nicht offen dafür ausgesprochen, die Verräter hinzurichten? Sie haben selbst gesagt, dass mein Vater ein Verräter war.«

»Regen Sie sich nicht auf«, raunte der Mann. »Vor allem nicht so laut.«

»Oder wurde mein Vater entführt und in die DDR verschleppt? Solche Entführungen sind nachgewiesen. Mancher politische Häftling ist dort im Gefängnis gestorben.«

»Das klingt nach West-Propaganda. Sie und ich, wir können die Wahrheit nicht kennen. Alles wird verfälscht.«

»Wie wahr!«, zischte Uwe. »Sagt Ihnen der Name Lorenz Lange etwas?«

Der Mann schwieg. War er überrascht? Überlegte er? Dem Geräusch nach nestelte er an einem Rosenkranz herum. Nach einer Weile räusperte er sich.

»Gehe nun und tue Buße, mein Sohn«, sagte er in dem priesterlich salbungsvollen Ton, den er zuvor aufgegeben hatte. »Die Stunde meiner Andacht ist gekommen. Verlasse dieses Gotteshaus und ziehe aufs Schnellste deiner Wege. Und der Friede des Herrn, welcher höher ist als alle Vernunft«, er senkte die Stimme zu einem Flüstern, »sei mit dir und unserer Schwester Helene Meier, Franzstraße 4a, über die wir den Stab nicht brechen wollen.«

Uwe erstarrte. Im Stillen wiederholte er den Namen und die Adresse, bevor er den Beichtstuhl verließ, und ein weiteres Mal, als er durch die Kirchentür ins Freie trat.

Draußen im hellen Sonnenlicht konnte er es kaum fassen. Er hatte einen Tipp erhalten, der ihn weiterbringen würde! Wie war das möglich bei einem Mann, der die Stasi so vehement verteidigte?

Schwungvoll ging Uwe durch die gemauerte Pforte. Und blieb abrupt stehen.

Ihn überfielen schreckliche Bedenken. Durfte er dem Unbekannten glauben? Waren dessen detaillierte Kenntnisse über Gerhard und Walter Ohlbruck nicht suspekt? Rührten sie wirklich von den Treffen ehemaliger Kundschafter her oder hatten sie einen anderen, ganz finsteren Grund? War der Mann womöglich an den Mordtaten beteiligt gewesen, an der Vorbereitung oder Durchführung? War er der Mörder selbst?

Seinem Hinweis zu folgen konnte geradewegs in eine Falle führen. Wer es geschafft hatte, zwei Morde zu vertuschen, bekam das auch mit einem dritten hin.

Den Hinweis zu ignorieren konnte allerdings bedeuten, eine Möglichkeit ungenutzt zu lassen.

Ratlos blickte Uwe auf die braune Ziegelmauer. Und dachte an einen Grabstein aus grünem Granit. Wenn er es ernst meinte mit dem Vorsatz, mehr herauszufinden, gab es nur diese eine Chance: Helene Meier, Franzstraße 4a.

BÄRBEL

Nachdem Bärbel den Klassenkameraden per E-Mail versichert hatte, ihre Wünsche würden morgen in den Speiseplan aufgenommen, hatte sich Doris, die jenseits der Stadtgrenze in St. Augustin wohnte, wegen etwas anderem gemeldet.

Sie gehörte dem Grüppchen »Cafés testen« an, das sich im Rahmen der Planungen gegründet hatte, um dem Abendessen mit den überwiegend auswärtigen Schulfreunden ein Zusammensein bei Kaffee und Kuchen mit anschließendem Spaziergang vorausgehen zu lassen. Zu diesem Zweck hatten Bärbel, Ulla und Doris vier Bonner Cafés getestet, von denen eines als Sieger hervorgegangen war, das aber, wie Doris mitgeteilt hatte, am Samstag wegen eines Trauerfalls geschlossen sein würde. Als Ersatz hatte sie das Eiscafé am Stiftsplatz vorgeschlagen. Ein kleines Eis sättige nicht so sehr wie Kuchen, man wolle sich ja den Appetit für den Abend bewahren, und von dort aus könne man durch die Altstadt schlendern, die von der Kirschblüte wie verzaubert sei, dann durch die Innenstadt und den Hofgarten an der alten Schule vorbei zum »Raben« gehen – falls das Café den Test bestehe.

Nun saßen die drei Damen vor ihren Eisbechern an einem kleinen Tisch mit Blick auf die Kölnstraße und die Stiftskirche: die hagere Doris, Ulla mit den Grübchen in den Wangen und Bärbel in einer farbenfrohen Seidenjacke, die sie im Secondhand-Laden erworben hatte.

»Daumen hoch«, sagte Bärbel, als sie ihre Becher leerten, »das Eis schmeckt super. Das wird unser Treffpunkt für den Nachmittag, was meint ihr?«

Die beiden anderen stimmten zu.

»Was ist denn mit Uwe?«, fragte Ulla.

»Nichts Neues«, erwiderte Bärbel. »Keine Antwort.«

Sie mochte nicht darüber reden. Es war alles so verworren.

Ulla hakte nicht nach, sondern sah auf ihre Armbanduhr und erklärte, sie müsse zu den Enkeln aufbrechen. Doris, die schon beim letzten Mal gesagt hatte, man könne niemanden zu seinem Glück zwingen, hatte es wegen eines Treffens der SPD-Frauen ebenso eilig. Die beiden legten ihre Euros auf die Tischplatte, damit Bärbel für sie zahlte, und verließen das Café.

Sinnend blieb Bärbel zurück und starrte durchs Fenster. Die Frage nach Uwe hatte sie aufgewühlt. Sie war unzufrieden mit sich selbst und schalt sich im Stillen, zu früh aufgegeben zu haben. Ein Mensch, mit dem man vier wunderbare Schuljahre verbracht hatte, war entschieden mehr Mühe wert. Sie durfte sich nicht beleidigt zurückziehen. Vermutlich beruhte seine Ablehnung auf einem blöden Missverständnis, das sich bestimmt aus dem Weg räumen ließ. Vorausgesetzt, sie konnte endlich mit ihm sprechen.

Auf dem Bürgersteig vor dem Fenster ging ein Mann mit einem Strauß Nelken vorbei. Bärbel fiel die weiße Rose auf Walters Grab ein. Malte hatte sie als Versprechen gegenüber dem Toten gedeutet. Hatte der Langschläfer womöglich recht? Wenn an dem Verschwinden des Vaters und dem Badeunfall des Bruders etwas faul war, konnte Uwe sich dem toten Walter gegenüber verpflichtet fühlen, der Sache auf den Grund zu gehen. Vielleicht hatte er erst jetzt, nach so vielen Jahren, einen bestimmten Verdacht.

Ich muss noch mal mit Mama reden, dachte Bärbel, ich muss einen guten Moment bei ihr erwischen, ich muss es versuchen! Warum hatte ihre Mutter so gezittert, als der Name Walter Ohlbruck fiel? Sie wusste doch was! Falls es etwas Bedeutsames war, konnte Bärbel es an Uwe weitergeben. Vielleicht würde ihm das helfen.

Sie blickte über die Straße und überlegte, ob sie kurz in den Kuhle Dom hineinschauen sollte, bevor sie sich auf den Weg zu ihrer Mutter machte. Ihre Erinnerung an das Innere der Kirche war völlig verblasst. Andererseits meldeten sich ihre Knie wieder, sodass es klüger war, auf die Besichtigung zu verzichten.

Unschlüssig erhob sich Bärbel vom Tisch und musterte den Bau durch die Scheibe. Sie hatte schönere Kirchen gesehen, in ganz Deutschland, Frankreich und England, aber dies war ihre Heimatstadt, diese Kirche war der Dom der kleinen Leute, wie man früher sagte. Schon das Portal schien einen Blick wert. Vor den Stufen tauchte gerade ein schmaler Mann auf und ging über den Vorplatz. Es durchfuhr Bärbel wie ein Stromschlag: die typische Haltung, das braune Sakko, die besondere Kopfform …

Bärbel stürzte zum Tresen und warf die abgezählten Münzen auf die polierte Fläche. »Stimmt so!«

Sekunden später überquerte sie die Fahrbahn. Sie durfte ihn nicht verpassen. So eine Gelegenheit würde nicht wiederkommen. Er hatte den Kirchenvorplatz bereits hinter sich gelassen und befand sich auf dem Bürgersteig neben einem Bäckerladen.

»Uwe! Warte!«

Er drehte sich nicht um. Bärbel ignorierte ihre Erziehung, vor allem ihre Knie und nahm alle Kraft zusammen. Sie holte Schwung und fegte dicht an Uwe vorbei. Ihr rechter Ellbogen berührte ihn, ihr linker Ärmel wischte die Flanke eines Wagens entlang. In einer engen Wendung bremste sie wankend und keuchend vor ihm ab.

Ihr Standort war perfekt: Links ein Musikgeschäft, ein Friseur, zwei abgestellte Fahrräder, rechts die eng geparkten Autos und sie selber breit genug, um frech den Durchgang zu versperren. Uwe blieb nichts anderes übrig, als vor ihr stehen zu bleiben und sie anzusehen.

»Ich bin's, Bärbel. Grüß dich, Uwe. Morgen ist das Klassentreffen.«

Aus der Nähe betrachtet war das Blau seiner Augen immer noch außergewöhnlich. Doch sein Blick war frostig.

»Was soll das?«, blaffte er. »Ich heiße Horst.«

»Ach was, du bist Uwe. Du musst kommen, wir brauchen dich, wir wollen nicht auf dich verzichten!«

»Lassen Sie mich in Ruhe.«

Der Klang seiner Stimme war noch kälter als sein Blick. Er schien zu überlegen, wie er an ihr vorbeikommen konnte.

Bärbel fasste sich ein Herz. »Warum läufst du vor mir weg? Sag mir, was los ist. Vielleicht kann ich dir helfen.«

»Was für ein Unfug. Ich kenne Sie nicht.«

Er schlug einen raschen Bogen und zwängte sich durch die Lücke zwischen zwei Autos. Am Rand der Fahrbahn eilte er weiter. Ein Kleinlaster hupte durchdringend. Uwe verschwand in einer Seitenstraße.

Bärbel schnappte nach Luft. Wie konnte er sie derart anlügen? In ihr kochte die Wut. Sie war zutiefst getroffen und verletzt. Hatte sie mit ihrem Einsatz nicht endlich eine ehrliche Antwort verdient? Hatte sie nicht geradezu ein Recht darauf zu erfahren, was hinter seinem unmöglichen Verhalten steckte?

Ihm zu helfen kam selbstverständlich nicht mehr in Frage. Sollte er sich doch am Schicksal seiner toten Verwandten oder was immer ihn umtrieb, die Zähne ausbeißen!

UWE

Schnellen Schrittes bog er in die Stiftsgasse ein, bloß weg von dieser Frau und der hässlichen Szene.

Da war sie also wieder, die Verfolgerin. Hinter ihrem Hilfsangebot verbarg sich mit Sicherheit etwas anderes. Wenn ihre Mutter die Frau war, die Walter mit der Stasi zusammengebracht hatte, konnte auch Bärbel in deren Angelegenheiten verstrickt sein, sogar in Auftragsmorde und die nötige Vertuschung. Das sah man den Leuten nicht an. Da war nichts unmöglich. Und natürlich hatte Bärbel mit dem Unsichtbaren im Beichtstuhl zu tun, dem Mann, der vom selbstlosen Informanten bis zum raffinierten Mörder alles sein konnte. Wie hätte sie sonst wissen können, dass ihr früherer Klassenkamerad um diese Zeit am Kuhle Dom anzutreffen war?

Uwe eilte die schmale Straße hinunter. Er nahm an, dass Bärbel ihm folgte, drehte sich aber nicht um. Sofern der Anschein nicht trog, plagten sie Probleme an den Beinen, sodass sie auf Dauer sicher nicht mithalten konnte. Wie dämlich, ihm diese Frau hinterherzuschicken.

Er überquerte die Kasernenstraße und nahm die Abkürzung über das offene Grundstück, auf dem sich früher die Volkshochschule befunden hatte. Am Tor zur Wilhelmstraße wandte er sich um und sah aus der Stiftsgasse nur einen blassen jungen Mann in schwarzer Jeansjacke kommen, der auf sein Handy starrte und ihn kaum wahrzunehmen schien.

Uwe ging weiter, am Altbau des Gerichts vorbei in die Alexanderstraße. Je mehr Ecken, desto besser. Er stieß auf die Breite Straße, die wie jedes Jahr im April einem Gewölbe aus rosa Blüten glich, eilte vorbei an fotografierenden Touristen und kleinen Läden in schlichten Gründerzeithäusern und erreichte die Maxstraße, die im spitzen Winkel abbog. Dann die Weiherstraße hinter dem Stadthaus, dem ungeliebten Trumm aus den 70er-Jahren.

Die nächste Straße war die Franzstraße. Fast am Ende, nicht weit von der quer verlaufenden Heerstraße, entdeckte Uwe die Nummer 4a. Vielleicht hätte es eine kürzere Strecke gegeben, aber er kannte sich nicht so gut aus im engen Straßennetz der inneren Nordstadt, die jeder heute Altstadt nannte, obwohl sie nicht älter war als die Südstadt.

Er studierte die Klingelschilder an der Tür: *Weber, Bokowski, Öztürk, Odden …* Helene Meier war nicht darunter. Er trat ein Stück zurück und musterte den schmucklosen Altbau mit dem abbröckelnden grauen Putz.

»Zu wem wollen Se denn?«, ertönte über ihm eine brüchige Stimme im bönnschen Tonfall.

Uwe blickte hinauf. Aus einem Fenster des Nachbarhauses schaute eine Frau auf ihn herab. Ihr weißes Haar stand wie ein Federkranz um ihren Kopf herum, ihre Unterarme lagen auf einem behaglichen dicken Kissen. Diese Art, es sich am offenen Fenster gemütlich zu machen, hatte er lange nicht mehr gesehen, zuletzt in einem Eifeldorf.

»Ich möchte zu Helene Meier«, erwiderte er.

»Esu?« Die Frau war sichtlich verwundert. »Un waröm?«

»Ein Bekannter hat gesagt, sie wohnt in diesem Haus.«

»Enää, et Meiers Leni hätt em Rosental jewohnt.«

»Und wo wohnt sie jetzt?«

Die Frau deutete über sich. »Do ovve.«

»Unterm Dach?« Uwe blickte am Haus hoch.

»Enää, beim Herrjott. Et es mausetot.«

»Oh, wie traurig«, sagte Uwe. »Seit wann denn?«

»Dat es lang her. Zehn Johr villeesch?«

»Gibt es noch Angehörige?«

»Dat weeß isch net. Isch han de Anzeije en de Zeidung jesenn un ben häste wat kannste op dä Friedhoff.«

»Wo liegt sie begraben?«

»Jott, wie heeßt dat do? Dä Bersch met de Kiresch ovvedropp.«

»Kreuzberg? Meinen Sie den Poppelsdorfer Friedhof?«

»Jenau. Do irjenswo janz vorn, wännde rinn küss.«

»Der Kreuzberg ist recht weit von hier aus.«

»Jehn Se do emol hin. Isch wüsst zu järn, ob irjenswer für et Leni e paar Blömsche pflanze deet.«

Mehr war von ihr nicht zu erfahren, insbesondere schien sie nicht zu wissen, warum Helene Meier nicht auf dem näheren Nordfriedhof beerdigt worden war. Sie wechselte übergangslos zum Thema Arthrose und den damit verbundenen Leiden, wobei sie immer tiefer ins Bönnsche Platt rutschte. Uwe, dessen Familie nicht aus dem Rheinland stammte, verstand so gut wie nichts mehr.

Er verabschiedete und bedankte sich für die Auskunft. Ihm wurde bewusst, dass das Gespräch ziemlich laut ausgefallen war. Die Nachbarn und das junge Mädchen, das auf dem gegenüberliegenden Bürgersteig mit dem Handy am Ohr vorbeischlenderte, hatten womöglich jedes Wort verstanden. Aber was machte das?

Die Frau, die etwas über Gerhard und Walter Ohlbruck hätte erzählen können, war tot. Ende der Fahnen-
stange. Er kam zu spät.

MALTE

Er saß an seinem ungewohnt aufgeräumten Schreibtisch
vor dem Laptop und grübelte. Er hatte es nicht vermeiden können, seine Schulden bei einem Kumpel zu bezah-
len, und war wieder verflixt knapp bei Kasse. Am Samstag
»richtig schön« essen zu gehen, wie Melanie vorgeschlagen
hatte, war nicht drin. Dazu fehlte mindestens ein Zwan-
zigeuroschein. Blöderweise hatte er trotzdem freudig
zugestimmt.

Sein Handy klingelte. Das Display zeigte an, dass es
Bärbel war. Ihn überkamen unvergleichliche Glücksge-
fühle – Bärbel, sein Rettungsboot auf der rauen See der
Lebenshaltungskosten! Vergessen waren die Unstimmig-
keiten. Sie brauchte ihn! Hoffentlich gegen Bares, aber
falls nicht, wäre das nicht so schlimm. Denn Bärbel war
die einzige Person auf der Welt, die er ohne Hemmungen anpumpen konnte.

»Malte! Ich bin in der Stadt und brauch erst mal einen Kaffee!«

»Das dürfte dort kein Problem sein«, sagte er.

Sie schnaufte. »Mir ist was Merkwürdiges passiert. Ich habe Uwe vor der Stiftskirche angesprochen und er hat behauptet, mich nicht zu kennen, sein Name sei Horst!«

»Ups, kreativ.«

»Das Merkwürdige kommt ja noch. Er rennt davon, ich ärgere mich und zögere zu lang, kurzum, als ich losspurte, schaffe ich es nicht, hinterherzukommen und ihn im Auge zu behalten.«

»Du bist hinterher? Ey, ich dachte …«

»Malte«, fiel sie ihm ins Wort. »Es klingt bescheuert, aber ich hatte plötzlich das Gefühl, dass das, was ihn umtreibt, mich ganz persönlich angeht.«

»Äh – wieso?«

»Das kann ich jetzt nicht lang und breit erklären. Also, ich bin die Stiftsgasse runtergefegt, und leider war er weg. Da hab ich einen Kerl mit Jeansjacke gefragt, ob er einen Mann in meinem Alter mit einem braunen Sakko gesehen hat. Ja, sagt der mit osteuropäischem Akzent, er ist zum Wilhelmsplatz. Ich sause dorthin und ein Stück die Kölnstraße hoch, doch Uwe ist nicht zu sehen. Da habe ich beschlossen, zum Stadthaus zu laufen, um mich im Stadtarchiv zu erkundigen, ob sie irgendwas Geschichtliches über unsere Schule wüssten, das ich in meine Rede fürs Klassentreffen einbauen könnte. In der Altstadt hab ich dann dauernd zu den blühenden Bäumen geguckt, prompt bin ich falsch gegangen, erst als der gelbe Turm der Marienkirche auftauchte, war mir wieder klar, wo es langgeht. Ich bin also in die Franzstraße eingebogen. Und wen sehe ich dort auf der anderen Seite stehen?«

»Uwe? Echt?«

»Er sprach mit einer Frau, die im ersten Stock aus dem Fenster schaute. Ich bin schnell in einen Hauseingang getreten. Da hörte ich sie vom Poppelsdorfer Friedhof reden. Uwe sagte, der sei weit entfernt. Aber für dich, Malte, ist er ganz nah! Wenn dein Fahrrad eine brauchbare Gangschaltung hat, kommst du von Lengsdorf ruckzuck den Kreuzberg hoch und bist sogar vor ihm da! 20 Euro die Stunde.«

Malte blies die Backen auf. Was für ein Angebot!

»Warum glaubst du, er fährt dorthin?«

»Er wird es tun. Ich weiß nur nicht, wie lange er in der Franzstraße geblieben ist. Als die Frau die Rede auf ihre Krankheiten brachte, hab ich mich in die Heerstraße verdrückt.«

»Bärbel, am Poppelsdorfer Friedhof hat er mehrere Eingänge zur Auswahl. Ich kann nicht alle gleichzeitig bewachen.«

»Ich schätze, er fährt zum Parkplatz unterhalb des Haupteingangs. Das Grab, das er suchen wird, ist im unteren Teil. Dort kannst du dich aufbauen, Malte.«

»Wolltest du ihn an Gräbern nicht in Ruhe lassen?«

»Es geht darum, was er als Nächstes tut.«

»Könnte teuer für dich werden, Bärbel.«

»Und wenn es mir die halbe Rente wegfrisst, ich muss es wissen!«

Sonderbar, dachte Malte, ist das dieselbe Frau, die mir befohlen hat, den Ex-Lehrer nicht weiter zu behelligen? Warum jetzt diese Wende?

20 Euro die Stunde! Der Lebensunterhalt für die nächste Woche war gesichert. Und das Essen mit Melanie sowieso.

UWE

Während der Heimfahrt im Bus sah er die Nachrichten auf seinem Handy durch.

Nichts von Mona. Er machte sich Sorgen. Wie sollte er unterscheiden können, ob sie ihn nur strafen wollte oder ob ihr etwas zugestoßen war? Nicht zu wissen, wohin sie gegangen war, wo sie sich aufhielt und was sie vorhatte, war schrecklich. Er verfluchte sein geheimes Herumwühlen in der Vergangenheit, mit dem er Mona vergrätzt und sich selbst in eine Sackgasse manövriert hatte. Nun besaß er Zeit im Übermaß, aber sie war nutzlos, solange Mona nichts davon wusste.

Zu Hause hörte er den Anrufbeantworter ab. Nichts. Er öffnete den Briefkasten und fing die Post auf, die ihm entgegenrutschte. Rechnungen, Einladungen, Werbung. Sonst nichts.

Er trank im Stehen zwei Tassen Kaffee und aß ein trockenes Brötchen. Währenddessen blickte er auf die kahle Terrasse. Keine Blumentöpfe, keine Gartenmöbel, die standen noch im Keller. Auf einer der vorderen Bodenplatten lag der reglose kleine Körper einer Amsel, die wahrscheinlich im Flug gegen die Fensterscheibe geprallt war. Nebenan brüllte wie jeden Tag verzweifelt ein Baby, auf der anderen Seite bohrte und hämmerte wie jeden Tag der Nachbar.

Alles schien trostlos. Uwe spürte, wie sich eine beängstigende Leere in ihm ausbreitete, eine endlose, dunkle Wüste, die alles zu verschlucken drohte, jeden Antrieb, jede Lebenslust und Kraft.

Nein. Bloß nicht länger hier herumhängen.

Er konnte zum Poppelsdorfer Friedhof fahren und sich einreden, er würde am Grab der Helene Meier jemanden antreffen, der ihm Bahnbrechendes aus ihrem Bekanntenkreis enthüllte, zu dem möglicherweise sein Vater oder Walter gezählt hatten. Das hatte ebenso wenig Sinn, wie auf die tote Amsel zu starren. Aber es war allemal besser, dort draußen im Grünen zwischen liebevoll gestalteten Gräbern herumzulaufen, als in den eigenen vier Wänden jeden Halt zu verlieren.

Er fuhr sofort los. Quer durch Endenich, die Sebastianstraße entlang, am Poppelsdorfer Platz vorbei durch die Clemens-August-Straße und rechts ab zum Kreuzberghang. Im ruhigen Wallfahrtsweg fiel sein Blick auf die Friedhofsgärtnerei. Ihm kam die Idee, dass es nett wäre, der fremden Helene etwas Blühendes mitzubringen.

Und wirklich, er fühlte sich viel besser, als er den Friedhof mit einem Körbchen voll weißer und blauer Stiefmütterchen betrat. *Do irjenswo janz vorn, wännde rinn küss,* war allerdings eine ungenaue Ortsangabe. Am Hauptweg und im ersten Seitenpfad, den er bis zum Ende ging, las er Namen für Namen, ohne den richtigen zu finden, ebenso im nächsten Weg.

Im dritten Querweg endlich entdeckte er die passende Inschrift auf einem niedrigen pultartigen Stein aus rosagrauem Marmor.

Helene Meier

geb. 1937, gest. 2008.

Das Grab war sorgfältig gepflegt. Vergissmeinnicht und Anemonen, umgeben von immergrünem Bodendecker. An der Einfassung aus dunklem Granit war ein kleines Schild befestigt, das auf die Gärtnerei hinwies.

Uwe stellte sein Körbchen auf die Schieferplatte am vorderen Teil des Grabs. Er bückte sich noch einmal, um es zurechtzurücken, und vernahm in der Nähe ein Geräusch. War da jemand? Er blickte sich um.

Fünf oder sechs Gräber weiter arbeitete ein älterer Mann in einem grünen Overall tief über den Boden gebeugt. Am Ende des Weges stand ein Wagen, auf dem der Name der Friedhofsgärtnerei zu lesen war, derselbe wie auf dem Schildchen an Helene Meiers Grabstelle.

Uwe ging auf den Mann zu. »Entschuldigen Sie. Ich sehe gerade, dass die Pflege für das Grab von Helene Meier in der Hand Ihres Betriebes liegt. Könnten Sie mir sagen, wer den Auftrag erteilt hat?«

Der Mann rupfte einen Löwenzahn aus und schüttelte den Kopf. »Ich betreibe eine Gärtnerei. Kein Auskunftsbüro.«

»Das ist mir klar. Vielleicht können Sie mir trotzdem helfen? Ich bin mit Frau Meier verwandt und suche den Kontakt zu diesem Zweig der Familie. Wir haben uns aus den Augen verloren, und ich möchte unbedingt jemanden von denen finden. Meine Mutter ist kürzlich gestorben, nun sind das meine einzigen Verwandten.«

Der Gärtner richtete sich zu voller Größe auf. Er schob seine Brille zurecht und nickte bedächtig. Von seinem Handschuh rieselten schwarze Erdkrümel herab. »Wenn der Mensch älter wird, braucht er nichts so sehr wie Familie. Ich schätze mal, dass der Name der Kundin Ihnen was sagt: Frau Odden. Verena Odden. Muss eine alte Dame sein, persönlich kenne ich sie nicht. Nie gesehen. Aber sie zahlt immer pünktlich.«

»Verena Odden«, wiederholte Uwe. »Tante Verena, na, klar. Als ich klein war, hat meine Mutter oft von ihr gesprochen. ›Die liebe gute Seele‹, hat sie immer gesagt.«

»Sehen Sie, da werden Erinnerungen wach. Familien müssen zusammenhalten.«

»Ich danke Ihnen vielmals.«

»Keine Ursache.«

Uwe eilte aus dem Querweg hinaus zum Haupteingang, beschwingt, als hätte er Luftpolster unter den Schuhen, aufgeregt und ein bisschen durcheinander. Plötzlich hörte er die Vögel zwitschern, sah das Frühlingsgrün ringsum. Von wegen Sackgasse! Hätte er nicht einen guten Detektiv abgegeben?

Odden! Den Namen hatte er auf einem Klingelschild in der Franzstraße 4a gelesen.

BÄRBEL

»Hör zu, Bärbel!«

Diesmal war es Malte, der am Handy keuchte und ganz aufgewühlt war. Leider war es ein ungünstiger Moment, denn Bärbel stand im Edeka-Markt am Poppelsdorfer Platz in der Kassenschlange. Nur noch ein Kunde vor ihr.

»Ich ruf dich gleich zurück, Malte.«

Sie legte ihre Spaghettipackung, das Sahnetöpfchen, die Tüte Tomaten sowie das Netz mit den Zwiebeln aufs Band und zahlte. Nachdem sie alles in ihren Einkaufskorb gepackt hatte, verließ sie eilig den Laden. Sie bog um die Ecke in die Sternenburgstraße ein und gleich danach in die ruhigere, schmale Seitenstraße hinter dem Gebäude des Edeka-Markts. Dort blieb sie stehen und tippte auf ihrem Handy Maltes Nummer.

»Da bin ich wieder«, sagte sie, als er sich meldete. »Hast du ihn gesehen?«

»Volltreffer. Er kam nach knapp drei Stunden. Ich war unten am Haupteingang in Deckung gegangen, Melanie bewachte die Eingänge am Stationsweg, und ihr Bruder Tobi stand am Tor auf der Westseite, wo der Hohlweg von Endenich raufkommt. Dein Uwe tauchte unten auf. Mit Stiefmütterchen, die er auf ein Grab gestellt hat.«

»Wer ist Melanie?«

»So ein Mädchen. Sie hat ein Auto.«

»Und was ist das für ein Grab?«

»Helene Meier, geboren 1937, gestorben 2008. Uwe hat mit einem Gärtner geredet. Leider weiß ich nicht, worüber, so nah konnte ich nicht rangehen. Als er fertig war, hab ich kurz Melanie angerufen. Sie hatte ihren Fiat Panda woanders geparkt und ich musste Uwe mit dem Fahrrad hinterher. Der lief ziemlich fix zum Parkplatz und fuhr sofort los.«

»Und wohin?«

»Na ja, ich sah ihn von Weitem an der Ampel am Poppelsdorfer Platz. Bis der Bus kam, aus dem massig viele Leute ausstiegen, dann war er weg. Und Melanie mit dem Auto noch nicht da.«

»Oh Mist.«

»Tut mir leid.«

»Fahr einfach in die Franzstraße. Das Haus mit der Frau am Fenster hat die Nummer 4b und Uwe stand vor der 4a. Wenn möglich, nimm Melanies Auto.«

»Meinst du, der kreuzt da ein zweites Mal auf?«

»Die Frau am Fenster wollte wissen, ob irgendwer auf dem Grab einer gewissen Leni ein paar Blümchen pflanzt.«

»Ah, Helene Meier.«

»Eben. Uwe könnte zurückgefahren sein, um der Frau Bericht zu erstatten.«

»Hä? Wegen der Blümchen?«

»Wenn er glaubt, dass die Verstorbene etwas über seinen Vater oder Bruder gewusst hat, könnte er das Bedürfnis haben, mit der Person, die sie kannte, noch mal zu reden. Vielleicht bittet sie ihn zu sich herein, in diesem Fall schau bitte auf das Klingelschild im ersten Stock und notiere den Namen.«

Bei Malte brummte es im Hintergrund. Das war lauter als die Geräusche des Straßenverkehrs, die Bärbel bisher vernommen hatte; auch war das Gemurmel zweier Stimmen zu hören.

»Also fahren wir mal«, sagte Malte. »Melanie ist jetzt da. Ich lasse mein Rad hier stehen, bin in der Meckenheimer Allee.«

Bei den letzten Worten wirkte Malte zerstreut. Melanie … Hatte er da was am Köcheln?

»Ist dir auf dem Friedhof sonst noch was aufgefallen, Malte?«

»Öh … nee.«

Das hörte sich arg abwesend an.

»Wirklich nicht?«

»Ach so – doch. Im nächsten Seitenweg, also unterhalb des Leni-Grabs, da war jemand. Könnte sein, dass ich den schon im ›Raben‹ gesehen habe.«

»Bist du sicher?«

»Nee, das nicht.«

»Und wie kommst du darauf?«

»Als ich dich dort abgeholt habe, Bärbel, stand einer, der genauso aussah, an der Theke im Gastraum. Mit so einer speziellen Kopfhaltung, die Birne weit nach hinten, als ob er sich permanent anlehnen wollte. Ich bekäme da einen Krampf im Nacken.«

»Meinst du, der hat Uwe beobachtet?«

»Halte ich für möglich. Ein ähnlicher Typ ist mir zweimal am Steuer eines weißen Lieferwagens aufgefallen.«

»Malte, fahr bitte in die Franzstraße. Auf die Schnelle hab ich keine bessere Idee.«

»Ich hab ein Foto von dem Typen gemacht, sind leider ein paar Äste davor. Ich schick dir das aufs Handy. Vielleicht kommt er dir bekannt vor.«

»Aber jetzt beeil dich.«

Bärbel warf einen Blick auf ihre Armbanduhr. Erstmal musste sie ihre Einkäufe nach Hause bringen. Gegen Abend, wenn es im Seniorenheim ruhig wurde, wollte sie mit ihrer Mutter reden. Bis dahin hatte sie genug Zeit, das Restaurant in der Königstraße aufzusuchen, um die Sonderwünsche für die Menüs zu besprechen.

Bei dem Gedanken an das Lokal wurde Bärbel mulmig zumute. Sie war nicht sicher, ob es ihr gelingen würde, sich nicht anmerken zu lassen, dass sie aus dem Wintergarten Unerhörtes vernommen hatte. Seltsamerweise war ihr die Angelegenheit furchtbar peinlich, als hätte sie Anita Freiturm bei Intimitäten mit einem Liebhaber belauscht und

nicht bei der Abwicklung von Geschäften mit Diebesgut und Drogen.

Hoffentlich merkten die Klassenkameraden nichts.
Der Abend wäre dahin, wenn jemand empört den Teller
von sich schöbe und ausriefe: Hör mal, Bärbel, die Suppe
schmeckt total nach Haschisch!

6

BÄRBEL

Sie betrat das Restaurant »Der Rabe« und bemühte sich um das Auftreten einer Frau, die kein anderes Problem hatte, als ein paar Details für die Menüs ihrer Freunde regeln zu müssen. Zuvor hatte sie sich das Foto angeschaut, das Malte ihr aufs Handy geschickt hatte. Das bräunliche Gesicht, das zwischen Zweigen und Blättern im Halbprofil erfasst war, konnte sie niemandem zuordnen, zumal eine Schirmkappe und ein voluminöser Schal einen Teil verdeckten.

Im Gastraum waren diesmal vier Tische besetzt. Es roch nach Gebratenem und Gewürzen. Georg Freiturm bemerkte Bärbel und kam ihr entgegen. Die junge Kellnerin nahm eine Bestellung auf und sah nur kurz herüber. An der Zapfanlage hinter dem Tresen stand Anita Freiturm in einer Bluse mit Leopardenmuster.

»Lassen Sie uns in den Wintergarten gehen, liebe Frau Thorgast«, sagte Freiturm, »wir haben den Raum für Sie und Ihre Schulfreunde schon ein bisschen hübsch gemacht. Sie werden staunen.«

»Wie schön, danke.« Bärbel war gerührt, dass man sich

hier solche Mühe gab. Sie war geneigt, alles, was sie an der Tür des Wintergartens vernommen hatte, für einen gewaltigen Irrtum zu halten. »Hoffentlich machen unsere Änderungswünsche nicht zu viele Umstände.«

»Nein, überhaupt nicht. Wir möchten ja, dass unsere Gäste zufrieden sind und sich bei uns wohlfühlen.«

Er öffnete die Tür mit dem querovalen Milchglasfenster. Seine Frau hatte den Gastraum verlassen und kam mit Notizblock und Stift in der Hand den Flur entlang.

Der lange rechteckige Tisch war wunderschön eingedeckt, mit dunkelgrünem Leinen, weißem Geschirr und grün-weiß gestreiften Stoffservietten. An jedem Ende standen kleine Vasen, in der Mitte eine Reihe niedriger Messingleuchter mit hellgrünen Kerzen. Die Gläser und das Besteck funkelten im Licht der Abendsonne, das durch die Fensterfront fiel. Die getönten kleinen Scheiben am Rand warfen farbige Tupfen in den Raum.

»Selbstverständlich setzen wir morgen noch frische Blumensträuße in die Vasen«, verkündete Freiturm und schloss die Tür. »Frisch aus dem Garten.«

»Legen Sie doch bitte ab und setzen Sie sich«, sagte Frau Freiturm und deutete auf das rote Samtsofa an der Wand neben der Tür. »So haben Sie es bequemer.«

Sie schien eine andere Person zu sein als diejenige, die ihre Leute mit Kokain, LSD und Ecstasy losgeschickt hatte. Ihre Stimme klang weicher und der Blubberton, der jedes Satzende begleitet hatte, war nur schwach zu hören.

Der Raum war so gut geheizt, dass Bärbel der Aufforderung gern folgte. Sie legte ihren Mantel über die Armlehne des Sofas und stellte ihre Handtasche dazu.

»Bevor Sie sich setzen, sollten Sie einen Blick in den Garten werfen«, meinte Anita Freiturm.

Ihr Mann stand am Fenster und nickte Bärbel zu. »Seit gestern steht der Apfelbaum in Blüte, extra für Sie!«

Bärbel trat neben ihn und sah hinaus. Die Gärten der Bonner Südstadt haben einen besonderen Charme, dachte sie, man fühlt sich an ein Bild von August Macke erinnert. Sie winkte dem alten Herrn zu, der mit seinem Rollator die ovale Rasenfläche umkreiste. Über die Ziegelmauer auf der rechten Seite pirschte eine dreifarbige Katze.

»Auf den Beeten blüht es auch recht hübsch«, sagte Bärbel und versuchte, ihre plötzliche Wehmut zu überwinden, weil sie an den Garten dachte, der viele Jahre ihre Welt gewesen war, erst mit dem Puppenwagen und den Teddys, später mit Freunden. Jetzt hatte sie nur noch den Balkon.

»Die Blumen sind der ganze Stolz meines Schwiegervaters«, erklärte Freiturm. »Ranunkeln, Hyazinthen, Schlüsselblumen und diese Unmengen von Vergissmeinnicht und Anemonen. Welche möchten Sie als Tischschmuck haben?«

»Lassen Sie ruhig alle im Beet. Dort sehen sie am schönsten aus.«

»Wir können ein paar von der Seite nehmen, da fehlen sie uns nicht.«

Zwischen den Büscheln von Vergissmeinnicht kam die dreifarbige Katze hervor und strich Herrn Plötting, der stehen geblieben war, um die Beine. Er bückte sich zu ihr hinunter und streichelte sie.

»Ihr Schwiegervater ist gern an der frischen Luft«, sagte Bärbel. »Und er mag Katzen.« Genau wie ich, fügte sie in Gedanken hinzu.

In ihrem Rücken öffnete Anita Freiturm, die nicht mit ans Fenster getreten war, die Tür zum Flur. Bärbel drehte sich nicht um, sondern sah weiter in den Garten, wo Plötting ihr lachend ein paar Zeichen mit der Hand gab, die anscheinend irgendwas mit Essen und Trinken zu tun hatten. Sie nickte und lächelte höflich, es war egal, was sie genau bedeuteten.

»Thomas«, rief Frau Freiturm in den Flur. »Wo bleibt unsere Erfrischung?«

Im Hintergrund ertönte eine Antwort, die Bärbel nicht verstand.

»Warte, ich komme dir entgegen.«

Anita Freiturm verschwand im Flur und Bärbel verließ den Platz am Fenster. Die Frau in der Leopardenbluse kehrte mit einem runden Tablett zurück, auf dem drei Gläser mit einer hellgelben Flüssigkeit standen.

»Limonade von Holunderblüten aus dem Garten. Bitte, bedienen Sie sich.«

Bärbel nahm ein Glas und ging damit zum Sofa, das sie schon beim letzten Mal gelockt hatte. Es war genauso bequem, wie sie es sich ausgemalt hatte. Freiturm setzte sich neben sie. Seine Frau stellte das Tablett auf einem Seitentisch ab, wo bereits ihr Notizblock lag, und ließ sich auf einem Stuhl nieder.

Während sie tranken, gingen sie Punkt für Punkt die einzelnen Wünsche durch. Georg Freiturm machte Vorschläge, die seine Kenntnis in allen Fragen menschlicher Ernährung bewiesen, und sobald sie sich einig waren, notierte Anita die Änderungen. Bärbel war erleichtert, dass alles so problemlos zu regeln war und die Freiturms sich so verständnisvoll und entgegenkommend zeigten. Hatten die beiden wirklich mit Drogenhandel zu tun? Das konnte Bärbel sich nicht vorstellen, es schien so gut wie ausgeschlossen. Sie neigte eher zu der Annahme, dass irgendwas mit ihren Ohren nicht stimmte. Ab 60 nicht so ungewöhnlich.

Sie leerte das Glas mit dem angenehm frischen Getränk, bedankte und verabschiedete sich. Georg Freiturm half ihr in den Mantel. Sie schulterte ihre Tasche und verließ den Wintergarten und das Haus.

Die Bushaltestelle für die Linie zum Venusberg befand sich vor dem Petrus-Krankenhaus im Bonner Talweg. Das war nicht weit. Allerdings erinnerte sich Bärbel daran, dass sie im letzten Monat dort eine halbe Stunde gewartet hatte, bis der Bus endlich vorfuhr. Wenn das wieder passierte? Darauf hatte sie absolut keine Lust, sie fühlte sich müde und abgespannt.

Sie beschloss, sich ein Taxi zu leisten. Das ging ja immer flott: Nummer wählen, Handy wegstecken und ruckzuck würde ein Wagen mit behaglichen Polstern am Bordstein halten.

Wie kam man früher nur ohne Handy aus?, dachte sie vergnügt und griff in ihre rechte Manteltasche. Das Beste an ihrem orangefarbenen Mantel waren diese ungewöhnlich tiefen Taschen, aus denen nichts herausrutschen konnte.

Aber da war kein Handy.

Sie langte in die linke Tasche. Auch dort war es nicht. Sie überlegte, wann sie es zuletzt benutzt hatte. Das war in der kleinen Straße hinter dem Edeka-Markt gewesen. Sie hatte mit Malte telefoniert und hätte schwören können, das Smartphone danach in die Manteltasche geschoben zu haben, wie sie es immer tat, wenn sie in der anderen Hand ihre Einkäufe trug.

Hatte sie es diesmal gedankenverloren in ihre Handtasche gelegt und erinnerte sich nicht daran? Sie öffnete den

Reißverschluss und wühlte in dem geräumigen Bauch der Tasche herum. Was da alles drin war! Sie musste dringend ausmisten. Neben dem Geldbeutel, dem Schlüsselbund, der Haarbürste und dem Etui mit der Lesebrille lagerten Fahrscheine, Kassenbons, Bonbonpapiere, Taschentücher, Lippenstifte und Kugelschreiber, ein Notizbuch, zwei zerdrückte Müsliriegel und ein Tütchen ausgefallener Würfel, die sie vor einer Woche gekauft hatte. Kein Handy.

Fieberhaft überlegte sie, ob es in ihrem Einkaufskorb gelandet war und sie es zu Hause vergessen hatte. Nachdem sie die Wohnung verlassen hatte, war sie in den Bus gestiegen und hatte nicht darauf geachtet, ob sie ihr Handy dabeihatte.

Oder hatte sie es wie gewöhnlich eingesteckt und den Mantel beim Ablegen im Wintergarten versehentlich so blöd gehalten, dass es herausgefallen war? Nicht wahrscheinlich, doch nicht auszuschließen, da sie in Gedanken bei den Sonderwünschen für die Menüs gewesen war. Jedenfalls musste sie im »Raben« nachschauen.

Zum Glück hatte sie sich nicht allzu weit von dem Restaurant entfernt. Sie lief die Stufen hinauf, an der Tür zum Gastraum vorbei und den schmalen Flur entlang zu der Tür mit dem ovalen Milchglasfenster.

Mist. Der Wintergarten war abgeschlossen. Sie musste jemanden bitten, ihr den Raum zu öffnen. Das war lästig, aber sicher kein Problem.

Sie kehrte um und betrat den Gastraum. Das Ehepaar Freiturm war nicht zu sehen, die Kellnerin war mit Servieren beschäftigt. Hinter dem Tresen stand ein dicklicher junger Mann mit einem Geschirrhandtuch und trocknete Weingläser ab. Mit seinem fast quadratischen Gesicht war er bestimmt nicht der Mann auf Maltes Foto. Vermutlich war er jener Thomas, den Anita Freiturm wegen der Erfrischungen gerufen hatte.

Bärbel trat an den Tresen. »Entschuldigen Sie, ich glaube, ich habe im Wintergarten mein Handy vergessen, der Raum ist jetzt abgeschlossen.«

»Wie bitte?«

Hatte sie undeutlich gesprochen? Sie wiederholte den Satz.

»Da frag ich mal nach«, sagte der junge Mann und polierte weiter die Gläser.

Bärbel seufzte theatralisch. »Ich hab nicht viel Zeit.«

Er nickte gemächlich, hing das Handtuch sorgfältig über eine Stange an der Innenseite der Theke und zupfte es in Form. Anschließend ordnete er die Gläser seelenruhig zu einer geraden Reihe. Bärbel klopfte ungeduldig mit den Fingern auf den Tresen. Endlich verschwand er in der Küche.

Bärbel sah zu, wie die Kellnerin fünf Likörgläser mit einer cremigen Flüssigkeit aus einer schlanken Flasche füllte. Ein zarter Geruch von Kokosnuss drang in ihre Nase.

Der junge Mann kam zurück und hielt ihr das Handy entgegen. »Ist es das?«

»Wo war es?«

»Im Vorgarten. An der Treppe.«

»Ach? Wer hat es denn gefunden?«

»Ein Gast, der hinausging. Er ist zurückgekommen und hat es Herrn Freiturm gegeben.«

»War das nach unserer Besprechung?«

»Vor wenigen Minuten.«

Draußen auf der Straße versuchte Bärbel sich vorzustellen, wie das Handy von ihrer Manteltasche auf den

Boden gelangt war. Beim Ablegen des Mantels konnte es verrutscht, nicht mehr tief genug drin gewesen und beim Verlassen des Hauses herausgefallen sein. Allerdings war die Hülle aus hartem Material, sie hätte den Aufprall hören müssen! Fuhr gerade ein Lastwagen vorbei oder war sie ernstlich schwerhörig? Und hätte sie den Gast nicht bemerken müssen, der das Handy angeblich vor wenigen Minuten vor dem Haus gefunden hatte? Sie hatte keine 50 Meter entfernt gestanden und niemanden gesehen.

Bärbel kam ein furchtbarer Verdacht: Die freundlichen Worte, die sie veranlasst hatten, Mantel und Handtasche abzulegen, ans Fenster zu treten und in den Garten zu schauen – hatten sie dem Zweck gedient, an ihr Handy zu gelangen? Hatte es sich um eine List gehandelt, damit Anita Freiturm heimlich in Bärbels Taschen danach suchen und es im Flur dem quadratischen Thomas übergeben konnte? Warum?

Das Handy war nicht besonders gesichert. Wenn es angestellt war, konnte jeder ihre Nachrichten lesen, der übers Display strich. Die waren normalerweise uninteressant, doch heute enthielten sie das Foto des Mannes, den Malte im Restaurant gesehen zu haben meinte. Dass es auf Bärbels Handy zu finden war, konnten aber weder die Freiturms noch der junge Mann selbst ahnen, auch nicht, wenn er gemerkt hatte, dass Malte ihn fotografiert hatte. Oder wusste er, dass Bärbel zu Malte gehörte? Hatte er sie zusammen gesehen? Vom Steuer des weißen Lieferwagens? Ihr wurde flau. Womöglich vermuteten die Freiturms, dass Bärbel die Geschäfte im Wintergarten bemerkt hatte, und wollten herausfinden, was sie im Schilde führte. Wenn sie das Foto gesehen hatten und der Abgebildete einer der ihren war, mussten sie alarmiert sein und denken, sie wolle Verdächtige ausmachen.

Bärbel überlief es kalt. Ihr Gehör war völlig in Ordnung. Es ging um nichts Geringeres als Drogen und Hehlerware, und die Händler solcher Dinge konnten verdammt ungemütlich werden, das wusste jedes Kind. Musste sie sofort die Polizei verständigen und das schöne Abendessen im Wintergarten sausen lassen?

Sie konnte sich zu nichts entschließen, außer mit zitternden Fingern die Nummer der Taxizentrale zu wählen und einen Wagen in die Königstraße zu bestellen. Sorgsam verstaute sie das Handy in der Handtasche.

Während sie auf das Taxi wartete, beruhigte sie sich allmählich. Das ist doch alles Käse, sagte sie sich, ich irre mich, meine Fantasie geht mit mir durch. Viel wahrscheinlicher ist, dass ich eine schusselige Alte bin, die ihre Sachen verliert, ohne es zu merken, und jeder mich für eine liebe Rentnerin hält, die niemals an Türen horcht oder durch Schlüssellöcher guckt.

Das Taxi fuhr vor. Bärbel stieg ein.

Ja, sie würde das Klassentreffen, das sie so viel Mühe gekostet hatte, im »Raben« durchziehen. Sie würde so tun, als hätte sie nie etwas belauscht und sei völlig arglos. Sobald das Treffen über die Bühne wäre, könnte sie der Polizei einen Wink geben.

Der Taxifahrer sah sie fragend an. »Wohin?«

»Venusberg, bitte. Haus Maria Einsiedeln.«

Sie hatte den Eindruck, dass er das Knirschen ihrer Zähne bemerkte und sich fragte, was für ein Ärgernis der Frau in dem apfelsinengelben Mantel widerfahren sein mochte. Am liebsten hätte sie ihm alles erzählt.

Als sie das Zimmer im zweiten Stock des Seniorenheims betrat, hatte sie keinen festen Plan, wie sie das Gespräch beginnen sollte, um nicht wieder mit rätselhaften Sätzen abgespeist zu werden.

Ihre Mutter saß im Ohrensessel und hörte einer politischen Diskussion im Fernsehen zu. Vertreter aller im Bundestag vertretenen Parteien äußerten sich zum Klima und zu der Frage, was dringend getan werden musste und weshalb es nicht viel früher geschehen war.

Bärbel schaltete die Sendung aus, legte ihren Mantel ab und setzte sich auf den gewohnten Sessel am kleinen runden Tisch.

»Das interessiert mich sowieso nicht«, sagte ihre Mutter. »Die Politiker schieben sich gegenseitig die Schuld zu. Das ist abgedroschen und langweilig. Diese neuen Leute kenne ich nicht mal und verwechsele sie ständig. Wozu soll ich mir die Namen merken? Ich sterbe sowieso bald.«

»Wieso bald? Dein Gesicht ist rosig und dein Arzt ist mit dir zufrieden.«

»Du weißt nicht, wie ich mich heute Nachmittag gefühlt habe, Kind. Ich dachte, es geht mit mir zu Ende.«

Bärbel bekam einen Schreck. Zugleich erkannte sie die Chance. »Du hast recht, Mama«, bestätigte sie listig, »in deinem Alter kann jeden Moment Schluss sein.«

Ihre Mutter erblasste. »Meinst du das wirklich?«

»Machen wir uns nichts vor«, erklärte Bärbel in sanftem Ton, »dein Körper ist seit 93 Jahren in Betrieb. Niemand kann vorhersagen, wie lange so ein altes Herz noch durchhält.«

»Ich kenne mindestens vier Hundertjährige«, konterte ihre Mutter. »Und eine, die deutlich darüber ist.«

»Du weißt nicht, ob dir das Gleiche zuteilwird.«

»Warum nicht? Der Arzt ist zufrieden mit mir, das hast du selbst gesagt.«

»Er kann nicht in dich hineinschauen. Und die meisten Leute erreichen so ein hohes Alter nicht. Umso wichtiger ist es, dass du mir anvertraust, was du mir bisher nicht sagen wolltest. So ein Geheimnis willst du doch nicht mit ins Grab nehmen.«

»Geheimnis? Wie kommst du darauf? Woher soll ich denn eins haben?«

»Zum Beispiel in Bezug auf Walter Ohlbruck, den ertrunkenen Sohn des verschwundenen Gerhard Ohlbruck.«

»Diese Herren hast du neulich schon erwähnt, Barbara, und ich habe was dazu gesagt. Mehr gibt es da nicht.«

Ihre runden blauen Augen blickten unschuldig wie die eines gealterten Engels. Sie will also genau das, dachte Bärbel – ihr Geheimnis mit ins Grab nehmen. Musste eine gute Tochter das akzeptieren?

»Mama, ich kenne dich gut genug, um zu merken, dass du etwas verheimlichst.«

»Du kennst mich gut? Woher? Du kommst so selten!«

Der Vorwurf saß wie eine Ohrfeige. Bärbel widerstand der Versuchung, sich zu verteidigen, und bemühte sich, den einschmeichelnden Ton beizubehalten. »Ich finde, dass es an der Zeit ist, deine älteste Tochter einzuweihen, was immer es ist.«

»Sei nicht so theatralisch. Die Welt hat weiß Gott andere Probleme.«

Die 93-Jährige schloss die Augen. Sie machte einen erschöpften Eindruck. Wahrscheinlich ging es ihr wirklich nicht gut.

Bärbel erhob sich, drückte ihr einen Kuss auf die schlaffe Wange und zog den Mantel an. Sie musste Rücksicht nehmen. Leider hatte sie keine Idee, wie sie überhaupt noch etwas aus ihrer Mutter herauskitzeln könnte, es würde morgen ebenso schiefgehen wie heute. Vielleicht sollte sie Kurt, Knut oder Klaus darum bitten. Das würde allerdings bedeuten, dass sie einen von ihnen in das Thema einweihen musste. Dazu konnte sie sich nicht durchringen.

An der Tür drehte sie sich um. »Schreib mal deine Memoiren, Mama, das wird bestimmt interessant.«

Ihre Mutter öffnete die Augen, ihr Gesicht nahm einen trotzigen Ausdruck an, der Bärbel fremd war. »Ich hab doch gar nichts getan«, sagte sie leise, mehr zu sich selbst als zu ihrer Tochter.

Bärbel war sich nicht sicher, ob sie richtig gehört hatte. Sie ging ein paar Schritte in den Raum zurück und trat behutsam auf, als könnte ein Geräusch den zarten Keim einer Offenbarung zunichtemachen.

Die alte Dame fügte nichts mehr hinzu. Sie hielt den Kopf abgewandt und starrte zum Fenster.

Bärbel wagte eine federleichte Silbe: »Ja?«

»Ich hatte den jungen Mann nur vorgeschlagen«, sagte ihre Mutter. »Sie suchten Journalisten, um Meldungen in den westdeutschen Zeitungen zu platzieren. Er schien sehr geeignet. Ein Idealist mit der richtigen Einstellung, so kam er mir vor. Dazu ein fähiger, angesehener Journalist, den jeder Politiker gern empfing, was besondere Erkenntnisse versprach. Ich sollte ihn prüfend beobachten, seine privaten und beruflichen Beziehungen sondieren. So was gehörte sonst nicht zu meinen Aufgaben, es war eine Ausnahme. Die Kontaktgespräche sollte jemand anderes führen.«

Bärbel streifte den Mantel ab und setzte sich wieder auf den Sessel am Tisch. Diese Schwindlerin, dachte sie,

Walter war ihr also gut bekannt gewesen. Und wer waren *sie*, die geeignete Journalisten suchten? Bestimmt nicht die Verantwortlichen in der Personalabteilung des Auswärtigen Amts.

»Im Rahmen meiner Überprüfung habe ich Walter Ohlbruck mit seiner Stiefmutter belauscht«, fuhr die alte Dame fort. »Im Café Ritterhaus in der Kaiserstraße, wenn dir das noch was sagt, Barbara. Ich saß mit meinem Kännchen Kaffee und einem Stück Prinzregententorte hinter ihm und wandte ihm den Rücken zu, getarnt durch eine Perücke, einen topfartigen Hut, ein bauschiges Seidentuch und eine Brille, die mich zehn Jahre älter machte.«

Bärbel starrte ihre Mutter an. Was war das für eine Komödie?

»Zwar konnte ich nicht jedes einzelne Wort verstehen, aber genug, um das Desaster zu bemerken: von sozialistischem Eifer keine Spur. Er täuschte uns. Er stand auf der Seite des Feindes.«

Bärbel erschrak. War ihre Mama ein bisschen durcheinander?

»Was für ein Feind?«

Ihre Mutter blickte sie an. »Der imperialistische Westen. Wir waren mitten im Kalten Krieg.«

Es traf Bärbel wie ein kalter Wasserguss. Sie hatte begriffen. Das Wettrüsten zwischen West und Ost. Die Stationierung von Atomwaffen. Amerikaner und Sowjets, Nato und Warschauer Pakt. Das geteilte Deutschland. Zwei deutsche Staaten, die einander misstrauten. Das war heute kaum noch vorstellbar.

»Du hast … Du warst … doch nicht etwa DDR-Spionin?«

Ihre Mutter setzte sich aufrechter hin. Ein stolzer Ausdruck stand in ihrem Gesicht, ein geheimnisvolles Lächeln umspielte ihren Mund. Sie war kein bisschen durcheinander, sondern genoss es offenbar, sich vor ihrer Tochter ins Rampenlicht setzen zu können. Für alle war sie stets nur die tüchtige Sekretärin und gute Hausfrau gewesen, niemals hatte sie als etwas Besonderes gegolten.

»Wir haben einen dritten Weltkrieg verhindert«, sagte sie. »Unsere Arbeit machte den Feind berechenbar und das sozialistische Lager stark.«

»Ihr? Du?« Das war alles zu neu. Bärbel hatte das Gefühl, ihre Mutter überhaupt nicht zu kennen. Nie gekannt zu haben. »Wie …« Sie war sprachlos. Die richtigen Fragen wollten nicht kommen.

Die Mutter warf ihr einen vorwurfsvollen Blick zu. »Ich weiß nicht, warum du so ein Gesicht ziehst, Barbara. Jeder Staat braucht zu seinem Schutz einen Geheimdienst. Wir waren die Elite, leistungsstark, überall präsent und höchst effizient. Ich war ja keines dieser Hühner, die über eine Liebesgeschichte beim Nachrichtendienst gelandet waren. Unser Werkleiter, der mich aus der Freien Deutschen Jugend kannte, sprach mich an, ob ich Spaß an einer Schulung hätte. Das war im Herbst 1951. Ich war eine der Ersten.«

Ihre Mutter war Anfang 1952 aus der DDR nach Bonn gekommen, das wusste Bärbel. Die Schulung war vermutlich durch die Sozialistische Einheitspartei erfolgt und hatte das tüchtige Fräulein Jung auf die richtige Schiene gesetzt, bevor man sie in den Westen entließ, wo sie sich Hals über Kopf in einen Zeitungsredakteur verliebte und eine Stelle im Auswärtigen Amt bekam.

»So durfte ich dazu beitragen, den Frieden und den Sozialismus zu sichern.«

Während ihre Mutter vor sich hin lächelte und anscheinend in Erinnerungen schwelgte, dachte Bärbel an die Bilder der blutigen Niederschlagung des Volksaufstands vom 17. Juni 1953, an sowjetische Panzer und standrechtliche Erschießungen, den Mauerbau quer durch Berlin und die innerdeutsche Grenze, die mit Minen und scharfer Munition bewacht wurde. Sie dachte an die Menschen, die dort zu Tode gekommen waren, die Kontrollen mit radioaktiver Strahlung an Grenzübergängen und ihre Cousine, die in Berlin-Hohenschönhausen im Gefängnis gesessen hatte, weil sie ihre Meinung kundgetan hatte.

»Ein Sozialismus, der mit Druck und Gewalt durchgesetzt wurde, mit Einschüchterung und Freiheitsentzug, Schießbefehl und Tod. Das fandest du richtig, Mama?«

»Der faschistische Westen bedrohte uns. Nicht nur von außen, auch innerhalb unserer Grenzen. Wir mussten tun, was nötig war, um unser Land zu schützen.«

»Ich hatte gelernt, es sei andersherum: Der kommunistische Ostblock bedrohte den Westen.«

»Der Feind hat alles böswillig verdreht.«

Nie zuvor hatte Bärbel ihre Mutter so reden gehört. In diesem Zimmer standen sich Ost und West wieder feindlich gegenüber. Wäre damals herausgekommen, dass ihre Mutter DDR-Spionin war, hätte sich Bärbel in Grund und Boden geschämt. Ob ihr Vater etwas von der Nebentätigkeit seiner Frau geahnt hatte? Sie hätte so gern mit ihm darüber geredet. Er war seit 30 Jahren tot.

»In den 70er-Jahren begann die Zeit der deutschen Entspannungspolitik«, sagte Bärbel lahm.

»Wir konnten uns keine Nachlässigkeit leisten«, erklärte ihre Mutter. »Die Entspannung barg neue Gefahren. Es war Wachsamkeit geboten. Ost-Berlin musste immer wissen, was Bonn dachte und plante.«

»Verstehe«, murmelte Bärbel, ohne dass sie es verstand.

»Dieser Walter Ohlbruck, Barbara, hatte nur ein einziges Ziel: etwas über seinen vermissten Vater zu erfahren. Irgendwie war er darauf gekommen, dass sein Vater unser Kundschafter war.«

»Der Vater Ohlbruck war ebenfalls DDR-Agent?« Bärbel war erstaunt. »Meintest du nicht, er war Nazi?«

»Seine politische Haltung war Tarnung und die braune Vergangenheit ein Gerücht, weil man nicht wusste, warum er plötzlich fort war – das wurde mir erst später klar. Stell dir vor: Der junge Walter verdächtigte hochrangige Offiziere der Staatssicherheit, einen Mordbefehl gegeben zu haben! Das war ein Schlag ins Gesicht der sozialistischen Gemeinschaft, das habe ich sofort nach Ost-Berlin gemeldet. Das musste ich doch. Damit war die Sache an sich erledigt.«

»*An sich?*«

»Von Seiten der Staatssicherheit.«

»An die du bedenkenlos Dienstgeheimnisse und sonstige Informationen weitergeleitet und dafür Kollegen, Vorgesetzte und Freunde getäuscht hast? Womöglich auch deinen eigenen Mann?«

»Dein Vater hätte kein Verständnis dafür gehabt. Er witterte überall Gefahren für die eigene Familie.«

Bärbel schloss kurz die Augen. Hatte die Meldung ihrer Mutter nach Ost-Berlin zu Walters Tod geführt? Hatte Walter recht gehabt mit dem Verdacht, die Stasi habe den Vater liquidiert, und war dann selbst Opfer eines Auftragsmords geworden? Hatte ihre Mutter die mörderische Verkettung in Gang gesetzt? Bärbel wurde ganz elend.

»Euer staatlich verordneter Sozialismus ist den Bach runtergegangen, Mama. Warum ist dir nach der Wende nicht der Prozess wegen Geheimdienstlicher Agententätigkeit gemacht worden?«

Die alte Dame lächelte verschmitzt, als wäre ihr ein besonders raffinierter Coup gelungen. »Ach, Kind, sie haben ja nicht alle Quellen entdeckt. Und seit 1987 war ich in Rente und nur noch Hausfrau. Ich musste alles vernichten, was aus meiner Kundschafter-Tätigkeit stammte: die schöne große Handtasche mit dem unsichtbaren Container-Fach, den auf Thea Thommsen ausgestellten Reisepass, die nachrichtendienstlichen Hilfsmittel wie Geheimschreibmittel und Code-Tabelle. Die Minox und die Robot-Kamera hat mein Instrukteur an sich genommen.«

Thea Thommsen! Bärbel konnte sich nicht vorstellen, wie ihre Mutter mit Geheimtinte geschrieben oder am Radio in der Küche verschlüsselte Funksprüche abgehört und dechiffriert hatte. Wann hatte sie das gemacht? Wenn Mann und Kinder im Bett lagen und schliefen? Und waren ihre Reisen zu Tante Inge im Spreewald nur Alibis für konspirative Treffen mit ihren Führungsleuten gewesen?

»Wie war das nun mit Walter?«, drängte Bärbel. »Nachdem du deine Meldung gemacht hattest.«

»Er schied natürlich für uns aus. Aber da war … Darüber durfte man nicht reden.« Ihre Mutter sah wieder zum Fenster. Der Ton ihrer Stimme hatte sich verändert, war leise und schwankend, nicht mehr stolz und selbstbewusst. »Darf man nicht. Niemals.«

»Mama, der Kalte Krieg ist vorbei. Die Stasi hat keine Macht mehr.«

Die Lippen ihrer Mutter zitterten, als zweifelte sie daran. Sie schwieg.

Bärbel strich die Tischdecke glatt, rückte die Packungen mit den Medikamenten zurecht, ordnete die Zeitungen, sortierte die Post der letzten Monate zu kleinen Stapeln.

»Wir hatten einen toten Briefkasten«, sagte ihre Mutter unvermittelt. »Am Rheinufer im Norden Bonns, nicht weit von der Tafel, die den Schiffern die Flusskilometer anzeigt. 657, die Zahl vergesse ich nicht. Das Versteck war im Stamm einer Silberweide. Ich legte dort Filme hinein, abfotografierte Dokumente aus Akten unserer Abteilung. Die holte jemand ab, meistens landeten sie am selben Tag auf dem Schreibtisch meines Führungsoffiziers in der Hauptverwaltung Aufklärung in Berlin. Das war ein reizender Mann. Er hat sich dafür eingesetzt, dass der Wehrunterricht schulisches Pflichtfach wurde.«

»Wirklich reizend«, sagte Bärbel zynisch, während sie sich ihre Mutter beim heimlichen Ablichten der Akten des Auswärtigen Amts vorzustellen versuchte. »Weiter, Mama.«

»Wenn ich zur Silberweide ging, habe ich mich sehr genau umgeschaut. Es war immer früh am Morgen und oft noch dämmrig, sodass man keinen Menschen sah. Doch an einem Samstag im Sommer 75 bemerkte ich ein Stück vor mir auf dem Leinpfad einen Fußgänger, der in derselben Richtung unterwegs war. Ich trat hinter einen Busch, um dort zu warten, bis er außer Sichtweite war. Aber er verschwand nicht, sondern ging ans Ufer hinunter und zielstrebig auf unsere Weide zu. Er blieb davor stehen, holte etwas heraus und steckte es in seinen Mantel, ein dickes Päckchen in einem braunen Umschlag. Ich war sicher, dass es sich um Geldscheine handelte.«

»Kanntest du ihn?«

»Den hatte ich noch nie gesehen«, sagte die Mutter. »Er wirkte sportlich, trug trotz der Wärme einen schwarzen Regenmantel und hatte braunes Haar, von dem ein wenig unter seinem Hut hervorschaute.« Sie stand auf, kramte in einer Schublade ihres antiken Sekretärs und holte eine durchsichtige Hülle heraus, in der sich ein blassbraunes dreieckiges Stück Papier befand. »Hier, Barbara. Das habe ich in der Höhlung der Weide gefunden, als er fort war. Ein Gruß. Oder eine Art Quittung. Es scheint die Lasche des Umschlags zu sein, er hat sie wohl abgerissen.«

Bärbel erkannte darauf einen mit schwarzem Kuli schwungvoll hingeworfenen Buchstaben – ein großes L. »Warum hast du das Papier mitgenommen? Und so sorgsam verwahrt?«

»Die Sache kam mir komisch vor. So was war bei uns nicht üblich. Ich habe meinem Kurier umgehend gemeldet, dass jemand am Briefkasten war und einen Umschlag entnommen hat. Ihm lagen darüber keine Informationen vor. Das Versteck musste sofort gewechselt werden. Vor Aufregung vergaß ich, ihm von dem Zettel zu erzählen, den behielt ich einfach. Am Montag darauf las ich in der Zeitung, dass Walter Ohlbruck ertrunken war.«

»Weshalb hast du den Zettel nicht zur Polizei gebracht?«

»Hätte ich denen erzählen sollen, dass er im Briefkasten der Staatssicherheit lag?«

Bärbel verzog das Gesicht. Diese Stasi-Spione, dem Anschein nach brave Bürger, waren ihr ein Rätsel.

»Wer war dieser L, Mama?«

»Das wissen nur die Toten.«

»Meinst du, er war ein bezahlter Killer?«

»Das war mein Eindruck. Man hörte damals öfter dies und jenes, ohne Genaueres zu wissen. Mal verschwand jemand, mal geschah ein Unfall, und immer waren es Menschen, die unserer sozialistischen Gemeinschaft schaden wollten. Es war sicher notwendig, doch in diesem Fall bereitete es mir Kummer. Mein Führungsoffizier sagte, ich solle die Angelegenheit vergessen, in der Hauptverwaltung Aufklärung wisse man nichts davon. Vielleicht taten sie nur so. Aus Sicherheitsgründen.«

»Aber du konntest es nicht vergessen.«

Bärbel sah ihre Mutter plötzlich am ganzen Körper beben. »Du hast Angst!«, rief sie erstaunt. »Warum?«

»Der Mann kann mich gesehen haben, als ich an den Baum trat. Er schien fort, ich hatte ja eine Weile gewartet, doch dann kamen erste Radfahrer, ich musste mein Material loswerden. Womöglich war er gar nicht fort, sondern hatte sich irgendwo versteckt, um die Gegend zu beobachten?«

»Mama, das ist ewig her! Der würde dich nicht mehr erkennen.«

»Alle sagen, ich hätte mich kaum verändert.«

»Was für ein nettes Kompliment.«

»Meine Hakennase, mein spitzes Kinn …«

Das Beben hörte auf, ihre Mutter beruhigte sich. Selbstverständlich hatte sie sich in den vergangenen vier Jahrzehnten enorm verändert.

Bärbel erhob sich und griff nach ihrem Mantel. So geschockt und aufgewühlt sie war, sie musste sich losreißen, sie wurde auf der Vorstandsitzung des Bonner Würfelclubs erwartet, der sich im Gasthaus »Em Höttche« am Marktplatz traf. Sie trat vor den Spiegel und zupfte ihre Frisur zurecht.

»Dieser Mann lebt noch in Bonn«, hörte sie ihre Mutter sagen.

Bärbel fuhr herum. »Woher weißt du das?«

»Ich habe ihn gesehen. Ende Januar.«

»Und wo?«

»Bei unserem Zahnarzt im Wartezimmer.«

»Bist du sicher, dass er es war?«

»Natürlich nicht.«

Erleichtert atmete Bärbel auf und knöpfte ihren Mantel zu.

»Das war ein ziemlich alter Mann, Barbara, wenn auch jünger als ich. Mir fiel sein Handgelenk auf.«

»Was war damit?«

»Der Mann an der Silberweide trug einen Verband am rechten Handgelenk. Und genau dort hatte der im Wartezimmer eine auffällige Narbe, von der ein Stück unter dem Ärmel hervorschaute, als er den Arm hob und sich übers Haar strich. Falls du nächstens Dr. Hartlohn aufsuchst, Barbara, musst du damit rechnen, dem Killer zu begegnen.«

»Na, schön«, sagte Bärbel und konnte wieder lachen. »Ich werde darauf achten, Mama. Mach's gut.«

Ihre Mutter lachte nicht. Sie sah besorgt aus.

Während Bärbel zur Tür ging, stellte sie sich ihre Mutter im Wartezimmer vor, wie sie den Mann anstarrte, den sie für den Killer von damals hielt.

Sie kehrte um und blickte ihrer Mutter forschend ins Gesicht. »Wie hast du reagiert? Hast du nur dagesessen und in eine andere Richtung geschaut? Oder bist du aus dem Wartezimmer gestürzt?«

»Ich wurde ins Behandlungszimmer gerufen. Als ich fertig war, habe ich die nette Sprechstundenhilfe am Empfang gefragt, wer denn der Herr gewesen sei, der nach mir dran war.«

»Hat sie es dir gesagt?«

»Ja, aber der Name fing nicht mit L an.«

»Hast du ihn dir gemerkt?«

»Dafür bin ich zu alt.«

»Du hast den Namen vergessen?« Bärbel wurde aufgeregt. »Hast du ihn nicht irgendwo aufgeschrieben? In deinem Taschenkalender vielleicht? Du machst dir doch jeden Tag Notizen.«

»Ja, ja, ich habe ihn aufgeschrieben, direkt am Empfang. Ich habe den Kalender immer in der Handtasche. Und nun finde ich ihn nicht mehr.«

»Soll ich mal suchen?«

»Das ist zwecklos. Nach deinem letzten Besuch habe ich die Handtasche geleert und im ganzen Zimmer nachgeschaut, überall. Der Kalender ist weg.«

Bärbel machte zwei Schritte auf die Kommode zu, wo die braune Henkeltasche ihrer Mutter stand. »Lass mich schnell gucken.«

Ihre Mutter streckte die Hand aus und hielt Bärbels Arm fest. »Du wühlst nicht in meinen Sachen! Das kannst du tun, wenn ich tot bin, nicht jetzt. Den Kalender hat jemand gestohlen. Das Büchlein ist so hübsch und in feinstes Leder gebunden, etwas ganz Besonderes, ein Geschenk deiner Schwester. Wenn ich zum Essen gehe, lasse ich die große Tasche meistens hier und nehme die kleine mit, in die nur die Geldbörse und ein Taschentuch hineinpassen. Leider vergesse ich manchmal, die Tür abzuschließen.«

»Aber …« Wer klaut denn den Kalender einer alten Dame?, lag Bärbel auf der Zunge. Doch ihre Mutter war ja nicht irgendeine alte Dame, sie hatte eine Vergangenheit, die sie von anderen Frauen ihres Alters unterschied.

Die Sprechstundenhilfe konnte dem Patienten mit der Narbe verraten haben, dass sich eine Dame nach ihm erkundigt und seinen Namen in ihrem Taschenkalender notiert hatte. *Frau Teichmann aus dem Haus Maria Einsiedeln*, hatte sie wahrscheinlich gesagt, *Sie kennen sich wohl von früher?* Bei so freundlichen älteren Herrschaften kam kein Mensch auf die Idee, dass sie nicht so harmlos waren, wie sie aussahen. Wenn der Patient der Mann vom Rheinufer gewesen war und ihre Mutter erkannt hatte, hatte er vielleicht beschlossen, den Kalender, in dem sein Name stand, an sich zu bringen. Sein Name, der nicht mit L anfing. War es der Name eines Mörders?

»Mama, pass auf dich auf und schließ immer ab, wenn du rausgehst! Bitte!«

Bärbel wandte sich wieder um, sie war spät dran, die Würfelfreunde warteten. Sie winkte ihrer Mutter zu und riss die Tür auf.

Erschrocken wich sie zurück. Da stand der Mann mit der Hornbrille. Wie beim letzten Mal. Sie nahm die große Nase und das aschblonde Haar wahr, das wie bei einer Wurzelbürste straff nach oben stand. Einen Augenblick später sah sie nur seinen Rücken in der grauen Jacke.

»He, Sie! Moment!«

Bärbel raste in den Flur. Er war schon um die Ecke. Sie lief zur Treppe und stürmte die Stufen hinunter, am Flur der ersten Etage vorbei bis ins Parterre. Er war nicht mehr zu sehen.

»Suchen Sie jemand?« Die Frau an der Rezeption sah von ihrem Rätselheft auf.

»Einen Herrn mit Hornbrille«, keuchte Bärbel, »er muss gerade vorbeigekommen sein.«

»Hier war niemand.«

Möglicherweise war er in irgendeinem Raum im ersten Stock verschwunden, das wollte Bärbel nicht ergründen. Leicht humpelnd stieg sie die Treppe hinauf und ging zu ihrer Mutter zurück, überrascht, wozu ihre Knie im Notfall fähig waren.

»Mama, kennst du einen Mann mit Hornbrille, großer Nase und Bürstenfrisur, so etwa mein Alter oder jünger?«

»Außer dem Genossen Werner niemanden.«

»Wer ist das?«

»Mein letzter Kurier. Damals war er recht jung.«

»Sein Nachname?«

»Für mich war er nur der Werner. Vermutlich ein Deckname. Nach der Wende habe ich ihn ein paar Mal getroffen und weiter Werner genannt.«

»Wohnt er in Bonn?«

»Das ist möglich. Seit ich im Heim bin, vergessen mich alle.«

»Der hat dich nicht vergessen, Mama. Er hat an deiner Tür gelauscht.«

»Warum sollte er das tun?«

»Vielleicht ist er im Auftrag des Killers gekommen? Und hat bereits deinen Kalender geklaut?« Bärbel biss sich auf die Lippen. Sie hätte sich die Bemerkung verkneifen sollen. Sie wollte ihre Mama nicht noch einmal angstvoll beben sehen.

Ihre Mutter bebte nicht. Sie sagte: »Ich habe die Putzfrau in Verdacht. Die hat neulich so neidisch geguckt, als ich den Kalender in die Tasche schob.«

Bärbel nickte beifällig. Der Putzfrau gegenüber war es ungerecht, aber ihre Mutter würde wenigstens ruhig schlafen können.

UWE

Ihm waren Bedenken gekommen. Sie waren hartnäckig und saßen in seinem Kopf wie schwarze Vögel, die warnend mit den Flügeln schlugen. Lass es sein! Was hast du davon, dich in diese Sache hineinzureiten? Was kümmern dich die Toten? Du lebst nur einmal!

Am Poppelsdorfer Friedhof hatte er in seiner Nähe gleich zwei Beschatter bemerkt. Während er dem Gärtner dankte, fiel ihm auf dem Parallelweg ein Kerl mit Schal und Schirmkappe auf, der mit den üblichen Friedhofsbesuchern wenig gemeinsam hatte, und als er vom Parkplatz fuhr, sah er hinter sich den jungen Mann mit dem unverkennbaren Wuschelhaar, diesmal auf dem Fahrrad. Was würden die Verfolger tun, wenn er nach Düsseldorf oder Essen führe, dort ins Kino, Museum oder Konzert ginge? Würden sie ihm dorthin folgen oder von ihm ablassen und denken, er hätte die Nachforschungen eingestellt?

Er hielt vor einem Supermarkt, belud einen Einkaufswagen mit Lebensmitteln und einer Bratpfanne als Ersatz für die verkohlte, schlenderte durch einen Baumarkt, erwog, dies und das fürs Haus zu kaufen, erstand aber nur einen handlichen Spaten, um die tote Amsel zu beseitigen. Er tankte das Auto voll, prüfte den Reifendruck, wischte die Scheiben sauber und trank an der Tankstelle einen Kaffee. Es tat gut, ganz alltägliche Dinge zu erledigen wie andere Leute auch.

Nachdem er den Kaffeebecher geleert hatte, kamen ihm seine Bedenken kleingeistig vor. Die Entscheidung, die in seinem Kopf längst bereitlag, um getroffen und umgesetzt zu werden, überstrahlte die Zweifel hell und glanzvoll, als hätte er nie ans Aufgeben gedacht.

Er fuhr zur Stadthausgarage und stellte den Wagen ab. Die Franzstraße war quasi um die Ecke. Bevor er dort einbog, drehte er sich um. Niemand hinter ihm. Am Haus Nummer 4a angekommen, drückte er auf den Knopf neben dem zweiten Namen von oben – *Odden*.

Nichts tat sich. Er wartete einen Moment und drückte noch einmal. Nichts. Er klingelte ein drittes Mal.

Nach einer Weile glaubte er, aus dem Innern des Hauses Geräusche zu hören. Erst schwach, dann deutlicher. Ganz langsam öffnete sich die Haustür einen Spalt.

Ein schwacher Rosenduft war das Erste, was er wahrnahm. Der Spalt verbreitete sich und eine spitze, sonnenbraun gepuderte Nase wurde sichtbar, ein hellrot angemalter Mund in einem Kranz von Knitterfältchen, eine mit Strass besetzte fliederfarbene Brille.

»Entschuldigen Sie, ich möchte zu Frau Verena Odden.«

»Was wollen Sie von der?«, ertönte es im typischen

Singsang einer gebürtigen Bonnerin, ansonsten aber in klarem Hochdeutsch und keineswegs freundlich.

»Ich würde gern mit ihr über Helene Meier sprechen.«

Der Spalt verengte sich jäh, die Tür drohte zuzufallen.

»Warten Sie, ich komme von Herrn Buchner«, beeilte sich Uwe zu sagen. Zugleich fiel ihm ein, dass es diesen Buchner nicht gab. »Also von Herrn B. oder S., der in Bonn-Castell ein Haus am Rhein bewohnt hat. Ich hab ihn im Kuhle Dom getroffen. Er kannte Helene. Und ich kenne Luise Schwitzburg.«

Der Spalt verbreiterte sich wieder. Die Augen hinter den Brillengläsern waren weit aufgerissen. Darüber zitterte eine goldblond gefärbte Haartolle. »Wer sind Sie?«

»Ich bin der Sohn von Gerhard Ohlbruck und Bruder von Walter Ohlbruck.«

Die Frau runzelte die Stirn. »Wie sonderbar. Jetzt. Nach so vielen Jahren.«

»Sind Sie Frau Odden?«

Ein halbes Nicken. »Ich bekomme sonst nie Besuch.«

»Ich habe die Hoffnung, dass Sie mir sagen können, was Helene Meier über meinen Vater und meinen Bruder wusste.«

»Wieso?«

»Ich vermute, dass Sie ihr nahestanden, Frau Odden. Hat sie Ihnen von den beiden erzählt?«

Sie blickte ihm prüfend in die Augen und schien einen Entschluss zu fassen. »Ihren Personalausweis, bitte.«

Uwe stutzte. »Also …«

»Ich muss wissen, wer Sie wirklich sind«, sagte sie.

Er nahm sein Portemonnaie aus der Hosentasche, zog seinen Ausweis zwischen Führerschein und Kreditkarte hervor und reichte ihn durch den Spalt.

Sie betrachtete den Personalausweis und drehte ihn um. »Ich schätze, dass es schwierig ist, so ein Kunststoff-Ding zu fälschen. Obwohl ich nicht auf dem neusten Stand bin. Vielleicht braucht man nur die richtigen Leute.« Sie gab ihm die Karte zurück und öffnete die Tür gerade so weit, dass er hindurchpasste. An seiner Schulter vorbei warf sie einen Blick auf die Straße, wo gerade ein alter Fiat Panda vorbeifuhr. »Wenn Sie für einen Geheimdienst arbeiten, kann es mir nur recht sein.«

Uwe trat in den düsteren, leicht müffelnden Hausflur. Sie schloss mit Nachdruck die Tür und schaltete die Deckenlampe an.

Schummeriges Licht fiel auf stumpfe braune Bodenfliesen und eine Treppe aus dunklem Holz, die nach oben führte. Nur die Frau selbst brachte Farbe ins Bild: Sie trug ein zinnoberrotes Kleid und war stark geschminkt, was die knittrige Haut ihres Gesichts mehr betonte als kaschierte. Um ihren Mund huschte ein Lächeln, das ein wenig boshaft wirkte.

»Sie schickt mir der Himmel, Uwe Ohlbruck. Oder die Hölle. Ich weiß es nicht.«

BÄRBEL

Kaum hatte sie sich von ihrer Mutter verabschiedet, vernahm sie den schwachen Piepton ihres Handys. Sie schloss die Zimmertür hinter sich und blieb stehen, um die Handtasche zu öffnen und nachzuschauen, ob sie eine Nachricht bekommen hatte. Mitten in der Bewegung hielt sie inne.

Eiskalt stiegen Befürchtungen in ihr auf. Hatte der eventuelle Killergehilfe, der möglicherweise den Kalender entwendet hatte, gehört, was ihre Mutter erzählt hatte? War die alte Dame in Gefahr?

Bärbel bemühte sich, nicht in Panik zu verfallen, sondern erstmal ruhig nachzudenken. Es war zweifelhaft, ob der Lauscher an der Tür die Worte ihrer Mutter verstanden hatte. Mama hatte vor dem Fenster gesessen, ihre Stimme war nicht laut und die Tür schloss einwandfrei, sodass nicht jeder Ton nach draußen dringen konnte. Allerdings hatte sie die Klarsichthülle mit dem Zettel hervorgeholt. Doch das kleine Stück Papier dürfte durchs Schlüsselloch kaum erkennbar gewesen sein.

Aber was, wenn der Lauscher ein paar von Bärbels Worten verstanden hatte? Wenn er sich alles zusammenreimte und seinem Auftraggeber zutrug? Bärbel erschauerte und zwang sich erneut zur Ruhe. War es denn wahrscheinlich, dass man die alte Dame aus dem Weg räumen wollte, weil sie vor mehr als vier Jahrzehnten einen dicken Umschlag mit einem tödlichen Badeunfall in Zusammenhang gebracht hatte? Außerdem konnte der Mann mit der

Hornbrille ein X-beliebiger mit krankhafter Neugierde sein, und vielleicht war es wirklich die Putzfrau, die angesichts des hübschen Einbands schwach geworden war und den Kalender geklaut hatte, um ihn für die verbleibenden acht Monate des Jahres zu nutzen.

Halbwegs beruhigt öffnete Bärbel ihre Handtasche und zog das Handy heraus. Sie hatte eine Nachricht von Malte:

Jetzt ist er im Haus Franzstraße 4a.

Bärbel schob das Handy zurück und verließ das Seniorenheim. Draußen blickte sie sich um. Nirgends ein Mann mit Bürstenhaarschnitt. Auf dem Weg zur Bushaltestelle überlegte sie: Als sie Uwe in der Franzstraße gesehen hatte, stand er vor der Nummer 4a – wollte er dort jemanden treffen? Er sprach mit der weißhaarigen Frau am Fenster von Nummer 4b. Sie erwähnte den Poppelsdorfer Friedhof, Uwe begab sich dorthin und besuchte das Grab einer Helene Meier. War das die Person, die er ursprünglich aufsuchen wollte? Er kehrte zurück in die Franzstraße und wurde von irgendwem in die Nummer 4a hereingelassen. Erhoffte er sich dort Informationen über die Verstorbene?

Bärbels Handy piepste erneut. Wieder eine Nachricht von Malte:

Melanie sitzt im Auto in der Heerstraße. Ich hab das Haus im Blick.

Bitte unauffällig, schrieb Bärbel.

Bin im Hauseingang schräg gegenüber, erwiderte Malte. *Wenn er aus 4a rauskommt, folge ich.*

Der Bus in Richtung Stadt ließ auf sich warten. Bärbel begannen die Knie zu schmerzen und sie haderte wieder mit sich selbst. Sie hatte kein Recht, ihren früheren Schulfreund regelrecht beschatten zu lassen. Sie wusste nicht mal, ob er nicht doch nur nach verschollenen Bekannten fahndete.

Aber da war der Bericht ihrer Mutter mit diesen unheimlichen Zusammenhängen. Wenn Uwe das Schicksal von Vater und Bruder zu enträtseln suchte und auf die richtige Spur geriet, könnte der Mörder nervös werden. Vielleicht war er das schon länger, seit dem Zusammentreffen mit ihrer Mutter beim Zahnarzt. Oder war das Unfug? War der Patient mit der Narbe ein harmloser Fremder, war der Mörder längst verstorben?

Die Fragen und Spekulationen machten sie ganz konfus, sie bewegte sich sinnlos im Kreis und sollte damit aufhören. Es gab keine sicheren Antworten, es konnte keine geben.

Zum Glück war das, was da in der Ferne auftauchte, mit Sicherheit ihr Bus.

UWE

Er folgte Verena Odden und ihrem Rosenduft die knarrende Treppe hinauf. Das enge Kleid betonte ihre extreme Magerkeit, an ihren dürren Armen klapperten goldene

Reifen, am linken Fußknöchel glitzerte über dem Perlonstrumpf ein Kettchen, das zu einer 17-Jährigen gepasst hätte. Ihr offensichtliches Bemühen, attraktiv zu wirken, rührte ihn, doch fürchtete er auf jeder Stufe der steilen Treppe, ihre dünnen Beine würden auf den hochhackigen roten Schuhen umknicken und sie stürzen lassen.

Im zweiten Stock führte sie ihn in eine enge Küche, deren Fenster zur Straße hinausging. Die Scheibengardinen wirkten vergilbt, die Einrichtung mit den abgenutzten Resopalflächen schien aus der Mitte des vorigen Jahrhunderts zu stammen. Aus dem Radio auf dem Büfettschrank scholl Rockmusik, die heiser und verstaubt klang. Dem Spülbecken aus grauem Stein entstieg ein fauliger Geruch. Der Rosenduft kam nicht dagegen an.

Uwe setzte sich auf einen wackligen Stuhl vor einem Tisch mit geblümter Wachstuchdecke.

Frau Odden schloss die Küchentür, die scharf in den Angeln schnarrte. Er fuhr zusammen, als wäre ein Warnschuss ertönt, eine ultimative Drohung.

Was für ein Blödsinn, schalt er sich. Diese aufgetakelte Frau sah harmlos aus. Andererseits konnte man nie wissen, nicht in seiner Situation. Er verrückte seinen Stuhl, um nicht mit dem Rücken zur Tür zu sitzen.

Frau Odden drehte die Musik lauter und stakste zu dem Stuhl auf der anderen Seite des Tisches. »Sie wollen was von Helene wissen.« Sie kicherte.

»Ich vermute, sie hat meinen Vater gekannt. Vielleicht auch meinen Bruder.«

»Irrtum, Herr Ohlbruck. Sie hat die zwei nicht gekannt.«

»Aber der Herr im Kuhle Dom hat ...« Uwe überlegte. Der Mann hatte nichts dergleichen gesagt, er hatte lediglich einen Namen genannt. Und das auf eine Weise, die beiläufiger nicht hätte sein können. »Er hat Helene Meier erwähnt. Und die Franzstraße 4a.«

Wie kam der Unsichtbare auf diese Adresse?, ging es Uwe durch den Kopf. Laut Auskunft der Nachbarin hatte Helene Meier woanders gewohnt. Irgendwas stimmte nicht.

»Helene wusste halt was.« Wieder dieses hexenartige Kichern. Frau Odden schlug die Beine übereinander. Ihr Fuß wippte im Takt der Musik. »Sie wusste viel über viele.«

»Wenn Sie mir sagen könnten, was es bei den Ohlbrucks war, würde mir das enorm weiterhelfen.«

»Bei Helene hätten Sie dafür ein paar Scheine hinblättern müssen. Davon hätte sie den nächsten Umzug bezahlt.«

Uwe nahm eine Hunderteuronote aus seinem Geldbeutel und legte sie auf das Wachstuch. Zum Glück war er kürzlich beim Geldautomaten vorbeigegangen.

Der Schein verschwand in der Seitentasche ihres Kleides. »Ich schätze, Sie kommen von – tja, wie soll ich den nennen, ich ahne es ja nur. Der hat am Rhein gewohnt. Freund von Luise. Neuerdings.«

»Er hat mir erzählt, er sei Stasi-Kurier gewesen. Ein ganz Überzeugter.«

»Soso, ein Überzeugter!« Erneutes Kichern.

Ihr Gehabe irritierte Uwe. Was war mit dieser Frau? Das war kein fröhliches Kichern, es wirkte nicht amüsiert, sondern bitter und verbissen.

»Der war kein Kurier«, sagte sie. »Er war eine Spitzenquelle im Verteidigungsministerium. Und das Gegenteil von überzeugt.«

»Ach?«

»Jemandem wie Ihnen zu helfen, Herr Ohlbruck, ist die einzige Art von Rache, die ihm bleibt.«

»Wieso Rache? Weshalb?«

»Die Stasi hatte ihn reingelegt. Er stand fest auf dem Boden der CDU. Aber sie wollten ihn. Sein Ressort betraf die Führung der Streitkräfte. Und was taten die schlauen Füchse? Machten ihm weis, sie seien vom Geheimdienst der USA. Dem CIA wollte er gerne dienen, um die Amis stark gegen die Sowjets zu machen, und er brauchte Geld. Schon hatten sie ihn. Über einen Verbindungsmann, der das Amerikanische gut hinbekam, war er Wachs in ihren Händen und hat wertvolle Informationen geliefert. Wie sollte er ahnen, dass sein kostbares Material an die böse DDR ging?«

Uwe war verblüfft. »Woher wissen Sie das?«

»Helene, die ihn von früher kannte, hat mit ihm eine Flasche Kognak geleert. Da war er ein gebrochener, verarmter Mann und hatte die Hälfte der saftigen Freiheitsstrafe abgesessen, die das Oberlandesgericht ihm aufgebrummt hatte. Nach der Wende lag ja alles auf den Tischen der Stasi-Unterlagen-Behörde. Die Staatsanwaltschaft hat ihm die Augen geöffnet.«

»Warum hat er mir nicht die Wahrheit gesagt? Er hat die Stasi sogar verteidigt!«

»Aus Vorsicht, aus Angst.«

»Wovor?«

»Wer sich mit Geheimdiensten einlässt, treibt ein gefährliches Spiel. Über Auftragsmorde und solche Sachen weiß er mehr, als gesund ist. Er war nicht immer unbeteiligt und dachte, er tut's für den Westen.«

»Und mimt jetzt den überzeugten DDR-Kurier?«,

fragte Uwe, dem es schwerfiel, sich das alles vorzustellen. »Weshalb?«

»Vor Gericht hat er Namen genannt. Es waren Stasi-Namen. Das verzeiht man ihm nicht. Es sind ja noch nicht alle im Altersheim oder unter der Erde. Er muss sich verstecken. Und täuscht über seine wahre Identität, indem er die Stasi über den grünen Klee lobt wie ein treuer Genosse.«

»Luise ist mit ihm befreundet?«

»Sobald sie Witwe war, hat er ihr gestanden, dass er vor Gericht einen Heinz Bürger erwähnt hat. Das war der Deckname ihres Mannes.«

»Mir gegenüber hat er behauptet, nach der Wende habe er mit Schwitzburg freundschaftlich über Vergangenes geplaudert und von ihm allerlei erfahren.«

Verena Odden kicherte. »Was er über Schwitzburg weiß, kommt von Luise. Auch sie hat ja ihr Päckchen zu tragen, die beiden haben sich viel zu sagen: Sie wurde von ihrem Mann getäuscht, er von der Stasi. Es ist menschlich, darüber reden zu wollen.«

Uwe hatte Mühe, sich zu konzentrieren. Die Einblicke in jene Zeit, die einem tiefen, dunklen Fass glich, aus dem die unglaublichsten Dinge zum Vorschein kamen, machten ihn fertig. Dazu die hämmernde Musik, die sicher mit Absicht so laut gestellt war, und der unentwegt wippende Fuß mit dem Kettchen. Er dachte an die angenehme Stille des Friedhofs. Ob Helene Meier ebenso gesprächig gewesen wäre?

Da fiel ihm etwas ein. »Helene Meier ist im selben Jahr gestorben wie Schwitzburg.«

»Ach ja.« Verena Odden seufzte. »Schwitzburg hielt die Hand über sie und überwies ihr jeden Monat eine kleine Summe. Sein Tod machte sie schutzlos.«

»Ist sie ermordet worden?«

»Sagen wir es mal so: Das Beste, was ihr passieren konnte, war zu sterben.«

»Warum?«

»Er hätte sie umgebracht.«

»Wer?«

»Ihr Schatz. Lorenz Lange.«

Uwe erstarrte. Der zweite Name, den Walter Jochen anvertraut hatte! Lorenz Lange gab es also wirklich. Diese Person war nicht erfunden.

»Die beiden waren ein wunderschönes Paar«, sagte Verena Odden. »Sie liebte ihn so! Ihm war eine steile Karriere prophezeit worden. Doch daraus wurde nichts. Er flog von der Polizeischule. Mon Dieu, bisschen Waffenhandel war alles, was sie ihm vorzuwerfen hatten, was ist so schlimm daran? Die Bundesrepublik hat das ständig gemacht.«

»Er wollte Polizist werden?«

»Jeder Mann braucht eine Arbeit, die seinem Talent entspricht. Helene und er waren blutjung, sie mussten von irgendwas leben. Da er sich aufs Schießen verstand, ergab sich was. Aufträge aus dem Ausland, alte Nazis, die Mitwisser loswerden wollten, rachedurstige reiche Juden. Leider nur Einzelfälle. Bald kam es besser.«

Verena Odden streckte die Hand aus. Uwe zog erneut sein Portemonnaie heraus. Sie schob die beiden Fünfzigeuroscheine in den Ausschnitt ihres Kleides.

»Er war für mehrere Geheimdienste tätig«, fuhr sie fort, »und dabei neutral wie die Schweiz. Wenn irgendwo irgendwer verschwinden sollte, bekam er eine Botschaft. Als Lothar Linden fuhr er sogar in die DDR, um am Schießtraining des Wachregiments teilzunehmen. Die Stasi lud ihn in ein Gästehaus in Brandenburg ein, Bootssteg, Reitpferde, Kaviar und Krimsekt. Lorenz beeindruckte das nicht, war mehr für Kölsch und blieb frei.«

»Er war also Auftragsmörder«, fasste Uwe zusammen.

Verena Odden bestätigte das mit einer Selbstverständlichkeit, als hätte Uwe erklärt, der Mann sei Fliesenleger gewesen. »Zu jener Zeit war Helene seine Muse und Vertraute. Sie kannte Namen und schuf Verbindungen. Dass Gerhard Ohlbruck alias Ernst Lehmann für die Stasi im Kanzleramt arbeitete, lange bevor der viel bewunderte Guillaume dort aufkreuzte, wusste sie ebenfalls. Leider beging Lehmann den Fehler, Gewissensbisse zu bekommen und einem Kollegen sein Herz auszuschütten.«

»Schwitzburg.« Uwe brach der Schweiß aus. Er ahnte plötzlich, nein, er glaubte zu wissen … »Hat Schwitzburg etwa …«

Von dem Geständnis seines Vaters gegenüber dem Kollegen und verkappten Stasi-Mann wusste er ja bereits, doch das merkwürdige Glimmen in Frau Oddens Augen gab der Angelegenheit eine neue Bedeutung.

»Schwitzburg sah eine Katastrophe auf sich zukommen«, sagte sie. »Mitten im Operationsgebiet wollte ein Kundschafter alles hinschmeißen, auspacken und sich offiziell für schuldig erklären! Es wären Untersuchungen gefolgt, der Verfassungsschutz und das Bundeskriminalamt hätten ihre Geschütze aufgefahren, für Schwitzburg stand alles auf dem Spiel: seine Stellung als höherer Beamter, seine Karriere, sein gutes Gehalt, seine Posten in der CDU, seine Freiheit, sein Ansehen, seine gesamte Zukunft. Um die eigene Haut blitzschnell zu retten, fiel er bei Lorenz mit der Tür ins Haus. Und Helene beim

Bügeln in der Küche. Er hat sie kaum wahrgenommen, nicht mehr als den Garderobenständer.«

»Die Stasi hat meinen Vater also nicht in die DDR beordert?«

»Das hätte gedauert. Lehmann musste weg. Sofort.«

Uwe brauchte nicht danach zu fragen, er stellte es nur fest, wollte es aussprechen: »Lorenz Lange hat meinen Vater ermordet. In Schwitzburgs Auftrag.«

»Psst. Sie übertönen mir noch die Musik.«

Sie streckte die Hand aus. Uwe zog einen weiteren Hunderteuroschein heraus. Seine Hand zitterte.

»Woher kannten die zwei sich?«, fragte er leiser.

»Lorenz war Kriegswaise, dem ging's dreckig, aber der Junge war clever und sammelte alles, was sich in der Nachkriegszeit irgendwie verticken ließ. Auch Waffen und Munition aus dem Besitz von Wehrmachtsangehörigen. In Berlin ist er Schwitzburg begegnet, der nützliche Kontakte hatte und Leute kannte, die was gegen den Russen im Schrank haben wollten. In den 50er-Jahren haben sich ihre Wege auf dem Bonner Marktplatz gekreuzt. Von da an sind sie in Verbindung geblieben.«

»Und wie hat er meinen …« Uwe schaffte es nicht, die Tat ein zweites Mal beim Namen zu nennen. »Wie hat er Schwitzburgs Auftrag ausgeführt?«

Verena Odden schloss die Augen. »Helene sagte nur: Er kam gut gelaunt nach Hause, wusch sich die Hände und öffnete eine Flasche Kölsch.«

Uwe schluckte. Das Sprechen wurde mühsam. »Wusste Helene auch was über Walter? Ist Ihnen da was bekannt?«

»Sie musste ein Mädchen anheuern, das den kleinen Bruder bezirzte, während Lorenz die Drecksarbeit erledigte.«

Hitze stieg Uwe ins Gesicht. »Der kleine Bruder war ich.«

»Das dachte ich mir.«

»Hat Lorenz Lange … hat er Walter ertränkt? Unter Wasser gedrückt?«

Verena Odden zuckte mit den Schultern. »Helene sah nur, wie er an einem heißen Tag zum Baden aufbrach.«

Die Erinnerung traf Uwe mit voller Wucht. Er hätte dem Mörder einen Strich durch die Rechnung machen können. Wäre er nicht so einfältig gewesen, sich von dem Mädel umgarnen zu lassen.

»Es hätte andere Möglichkeiten gegeben«, sagte Verena Odden, als hätte sie seine Gedanken erraten. »Keiner, den er beseitigen sollte, entkam ihm. Autounfälle zum Beispiel waren recht häufig.«

Das war kein Trost für Uwe. Wäre er nicht so dämlich gewesen, hätte er bemerkt, was im Gange war, und Walter dazu veranlasst, auf der Hut zu sein.

Was für unnütze Gedanken. Es war geschehen, was geschehen sollte.

»Warum bloß?«, stieß Uwe hervor. »Warum Walter?«

»Es war durchgesickert, dass er ernsthaft nach dem Vater forschte. Solche Schnüffelei war Ost-Berlin nicht angenehm. Vielleicht ließ man Schwitzburg bewusst freie Hand. Der hatte höllische Angst, dass der junge Ohlbruck herausfand, was passiert war, und wandte sich an Lorenz. Später sorgte die Stasi dafür, dass die Bonner Polizei untätig blieb. Im Präsidium hatten sie irgendwen. Wie fast überall.«

Uwe stöhnte. Es war ungeheuerlich. Walter hatte Schwitzburg vertraut, genau wie sein Vater. Ein Mann, der solches Vertrauen erweckte und zugleich so abgebrüht war, musste für die Stasi ein wertvoller Mitarbeiter gewesen sein.

»Weiß Luise das alles?«, fragte Uwe.

»Wer es weiß, schweigt«, erwiderte Frau Odden. »Schwitzburg ist tot, aber Lorenz ist wachsam. Er hat ein Imperium. Vasallen, die alles für ihn tun, hervorragend dressiert. Junge Kriminelle, denen er geholfen hat, als sie in Schwierigkeiten waren.«

Sie hielt den Kopf ein wenig schief. Anscheinend lauschte sie. Auf der Straße bellte ein Hund.

Warum schweigt sie nicht selbst?, überlege Uwe. Warum verrät sie es mir?

»Erzählen Sie weiter«, bat er.

Verena Odden streckte aufs Neue die Hand aus. Uwe legte zwei Zwanzigeuroscheine hinein. Die Hand blieb ausgestreckt, die Finger zuckten ungeduldig. Er legte zwei Zehner dazu.

»Woher kennen Sie Helene Meier so gut, dass Sie das alles wissen? Waren Sie ihre beste Freundin?«

Sie lächelte auf eine seltsam verkrampfte Art. »Engere Freundinnen gab's nicht. Wir haben alles zusammen gemacht.«

Hatte der Beichtstuhl-Mann gesehen, wie Helene Meier ihre Freundin Verena Odden besuchte? Hatte er Uwe deshalb diese Adresse in der Franzstraße genannt?

Uwes Unbehagen wuchs. Saß er bereits in der Falle? Dass die Frau ihm alles so bereitwillig erzählte, musste einen Grund haben. Sollte sie dafür sorgen, dass er gebannt zuhörte, bis die Tür eine Handbreit aufging und sich die Mündung einer Pistole hindurchschob?

Er starrte die Küchentür an. Da rührte sich nichts. Kein leises Öffnen, kein Pistolenlauf. Nicht mal ein verdächtiges Geräusch dahinter.

Es war verrückt, seine Fantasie ließ ihn die absurdesten Szenarien befürchten, bloß weil Vater und Bruder etwas widerfahren war, das im normalen Leben nicht vorkam. In der Welt, in die er eingetaucht war, schien das Unwahrscheinliche wahrscheinlich. Er fand sich nicht mehr zurecht.

»Möchten Sie einen Kognak?«, drang es durch die Grübelei an sein Ohr.

»Ja, bitte.«

Uwe musste an seine Mutter denken. Wie umsichtig sie gehandelt hatte! Mit ihrem Schweigen und ihrer Schwindelei hatte sie ihn geschützt. Sie musste geahnt haben, dass Walters Tod im Dornheckensee kein Unfall gewesen war. Deshalb wollte sie seine Wohnung alleine ausräumen. Sie glaubte etwas zu finden und sie fand etwas: das graue Heft. Hätte Uwe zu jener Zeit von alledem erfahren, hätte er schon damals nachgeforscht. Es hätte ihm genauso ergehen können wie Walter.

»Wie alt ist Lorenz Lange?«, fragte Uwe, als das bauchige Glas mit dem Kognak vor ihm stand.

»Alt. Doch sein Personal ist jung.«

»Wo könnte man ihn finden?«

Sie streckte die Hand aus. Er legte einen Fünfzigeuroschein hinein.

»Nirgends und überall«, erwiderte sie. »Ich weiß nicht, wie man ihn jetzt erkennt, ich habe ihn nie mehr gesehen. Er hatte jedenfalls eine Narbe, die müsste noch da sein. Eine Verletzung vom Sommer 75. Er hatte Leute von der Roten Armee Fraktion kennen gelernt und mit denen Bomben gebastelt.«

»Ist die Narbe auffällig?«

»Nur, wenn er kurze Ärmel trägt. Sie verläuft vom rechten Handgelenk bis zum Ellbogen.«

Die nächste Frage fiel Uwe schwerer. »Wissen Sie, was mit der Leiche meines Vaters geschah?«

»Keine Ahnung.«

Er schob drei Scheine über die Tischplatte, 90 Euro, sein letztes Geld.

Sie zog die Stirn kraus. »Es gibt einen, der es wissen könnte. Wenn er den nicht abgemurkst hat.« In einer ruckartigen Bewegung stand sie auf. »Ihre Telefonnummer, bitte.«

Uwe leerte das Kognakglas. Schon unter normalen Umständen hatte er Bedenken, seine Rufnummer, die nicht im Telefonbuch stand, an Fremde herauszugeben. In Kreisen, in denen Auftragsmörder verkehrten, kam es ihm nahezu selbstmörderisch vor.

»Wozu brauchen Sie die?«, fragte er.

»Wird sich zeigen.«. Sie knipste eine kleine Lampe an, es war inzwischen dämmrig geworden. Anschließend nahm sie einen Bleistiftstummel zur Hand, legte einen zerknitterten Kassenzettel vor sich auf den Tisch und strich ihn glatt. »Na?«

Mit ungutem Gefühl diktierte er ihr seine Festnetznummer. Sie öffnete eine schmale Tür neben dem Kühlschrank, die ihm bisher nicht aufgefallen war, und verschwand mit dem Zettel in einem Nebenzimmer. Die Tür ließ sie angelehnt.

Nach einer Weile hörte er sie reden. Einigen undeutlichen Sätzen folgten Worte, die er deutlich verstand. Befand sich jemand nebenan? Es war nur ihre eigene Stimme zu hören, wahrscheinlich telefonierte sie. »Triff ihn an einem sicheren Ort ... Der kann es schaffen, ich fühle das, oh, wie ich das fühle! ... Dein Kollege ist tot, na und? ... Mensch, du Schisser, du blöder!«

Verena Odden kam zurück und blieb in der Tür stehen. Ihr Gesicht wirkte erhitzt, die Adern am Hals und an den Schläfen waren angeschwollen. »Er will nicht. Hat Angst. Sein Kollege hatte einen komischen Wanderunfall. Im Ahrtal, vom Felsen gestürzt. Niemand weiß, wo Lorenz steckt, aber er scheint immer in der Nähe.«

»Könnte ich die Nummer von dem Mann haben, mit dem Sie telefoniert haben? Dann könnte ich selbst …«

»Ach du Schreck, nein«, unterbrach sie ihn. »Ich hab Ihnen doch alles erzählt, was Helene wusste. Sie hätte sich gefreut. Seit ihrem 14. Lebensjahr stand sie Lorenz treu zur Seite. Bis er sie verstoßen hat. Seitdem hat sie ihn gehasst.«

So war das also. Die beste Freundin tat, was die Verstorbene nicht mehr konnte und sich zu ihren Lebzeiten nicht getraut hatte: Den Killer verraten.

Frau Odden wandte sich dem Büfettschrank zu und öffnete eine Schublade. »Schauen Sie mal.«

Uwe trat neben sie.

»Das sind die zwei, Herr Ohlbruck.«

In der fast leeren Schublade lag ein Foto in einem ledernen Rahmen. Es zeigte ein Paar mittleren Alters mit Kölschgläsern in der Hand, offenbar ein Schnappschuss auf einer Feier. Von dem Gesicht der Frau war wegen eines Fächers, den sie ausgebreitet vor Mund und Nase hielt, wenig zu sehen, doch der Mann war einigermaßen zu erkennen: Seine Nase und seine Lippen waren schmal, die Brauen dunkel wie das kurze, glatte Haar, das Kinn wirkte eckig, das linke Ohr schien ein wenig abzustehen.

»Eine Aufnahme von 1980. Bald danach entdeckte Lorenz einen anderen Geschäftszweig, in dem er Helene nicht gebrauchen konnte. Sie erfuhr, dass er eine andere hatte, mit einem Kind von ihm, einer zwölfjährigen Tochter, er, der nie Kinder wollte.« Verena Odden schnaubte verächtlich. »Das hatte sie nicht verdient.«

Sie schob die Schublade zu. Uwe reichte ihr die Hand. »Vielen Dank und schönen Abend.«

Sie lächelte. »Lieber Uwe Ohlbruck, wenn Helene noch leben würde, hätte sie einen riesengroßen Wunsch an Sie: Finden Sie Lorenz! Bringen Sie ihn um.«

BÄRBEL

Sie war am Hauptbahnhof ausgestiegen und eilte zum Marktplatz. Es regnete und war schon fast dunkel. Mit feuchtem Mantel und tropfenden Haaren erreichte sie das historische Gasthaus »Em Höttche« neben dem Rokoko-Rathaus, auf dessen Freitreppe einst Staatsoberhäupter aus aller Welt den Bonnern zugewinkt hatten.

Die Helligkeit und Wärme des gemütlichen Lokals, das Stimmengemurmel der Gäste und die Düfte guter Küche gaben Bärbel das Gefühl, aus einem fernen, feindlichen Land in die Geborgenheit der Heimat zurückzukehren.

Sie stieg die Stufen zu dem Raum im Untergeschoss hinab. Dort traf sich der Vorstand des Würfelclubs zweimal im Jahr.

Die Idee mit dem Club war verrückt gewesen. Klaus war wegen einer anderen ausgezogen und Bärbel in einem kohleschwarzen Sumpf versunken. Mit Mühe stand sie ihre tägliche Arbeitszeit in der Stadtbibliothek durch und verkroch sich anschließend im Bett. Das Einzige, wozu sie sich ab und zu aufraffte, war, ein Buch in die Hand zu nehmen, und so kam es, dass ihr im Fenster einer Buchhandlung ein Titel ins Auge stach. Sie kaufte das Buch, das von Würfelspielen handelte. Würfel passten in jede Tasche, die Regeln waren einfach, nur brauchte man Mitspieler. Ehe sich Bedenken in ihr breitmachten, gab sie eine Anzeige auf. Nach und nach meldeten sich 40 Leute, die am Testen von Spielen, bei Turnieren und Tauschbörsen ihren Spaß fanden. So hatte sich Bärbel aus dem tiefsten Tief ihres Lebens gewürfelt.

Die anderen Vorstandsmitglieder, drei Frauen und drei Männer, saßen um den rechteckigen Tisch vor gefüllten Tellern und Gläsern. Bärbel entschuldigte sich für ihre Verspätung und bestellte beim Kellner ein Glas Rotwein sowie einen Salatteller. Kurz darauf hörte sie wieder ihr Handy piepsen.

Verstohlen blickte sie auf Maltes neue Nachricht:

Er ist raus. Ich hinterher. Sein Ford stand in der Stadthausgarage. Ich hab sofort Melanie Bescheid gesagt. Wir dicht hinter ihm, zwei Autos dazwischen. An der Viktoriabrücke haben wir ihn verloren. Bei Dunkelheit, Strippenregen und Scheinwerferlicht behältst du keinen blauen Mondeo im Blick.

»Scheißdreck«, knurrte Bärbel.

Die anderen blickten sie an. Solche Worte war man von ihr nicht gewohnt.

»Verzeihung.« Bärbel lächelte schuldbewusst. »Franzstraße – kennt ihr da zufällig jemanden?«

Alle verneinten.

Fahr noch mal hin, schrieb sie rasch, *frag die Bewohner, wer von ihnen mit einem Herrn von Uwes Aussehen gesprochen hat. Sag einfach, er ist dein Onkel und du suchst ihn händeringend, weil er sein Handy und seine Herztabletten in deiner Küche vergessen hat. Vielleicht findest du raus, weshalb er dort war. 40 Euro extra.*

Die Antwort kam prompt. *Mach ich morgen, okay? Ich fahre ganz früh.*

Warum nicht heute noch?, schrieb Bärbel und überlegte, ob das Honorar zu dürftig war, um ihn zu motivieren. War sie zu geizig?

Ich hab Vorbereitungstreffen fürs Platon-Symposium, antwortete er.

Bärbel seufzte. Gegen Platon kam man nicht an. Komisch, dass der Junge neuerdings so fleißig war.

UWE

Er fuhr zurück zu seinem Reihenhaus in Endenich. An der letzten großen Kreuzung, wo er in die Straße »Auf dem Hügel« einbog, befiel ihn Unruhe.

Hoffentlich war alles wie früher! Die Fenster behaglich erleuchtet, Essensduft aus der Küche, klassische Musik aus dem Wohnzimmer. Dann die geliebte helle Stimme. *Trägst du bitte die Teller hinüber? Bist du so lieb und machst die Weinflasche auf?* Er würde sich entschuldigen, dass er so lange nicht gekocht hatte, und für den nächsten Abend eine Gemüse-Lasagne versprechen, die gelang ihm immer gut.

Natürlich war nichts wie früher. Alles war dunkel und still. Und Mona unerreichbar. Das war kaum auszuhalten. Er wollte nicht noch einmal alle Freunde durchtelefonieren und die Gelegenheit, ihr über das Sekretariat der Schule eine Nachricht zukommen zu lassen, hatte er verpasst. Am Freitagabend war dort niemand mehr.

Die Einkäufe wegzuräumen, schien seine ganze Kraft aufzubrauchen. Ein Glas Milch einzuschenken, war alles, was er darüber hinaus zustande brachte. Er war zu deprimiert, um sich etwas zu essen zu machen, und legte sich aufs Sofa. Der Spaten für die tote Amsel blieb auf dem Küchentisch.

Nach einer Weile glückte es ihm, seine Gedanken auf das zu lenken, was er heute in Erfahrung gebracht hatte. Er musste dankbar sein, dass er jetzt mehr wusste als je zuvor, viel mehr. Aber es reichte nicht. Er musste Genaueres wissen, wollte den Täter sehen, diesen kaltblütigen Auftragsmörder Lorenz Lange.

War es ratsam, sich an die Polizei zu wenden? Ohne Tatzeugen, ohne Beweise, ohne greifbare Anhaltspunkte? Genügte eine Zeugin vom Hörensagen wie Verena Odden? Auch wenn er ihr Glauben schenkte, konnte sie sich das alles ausgedacht haben. Schließlich war es erstaunlich, dass Helene Meier ihre Freundin in so heikle Tatsachen eingeweiht haben sollte. Ebenso fraglich war, ob Frau Odden ihre Erzählung vor der Polizei wiederholen würde. Ein brauchbarer Zeuge war vielleicht der Mann, den sie angerufen hatte, ohne seinen Namen zu nennen. Nur wer Brisantes wusste, musste Angst vor Lorenz Lange haben, diesem Monster, das in seinem Bau saß und wahrscheinlich nur mit den Fingern schnippte, um seine Vasallen in Gang zu setzen. Darunter Bärbel, der junge Wuschelkopf und der Kerl mit dem Schal, drei, die sicher nur die Spitze des Eisbergs bildeten, während unzählige andere im Verborgenen wirkten.

Um Uwe herum war es stockfinster. Eine kurze Melodie ertönte. Er hörte sie wie von fern. Die Tonfolge wiederholte sich, war vertraut und wurde lauter, als das Kissen unter seinem Kopf wegrutschte. Er war auf dem Sofa eingenickt. Sein Telefon hatte ihn geweckt.

Lorenz Lange, durchfuhr es ihn, jetzt geht er zum Angriff über. Meine Nummer hat er von Bärbel.

Er warf einen Blick auf seine Armbanduhr. Zwei Minuten vor Mitternacht. Zögernd hob er das Telefon ans Ohr.

»Kommen Sie vorbei.« Die Stimme eines älteren Mannes. Der Tonfall klang nach Rheinland, wenn auch nicht stark.

»Wer sind Sie?«, fragte Uwe.

»Verhalten Sie sich, als ob Sie zu Bett gingen. Falls jemand ihr Haus beobachtet. Löschen Sie alle Lichter und warten Sie. Anderthalb Stunden, besser zwei. Fahren Sie Umwege. Parken Sie woanders und gehen dann zu Fuß. Achten Sie sorgfältig darauf, dass niemand Ihnen folgt.« Er nannte eine Adresse in Poppelsdorf. Sternenburgstraße. »Gehen Sie durch die Hofeinfahrt, nach rechts durch die Hecke und über eine Mauer. Eine Frau lässt sie herein.«

Es war gruselig. Uwe sollte kommen. Mitten in der Nacht. Das klang nach Falle – viel mehr als alles Bisherige.

»Hören Sie …«

Der Mann legte auf, ehe Uwe etwas fragen konnte. Wer war das? Lorenz Lange?

Man sollte nicht immer das Schlimmste befürchten, versuchte sich Uwe zu beruhigen, in der Franzstraße war auch alles gut gegangen. Es konnte jemand anderes sein. Eine neue Chance.

Uwe ließ die Rollläden herunter, löschte das Licht im Parterre und ging die Treppe hoch. Oben schaltete er die Lampen im Schlafzimmer und im Bad an und zog die Vorhänge aus hellem Leinen zu. Einige Minuten später knipste er alle Lampen aus.

Er setzte sich im Dunkeln auf die Treppe, spürte seinen Bedenken nach und überlegte. Was, außer seinem Leben, hatte er zu verlieren? Niemand wartete auf ihn. Er hatte keinen Freund, dem er fehlen würde, kein Haustier, das von ihm abhängig war. Mona war fort und seine geschiedene Frau wieder verheiratet, sein Sohn in Zürich hatte einen guten Job und eine Partnerin. Wäre es so schlimm, wenn ihm heute Nacht etwas zustieße und er nie wieder zurückkehrte?

Anderthalb Stunden nach Mitternacht hatte er sich entschieden. An Walters Grab hatte er einen Schwur geleistet, altmodisch und sentimental mit einer weißen Rose, und das galt.

Er verließ das stille Haus und stieg in sein Auto, fuhr nach Poppelsdorf und ein Stück weiter bis in eine schwach beleuchtete Straße, die zum benachbarten Stadtteil Kessenich gehörte. Dort stellte er den Wagen ab.

Nachdem er ausgestiegen war, blickte er sich um. Niemand zu sehen. In den Häusern brannte kein Licht, die Straße lag stumm und verlassen da. Nur von der größeren Reuterstraße, die in der Nähe vorbeiführte, vernahm er das Geräusch eines einzelnen Fahrzeugs.

Zögernd ging er Richtung Sternenburgstraße. Er fürchtete, dass seine Schritte in der nächtlichen Stille weithin zu hören waren, scheute die Lichtkegel der Laternen, wandte sich alle paar Meter um.

Früher gab es ein Anwesen namens Sternenburg, versuchte er sich abzulenken, warum war es verschwunden? Es half nichts, sein Herz klopfte unvermindert heftig. Das ärgerte ihn. Hier war kein Mensch unterwegs. Nicht mal ein Auto kam vorbei.

Die beschriebene Einfahrt war düster genug, um kaum wahrgenommen zu werden. Bevor er hineinging, drehte Uwe sich noch einmal um. In der Häuserreihe gegenüber waren die Fenster dunkel, die meisten hinter Rollläden verborgen. Wenn ihm hier jemand den Schädel einschlug, blieb das unbemerkt. Es war 1.59 Uhr, eine kalte Nacht, und Poppelsdorf schlief.

Er lauschte. Nicht weit entfernt ertönte ein knarzender Laut. Wie eine alte Tür, die sich bewegte.

Unschlüssig stand Uwe da und starrte in die Finsternis

vor ihm. Sie schien kaum weniger undurchdringlich als das samtige Schwarz des sternenlosen Himmels. Irgendwo konnte sich jemand verbergen.

An dem Zaun neben der Einfahrt schwankten die Zweige eines Strauchs im Wind, am nahen Hang des Venusbergs war ein Auto zu hören. Ansonsten rührte sich nichts.

Uwe gab sich einen Ruck.

Er gelangte in einen gepflasterten Hof, in dem ein Kleinwagen stand. Eine Katze huschte darunter hervor und verschwand hinter einem Blumenkübel. Einige Schritte weiter ließ er den Blick über die Rückseite der Häuser wandern. Bis auf ein kleines erleuchtetes Fenster war alles dunkel. Links von ihm erhob sich eine hohe Mauer, rechts lag ein Rasenstück. Er ging über das kurzgeschnittene Gras und mied das gelbe Viereck, das der Lichtschein aus dem ersten Stock auf den Boden warf.

Auf der anderen Seite des Rasens befanden sich Beete. Gemüse vermutlich, es roch nach Lauch. Dahinter bemerkte er eine ausgedünnte Hecke. Er zwängte sich hindurch. Es knackte und raschelte, der nächste Garten war erreicht.

Im Schutz niedriger Büsche schlich Uwe zu einer Ziegelmauer. Jenseits davon ertönte ein Räuspern. Er duckte sich.

»Steigen Sie beim Kompost rüber«, flüsterte jemand.

Uwe sah sich um und entdeckte eine breite Kiste. Dem Geruch nach befanden sich dort verrottende Pflanzenteile und faulendes Obst. Die quer verlaufenden Latten ließen sich als Trittstufen nutzen. So überwand er mühelos die Mauer und gelangte zum nächsten Grundstück, dem eine hohe Kiefer besondere Düsternis verlieh.

Er blickte zur schwarzen Silhouette des Hauses. Nach und nach erkannte er die Fenster, eine Veranda und das Geländer einer Treppe. Ein paar Meter davor hoben sich die Umrisse einer fülligen Gestalt ab. Eine Frau.

Sie wandte sich um und ging auf das Haus zu. Uwe folgte ihr die eisernen Stufen hinauf zur Veranda. Der Rollladen an der unbeleuchteten Tür wurde von innen ein Stück hochgezogen. Die Frau bückte sich und schlüpfte in die dahinterliegende Schwärze. Uwe unterdrückte den Impuls umzukehren und tat es ihr gleich.

Langsam glitt der Rollladen hinter ihm herunter. Das Deckenlicht ging an, eine mehrarmige Lampe mit Stoff-schirmchen über den Birnen.

Uwe war verblüfft. Er fühlte sich an das Wohnzimmer seiner Großeltern erinnert. Gründerzeitmöbel, eine Standuhr aus Eiche, nachgedunkelte Ölbilder, Perserteppiche, Troddeln und Fransen an den Polstersesseln. Als wäre die Zeit stehen geblieben.

»Guten Abend«, sagte ein weißhaariger Mann, der neben der Tür stand, eine Hand noch am Rollladengurt. Das war die Stimme mit dem leicht anklingenden rheinischen Tonfall, die Uwe am Telefon gehört hatte. »Machen Sie es sich bequem.«

Uwe setzte sich in einen Sessel, der Mann nahm gegenüber Platz. Die Frau verließ den Raum und schloss die Tür hinter sich. Die beiden Männer musterten einander.

War das der Mörder? Uwes Blick glitt über die Handgelenke und das Gesicht seines Gegenübers. Der Mann trug einen langärmeligen Pullover, von einer Narbe war nichts zu sehen. Das wellige weiße Haar fiel ihm weit über die Ohren, nicht zu erkennen, ob das linke abstand. Er schien früher blond gewesen zu sein, denn Haut und

Augen waren sehr hell. Sein breites Gesicht erinnerte Uwe an den Besitzer einer friesischen Teestube, in die er im letzten Urlaub eingekehrt war. Das war bestimmt nicht Lorenz Lange.

»Hat Frau Odden Ihnen meine Telefonnummer gegeben?«, begann Uwe vorsichtig. »Sind Sie derjenige, den sie angerufen hat?«

Es kam keine Antwort.

»Frau Odden hat mir einiges aus dem Leben ihrer verstorbenen Freundin erzählt«, fuhr Uwe fort.

Der Weißhaarige zog die Augenbrauen hoch. »Kannten Sie Helene?«

»Leider stand ich nur an ihrem Grab.«

»Sie waren also auf dem Friedhof.«

Die Bemerkung kam mit seltsamer Betonung heraus. Uwe schaute dem Mann in die Augen, soweit ihm das im trüben Schein der Lampe glückte.

Der Weißhaarige erhob sich, ging zur Tür und blickte durchs Schlüsselloch. Er nickte und setzte sich wieder. »Verena«, sagte er, »ist momentan zu jeder Dummheit fähig. Hat sich in den Kopf gesetzt, den Mordbuben vor den Kadi zu bringen. Ohlbruck soll alles wissen, meint sie. Als wenn jemand ihm was anhaben könnte. Das ist ein Ding der Unmöglichkeit.«

Er blickte zu Boden und malte mit der Schuhspitze die Ornamente des Orientteppichs nach. Uwe fiel auf, dass er trotz der vorgerückten Stunde Straßenschuhe trug. Vermutlich wohnte er nicht hier.

Von draußen kam kein Laut. Dennoch hatte Uwe den Eindruck, dass der Mann horchte, ob sich hinter den Rollläden oder der Zimmertür etwas tat.

Das unentwegte Ticken der Standuhr hatte etwas Quälendes. Es kam Uwe vor, als ob jeder einzelne Tag der vielen Jahre, die seit dem Tod seines Vaters verstrichen waren, mit diesem Ticken an ihm vorüberzöge. Als müsse er das aushalten, bevor er mehr erfahren durfte.

Der Weißhaarige gab ihm einen Wink, näher zu rücken. Uwe rutschte an die Kante der Sitzfläche und neigte sich zu ihm hinüber.

»In meiner Jugend war ich der Gehilfe meines Vaters«, sagte der Mann leise. »Der alte Geizkragen zahlte mir so gut wie nichts, obwohl der Laden ausgezeichnet lief.«

»Was für ein Betrieb war das?«

»Ein Bestattungsunternehmen.« Er kratzte sich an der Nase. »Ich habe was entsetzlich Dummes gemacht. Ich kannte den Burschen nur flüchtig, er war nicht von hier. Aber ich kannte Helene und sie lebten zusammen, anscheinend ihre große Liebe.«

»Lorenz Lange?«, flüsterte Uwe, um ganz sicherzugehen.

Sein Gegenüber nickte. »Es war ein regnerischer Morgen. April 1963, zwei Monate später kam Kennedy nach Bonn. Helenes Freund sprach mich draußen im Hof an. Er brauche einen Platz in einem Sarg. Für einen bedauernswerten Flüchtling aus der DDR, dessen Herzenswunsch es gewesen sei, dass niemand von seinem Tod im Westen erfuhr. Dann nannte er die Summe für mich und Willi, den anderen Lehrling. Einen ungeheuren Betrag für unsere Verhältnisse. Willi, der neben mir stand, war sofort Feuer und Flamme und ich sparte auf ein Moped. Ich hätte Jahre gebraucht, um genug zusammenzubekommen. So konnte ich es eine Woche später kaufen. Ich stellte es bei Willi unter, damit mein Vater nichts merkte.«

Der Mann blickte Uwe an. Seine hellen Augen zuckten.

»Wir verabredeten uns für den Nachmittag, wo wir den Luxussarg einer dünnen Alten zum Poppelsdorfer Friedhof bringen sollten, Willi und ich. Mein Vater hatte einen Termin im Büro, Trauerfeier und Beisetzung waren für später angesetzt. Willi sollte den Toten mit Lange aus einem Seitenweg holen, damit wir ihn in der Kapelle einsargen konnten. Durfte natürlich niemand sehen, deshalb stand ich Schmiere.«

Der Weißhaarige holte tief Luft. Vielleicht kam jetzt der schwierigste Teil seiner Erzählung.

»Sie trugen den Toten also zur Kapelle. Wir mussten die Leiche der Frau aus dem Sarg heben und den Mann hineinlegen, dann sollte ein dünnes Brett über ihn geschoben und die Frau obendrauf gebettet werden. Lange wies mich an, den Sargdeckel zu öffnen. Da stieß meine Hand gegen den Leichnam des Mannes. Ich hätte fast aufgeschrien – der war warm wie ein lebendiger Mensch. Da sah ich genauer hin: In seiner Stirn war ein rundes rotes Loch, ein zweites im Hemd mitten auf der Brust. Ich schaffte es nicht, an den halboffenen Augen vorbeizusehen. Es war, als wollten sie mir was sagen.«

Der Mann vergrub sein Gesicht in seinen großen Händen. Was er murmelte, war gerade deutlich genug, um es zu verstehen: »Mir war sofort klar, was passiert war. Lange hatte ihn kurz vorher erschossen.«

Uwe brachte keinen Ton heraus. Erschossen. Nun wusste er es.

Der Weißhaarige legte die Hände wieder in den Schoß. »Es war zu spät, um nicht mehr mitzuspielen. Ich hatte fürchterliche Angst vor meinem Vater und zugleich begriff ich, dass der Mann, der sich so freundlich gegeben hatte, ungemein gefährlich war. Er sagte, er habe überall seine

Leute und merke es sofort, wenn wir nur im Entferntesten daran dächten, den Mund aufzumachen. Später las ich in der Zeitung, dass ein Mann namens Gerhard Ohlbruck vermisst wurde, es war ein Foto dabei. Das war unser Toter. Die Polizei bat um sachdienliche Hinweise.« Er hob die Hände in einer hilflosen Geste. »Ich war zu feige. Ich hätte den nächsten Tag nicht überlebt.«

»Und die Frau wurde im Beisein des Pfarrers und ihrer Angehörigen bestattet und keiner wusste, dass …« Uwe konnte nicht weiterreden.

»… ein zweiter Toter im Sarg lag«, vollendete der andere den Satz. »Da war ich nicht mehr dabei. Ich war fix und fertig und erbrach mich.«

»Wo ist das Grab?«

»Es war nicht weit vom Verwaltungshaus, genau weiß ich es nicht mehr. Da liegen nun andere. Das Nutzungsrecht wurde nicht verlängert.«

Uwe sprang vom Sessel auf. »Sie haben hautnah einen Mord erlebt und sind nicht zur Polizei gegangen?«

»Psst! Soll meine Schwester das erfahren? Ich sagte doch, ich hätte es nicht überlebt. Ich säße jetzt nicht hier, und Sie wüssten nichts von dem Vorfall. Gar nichts.«

»Lange hat euch nur Angst gemacht, damit ihr schweigt! Er und seine Leute konnten ihre Augen nicht überall haben.«

»Die Angst war berechtigt. Und ist es immer noch.«

»Alle reden von Angst!«, zischte Uwe. »Ich gehe zur Polizei! Die leitet eine Fahndung ein. Können Sie den Killer beschreiben?«

»Nach so vielen Jahren? Er sieht heute mit Sicherheit ganz anders aus. Und lebt unter anderem Namen.«

Ach ja, natürlich. Uwe seufzte.

»Gehen Sie nicht zur Polizei«, sagte sein Gegenüber. »Sie haben von mir Gewissheit bekommen und können die Sache hinter sich lassen. Das muss Ihnen genügen.«

Hinter sich lassen? Dazu war Uwe viel zu aufgewühlt. Gut, er wusste endlich, was geschehen war. Das hatte er gewollt. Aber sich vorzustellen, dass jemand den Vater regelrecht hingerichtet hatte, war entsetzlich. Und dass sein Mörder jahrzehntelang frei herumlief, ohne belangt zu werden, nur weil er allen Angst einjagte, war unerträglich.

Uwe hatte keine Angst. Das Gefühl von drohender Gefahr war wie weggeblasen. Allerdings hatte er gegen den Täter, dessen Gesicht er nur von einem uralten Foto kannte, nicht viel in der Hand. Es gab diesen einen Zeugen. Würde er Lorenz Lange erkennen? Und es gab Verena Odden, Helenes Freundin. Ja, vielleicht reichte es. Wenn man den Verbrecher finden könnte.

Plötzlich packte Uwe ein ungeheurer Zorn. Auf alle, die an diesem Wust beteiligt waren – auf den Killer und seinen Auftraggeber, den mit allen Ehren begrabenen Schwitzburg, auf seinen Vater, der so verblendet gewesen war, dem sozialistischen Deutschland als Spitzel zu dienen, und so naiv, einem Kollegen sein Herz auszuschütten. Nicht weniger heftig war sein Zorn auf die unbekannte Helene Meier, die Mordpläne hingenommen hatte wie die Wettervorhersage, und auf diesen Bestattersohn, der die infame Tat durch seine Mithilfe ermöglicht hatte. Wegen eines Mopeds.

7

UWE

Der Blick zur Uhr ließ keinen Zweifel zu. Eine halbe Stunde, mehr hatte er nicht geschlafen. Nun lag er wach in dem breiten Bett, dessen andere Seite unberührt war, und erinnerte sich kaum, wie er aus der Wohnung in der Sternenburgstraße gewankt war, die Eisentreppe hinunter, über die Ziegelmauer, durch die Hecke, die dunkle Einfahrt und die stillen Straßen zurück zum Auto. Er war nur noch Schmerz und Zorn gewesen. Einzig das Geräusch des Rollladens, der hinter ihm herunterratterte, haftete deutlich in seinem Gedächtnis.

Er starrte in die Dunkelheit, nahm das erste Grau des neuen Tages wahr und lauschte den Schritten der Frühaufsteher auf dem Bürgersteig. Er hörte Vögel zwitschern und Autos vorbeifahren, während das Zimmer langsam heller wurde. Er stellte sich vor, wie er zum Polizeipräsidium führe, und sah sich vor einem jüngeren Kriminalkommissar sitzen, der die DDR und den Kalten Krieg nur aus Geschichtsbüchern kannte. In dessen Ohren musste Uwes Story bizarr klingen, aber sicherlich würde der Beamte ihm in Aussicht stellen, man werde den Sachverhalt prüfen und sich mit Uwe in Verbindung setzen. Langes Beobachter wüssten natürlich, zu welchem Zweck sich Uwe Ohlbruck bei der Polizei aufhielt, und sobald er sich vom Präsidium entfernt hätte, würde etwas geschehen: Ein Autounfall an geeigneter Stelle, ein Schuss in den Rücken beim Aufschließen der Haustür oder ein raubähnlicher Überfall, den die Polizei niemals aufklären würde.

Es war snoch nicht lange hell. Ein nebeliger, feuchter Morgen, wie es schien. Das Telefon klingelte. Uwe kam es vor wie ein Alarm. Er sprang aus dem Bett und meldete sich mit einem knappen »Hallo?«

Eine männliche Stimme bat ihn, die frühe Störung zu entschuldigen. »Herr Ohlbruck, ich habe eine Information für Sie, die ich Ihnen nur unter vier Augen zukommen lassen kann.«

»Mit wem spreche ich?«

»Das darf ich leider nicht sagen. In dieser Angelegenheit ist strengste Geheimhaltung geboten.«

»Worum geht es?«

»Ich denke, das wissen Sie sehr gut.«

»Hängt es mit meinem Vater und meinem Bruder zusammen?«

»Was ist Ihnen bereits bekannt?«

Uwe zögerte. Es konnte nicht richtig sein, einem Wildfremden am Telefon zu erzählen, was man ihm persönlich anvertraut hatte. Allerdings war es möglich, dass hier jemand sprach, der von Amts wegen mit solchen Dingen befasst war. Ein Herr vom Bundeskriminalamt, vom Bundesnachrichtendienst oder Verfassungsschutz. Die Stimme, aus der weder das Alter noch die regionale Herkunft, sondern nur dienstliche Sachlichkeit herauszuhören war, wirkte seriös. Genau so, wie man sich die Stimme eines solchen Menschen vorstellte.

Der Anrufer deutete Uwes Zögern richtig. »Sie können mir vertrauen. Ich bin Mitglied der Gesellschaft zur Rechtlichen und Humanitären Unterstützung mit Sitz in Berlin.«

Das klang nicht schlecht. Aber Uwe hatte sich vorgenommen, in Zukunft vorsichtiger zu sein. Er wollte den Mann erst sehen. *Gesellschaft zur Rechtlichen und Humanitären Unterstützung*, wiederholte er im Stillen. Irgendwo war ihm diese Bezeichnung schon begegnet. Er kam er nicht darauf, in welchem Zusammenhang.

»Manche von uns kannten Ihren Vater, andere Ihren Bruder. Wir bedauern sehr, dass die Hauptverwaltung Aufklärung des Ministeriums für Staatssicherheit in den Verdacht geriet, für das Verschwinden Ihres Vaters verantwortlich zu sein.«

»Und für den Tod meines Bruders«, ergänzte Uwe.

»Sie wissen hoffentlich, dass es sich anders verhält? Uns geht es um Gerechtigkeit und historische Wahrheit. Wir vermuten, dass Sie mehr wissen wollen.«

Uwe erwiderte nichts. Ihm war eingefallen, was für eine Gesellschaft das war, er hatte es irgendwo gelesen: Ehemalige Funktionäre der DDR, Grenzsoldaten, Kundschafter und andere Mitarbeiter der Stasi, die sich solidarisch zusammengeschlossen hatten.

Durfte man dem Verein trauen? Möglicherweise waren die Aufträge für die Tötung von Gerhard und Walter Ohlbruck doch aus Ost-Berlin gekommen! Es konnte ehemalige Stasi-Leute geben, die daran beteiligt waren und ein Interesse daran hatten, dass nichts davon ans Licht der Öffentlichkeit gelangte.

»Sie hoffen, einen Schuldigen aufstöbern zu können?«, bohrte der andere weiter. »Sie haben einen Verdacht, sammeln Beweise, haben vielleicht schon was in der Hand?«

Uwe schluckte, dachte an den Bestattersohn, an Verena Odden und das Foto, das abzulichten er leider vergessen hatte.

»Sie wollen wissen, wie man ihn findet?«, fuhr der andere in lockendem Ton fort, »brauchen seinen Namen, seine Adresse? Ich werde Ihnen helfen.«

War solche Hilfe von einem Fremden nicht irgendwie suspekt?, ging es Uwe durch den Kopf.

»Woher ist Ihnen bekannt, dass ich versucht habe, etwas herauszufinden?«, fragte er.

»Das tut nichts zur Sache.«

»Für mich ist es wichtig.«

»Es gibt Querverbindungen. Sie wissen doch, Bonn ist ein Dorf.«

»Warum wollen Sie mir helfen?«

»Auch uns ist daran gelegen, dass der Schuldige zur Rechenschaft gezogen wird. Letztlich geht es um das Ansehen der DDR.«

»Weshalb zeigen Sie ihn nicht selbst an, wenn Sie zu wissen glauben, wer es ist?«

»Weil … Ich will ganz offen sein: Einige unserer Mitglieder sind dagegen, um das Andenken eines hochverehrten Kundschafters, der sich um die Sicherheit der Deutschen Demokratischen Republik besonders verdient gemacht hat, nicht zu verunglimpfen.«

Er meint Schwitzburg, dachte Uwe. Nun glaubte er zu verstehen: Bärbel und der junge Mann mit dem Wuschelhaar gehörten ebenfalls dieser Gesellschaft an. Bei ihrem bürgerlichen Aussehen war das wahrscheinlicher, als dass sie zum »Personal« eines Berufsmörders zählten. Von der Gesellschaft hieß es, sie sei mittlerweile eher ein Seniorenverein, Bärbel passte also dem Alter nach dorthin und der junge Mann konnte ein Sympathisant und Unterstützer sein. Aber wie war man dort darauf gekommen, was für Forschungen Uwe betrieb? Vor allem so frühzeitig, als er selbst noch im Dunkeln tappte?

Das offensichtliche Interesse an seiner Recherche befremdete Uwe. Es erschien ihm sehr ungewöhnlich, auch wenn er sich in diesen Kreisen nicht auskannte. Andererseits hatten alle, auf die er bisher in dieser Angelegenheit gestoßen war, ihm wirklich geholfen. Musste man einfach den Mut zum Vertrauen aufbringen?

Der Mann am anderen Ende der Leitung hatte anscheinend gemerkt, dass Uwes Misstrauen dahinschmolz. Er schlug eine Zeit und einen Treffpunkt im Freien vor, er sei an der roten Blume am Mantelrevers zu erkennen.

Das geht mir zu schnell, dachte Uwe, ich brauche Zeit zum Überlegen. »Ich kann mich nicht mit Ihnen treffen«, sagte er. »Ich kenne Sie nicht.«

»Sie wollen also einen Beweis für meine Aufrichtigkeit. Nun, da möchte ich Ihnen etwas über Ihren Vater erzählen. Ich war Student, als ich ihn kennen und bewundern lernte. Er hatte einen Lehrauftrag über ein staatsrechtliches Thema, das er sehr spannend aufbereitet hat. Zum Abschluss des Seminars lud er uns alle in sein Haus in der Kaiserstraße ein, wir saßen im Garten, wo die Hortensien blühten. Sie waren ja erst elf Jahre alt, als Sie Ihren Vater zum letzten Mal sahen, aber Sie wissen sicher, dass er gern Schach spielte? Dass seine beiden Busenfreunde Juden waren, die in Hitlers Gaskammern umkamen? Sie erinnern sich, wie großartig er Ihren Kindergeburtstag inszenierte? Er trug manchmal einen Hut zu seinem englischen Trenchcoat und statt Krawatten lieber Fliegen, die er sich selbst band. Das sehen Sie noch vor sich?«

Uwe war verblüfft. Es hatte ihn immer fasziniert, mit welcher Geschicklichkeit sein Vater sich die eleganten Fliegen band. Sein grauer Filzhut hatte viele Jahre auf der Ablage an der Garderobe gelegen und die Hortensien gab es bis heute im Garten in der Kaiserstraße. Ja, wirklich, das klang nach einem privaten Kontakt. Es war ganz natürlich, dass unter den ehemaligen Stasi-Leuten auch jemand war, der seinem Vater ein freundliches Andenken bewahrte und über den Verrat hinwegsah.

»Glauben Sie mir jetzt? Was ich hinzufügen muss: Bleiben Sie zu Hause, bis es Zeit zum Losgehen ist. Rufen Sie niemanden an, erzählen Sie niemandem von dem Treffen. Sie bringen sich sonst in höchste Gefahr. Nehmen Sie nicht Ihren Wagen, sondern den Bus. Sie dürfen keinen Schirm oder Stock dabeihaben. Ziehen Sie einen dunklen Anorak mit Kapuze an. So etwas haben Sie doch? Sehen Sie sich gründlich um, sobald Sie das Haus verlassen. Der Verdächtige – nennen wir ihn mal so – hat überall Spitzel. Sollte Ihnen irgendwas Dubioses auffallen, gehen Sie Umwege. Wenn ich selbst etwas bemerken sollte, verberge ich mich. In dem Fall melde ich mich später.«

Uwe notierte Ort und Zeit. Er blickte aus dem Fenster. Es regnete. Der Himmel war schiefergrau. Keine Wetterbesserung in Sicht. Dort draußen würden kaum Menschen unterwegs sein. So musste das wohl sein, wenn man solche Leute traf.

MALTE

Es war so außergewöhnlich, dass er sich verwundert fragte, wie er das hinbekommen hatte: Er war ohne Wecker gegen 8 Uhr aufgewacht und sofort aufgestanden. Für seine Maßstäbe war das mitten in der Nacht. Er duschte schnell und frühstückte den letzten Rest aus der Müslitüte, ohne Milch, denn die war alle. Dazu einen Becher Kaffee mit Sahne aus einem Plastiktöpfchen vom Rosenmontagszug.

Was ihn antrieb, war sein Versprechen gegenüber Bärbel. Er wusste, sie hätte es lieber gesehen, wenn er sich am gestrigen Abend in die Franzstraße begeben hätte und nicht erst heute Morgen. Die Idee mit dem Onkel, der Handy und Herztabletten bei ihm vergessen hatte, war nicht schlecht. Auf diese Weise musste sich herausfinden lassen, mit wem Uwe gesprochen hatte. Möglicherweise auch, worüber.

Bärbel hatte ihn spätabends noch einmal angerufen, als er sich nach einem Kölsch im »Carpe Noctem« gerade von Melanie verabschiedete. Sie wolle ihn sicherheitshalber an die Franzstraße erinnern, sagte seine Tante, und dann kam der Hammer. Malte war so überrascht, dass ihm die Platon-Unterlagen, die er Melanie gezeigt hatte, aufs Straßenpflaster rutschten statt in den Fahrradkorb. Bärbel erzählte, Oma sei Stasi-Spionin gewesen! Mit Minox, chiffrierten Funksprüchen, Geheimtinte und allem, was dazugehörte. Krass! Oma glaube außerdem, sie habe den Mörder von Walter Ohlbruck im Sommer 1975 an ihrem toten Briefkasten gesehen und vor

Kurzem beim Zahnarzt, mit einer Narbe am Handgelenk, an dem damals ein Verband gesessen habe. Na ja! Das war typisch Oma. Sie hatte schon behauptet, den ehemaligen US-Präsidenten Obama im Haribo-Laden und Bundestrainer Jogi Löw bei ihrer Fußpflegerin gesehen zu haben, und das war ganz sicher Kappes gewesen. Ihr Leben als Spionin vielleicht ebenso.

Malte trat vors Haus. Die feuchte frische Morgenluft, die durch die Uhlgasse wehte, war arg ungewohnt. Er machte kehrt und lief zurück in sein Zimmer im Dachgeschoss, um sich einen Schal aus der Kommode zu fischen.

Bis zum Kinn verpackt, holte er sein Fahrrad aus der Garage seiner Vermieterin und fuhr Richtung innere Nordstadt. Das hieß, die halbe Stadt zu durchqueren, machte aber Spaß, wenn man Strecken mit starkem Autoverkehr umging und ruhigere Straßen wählte. Zum Glück hatte er eine Regenpause erwischt.

In der Franzstraße stieg er einige Meter vor der Nummer 4a vom Rad und schob es auf den Bürgersteig. Als er näher kam, stutzte er. Die Haustür war weit geöffnet, sodass er die braunen Fliesen im Eingang erkennen konnte. Am Straßenrand stand ein glänzendes schwarzes Auto mit offenen Hecktüren. Der Wagen eines Bestattungsinstituts.

Auwei. Trauerfall.

Nicht gerade der passende Zeitpunkt für neugierige Fragen an die Hausbewohner.

Malte stoppte hinter zwei älteren Frauen mit vollen Einkaufstaschen. Ihm fiel ein, dass er selbst ein paar Dinge einkaufen musste und später hierhin zurückkommen konnte. Langsam wendete er das Rad. Dabei traf sein Blick auf drei schwarz gekleidete Gestalten im Türrahmen. Sie trugen einen Sarg aus hellem Holz heraus. Er schauderte. Dass es mit jedem irgendwann so ging … In einer Kiste aus dem Haus …

»Die arme Frau Odden«, hörte er die dünnere der beiden Frauen. »Aus heiterem Himmel.«

»Jestern hätt et noch Besoch jehabt«, sagte die andere, eine korpulente Dame, deren weiße Haare wie aufgeplusterte Federn vom Kopf abstanden. »Ene nette jonge Mann. Wor et Meiers Leni am söke.«

Die Dünne nickte. »Den habe ich auch gesehen. Was schätzen Sie, wie alt der war?«

»So in de 6oer?«

Der nette junge Mann in den 6oern war Uwe, dachte Malte.

»Ich kannte Frau Odden ein bisschen«, sprach er die Frauen an. »Woran ist sie denn gestorben?«

Die beiden musterten ihn vom verwuschelten Kopf über die speckige Jacke bis zu den löchrigen Turnschuhen.

»Dä Herr Öztürk hätt höck morje beim Verensche an de Tür jebimmelt«, sagte die Korpulente schließlich. »Ävve et hätt net ufjemaat. Un wat määt dä Ötztürk? Spinks dursch et Schlösselloch un do litt et Verensche em Flur un säät nix mih.«

»Frau Odden lag tot im Flur?«, fragte Malte, um sich zu vergewissern, dass er den bönnschen Dialekt richtig verstanden hatte.

»Sie hatte was am Herzen und hohen Blutdruck«, meinte die Dünne. »Wir sind ja alle nicht mehr neu.«

»Hätt dä Arzt och jesaat.« Die weiße Federpracht wackelte zur Bekräftigung. »Un et wor vell ze dönn.«

»Bevor der Besuch kam, war sie aber ganz okay?«, erkundigte sich Malte.

Die Korpulente zuckte mit den Achseln und ging ein paar Schritte auf den Bestattungswagen zu, dessen Hecktüren gerade geschlossen wurden. »Tschö, Verena, maach et jot.«

Die Dünne trat näher an Malte heran. »Jedenfalls ist er lang geblieben. Später ist noch jemand gekommen, das war wohl zu viel für sie. Ich wohne im Parterre und habe die Schritte auf der Treppe gehört. Könnte gegen halb zehn gewesen sein. Es klingelte oben und ihre Wohnungstür ging auf. Sonst kam bei ihr wochenlang keine Menschenseele zu Besuch. Gestern waren es gleich zwei am selben Abend.«

Malte bekam eine Gänsehaut. »Haben Sie den Zweiten weggehen gehört?«

»Ach wo, ich habe mir diesen herrlichen englischen Krimi angeguckt. *Mord im Haus* oder so ähnlich. Haben Sie den gesehen?«

Malte verneinte. Bloß keine Krimis. Die Realität war spannender, als ihm lieb war. Er sah den Bestattungswagen hinter der Ecke verschwinden und schwang sich aufs Rad. Drei Straßen weiter, auf dem ruhigen Vorplatz der Marienkirche, rief er Bärbel an.

UWE

Er trank einen starken Kaffee und schob sich fahrig einen Keks in den Mund. Drei Stunden bis zum Treffen mit dem Unbekannten. Er stopfte ein paar Sachen, die es nötig hatten, in die Waschmaschine, bügelte ein Hemd und goss Wasser an die Grünpflanzen, die sonst Mona versorgt hatte. Er rang um Gleichmut, konnte jedoch nichts daran ändern, dass er hochgradig nervös war.

Unglaublich, dass er seinem Ziel so nahe war. Natürlich war ihm bewusst, dass die Unternehmung ein Risiko barg. Aber der Mann hatte ehrlich geklungen, wirkte gebildet und hatte sich gewählt ausgedrückt. Vielleicht war er ein Ermittlungsbeamter, der seine wahre Identität verschleiern musste. Er konnte ressortmäßig mit den Seilschaften der alten SED-Kader zu tun haben und war deshalb so gut informiert.

Während Uwe die Gießkanne ein zweites Mal füllte, läutete erneut das Telefon. Bestimmt wieder dieser Herr, der etwas hinzufügen will, dachte er. Oder eine Überraschung und es war Mona! Es konnte auch eine ihrer Freundinnen sein, die ihm Monas neue Handynummer geben würde, vielleicht mit dem Zusatz: *Ruf sie ruhig an, ich glaube, das wünscht sie sich.*

Hoffnungsvoll nahm er ab. Und wurde enttäuscht. Es war der Bestattersohn von letzter Nacht. Er schien völlig aufgelöst. Vor allem war er zornig. Es dauerte eine Weile, bis Uwe begriff, gegen wen sich der Zorn richtete.

»Jetzt reicht es!«, rief Uwe aufgebracht ins Telefon.

»Was soll ich damit zu tun haben? Ich habe niemanden verraten! Wie kommen Sie darauf?«

»Lorenz Lange muss Wind davon bekommen haben, dass Verena Ihnen alles erzählt hat. Warum sind Sie in die Franzstraße gegangen? Aus purem Egoismus! Wird Ihr Vater dadurch lebendig? Oder Ihr Bruder? Aber Verena war lebendig und nun ist sie tot!«

Uwe sank auf den nächststehenden Stuhl. Verena Odden. Helenes Freundin. Gestern so gesprächig, heute tot.

»Er hat sie ermordet!«, wütete der Bestattersohn.

»Lorenz hat sie getötet?« Uwe flüsterte unwillkürlich, als könnte der Killer hinter der Tür stehen.

»Sehr diskret, versteht sich!«, wetterte der Mann weiter. »Ich gehe jede Wette ein, dass der Hausarzt einen natürlichen Tod bescheinigt hat.«

Uwe war versucht, ihm entgegenzuhalten, seine Feigheit habe dazu beigetragen, dass der Mörder frei herumlief. Er bemühte sich, gelassen zu bleiben. »Warum sollte Lorenz Lange das getan haben? Helene selbst hätte ihm schaden können, aber die Freundin? Sie hatte alles nur aus zweiter Hand.«

»Sie waren an Helenes Grab, Herr Ohlbruck?«

»Warum fragen Sie?«

»Man kommt wohl nicht drauf?«

»Wie?«

»Das Grab ist leer.«

»Wo ist sie denn beigesetzt?«

»Noch gar nicht.«

»Wie bitte? Nach zehn Jahren …«

»Helene und ich, wir waren bönnsche Kinder, in der Kuhl geboren. Wir haben zusammen im Luftschutzkeller gespielt, später in den Trümmern. Helene war immer furchtlos. Doch nachdem der Mann, der sich vor sie gestellt hatte, gestorben war, bekam sie Angst.«

»Angst vor Lorenz«, sagte Uwe. »Und Schwitzburg war ihr Beschützer.«

»Das wissen Sie also.« Der Mann sprach nun mit ruhigerer Stimme. »Als die Beziehung zu ihrem Lorenz in die Brüche ging, unterlief Helene ein schwerer Fehler: Sie warf ihm an den Kopf, dass sie ihn für Jahrzehnte hinter Gitter bringen könnte. Eine dumme Kurzschlussreaktion, so was passiert nun mal. Schwitzburg erkaufte ihr Schweigen mit Geld. Lorenz hätte das Problem sonst anders gelöst, getreu dem Motto: Nur tote Zeugen sind gute Zeugen. Nach Schwitzburgs Tod merkte Helene, dass Lorenz sie verfolgte. Sie sah sich zu mehrfachem Wohnungswechsel gezwungen, zu Gesichtsoperationen und dem Kauf von Perücken. Das hätte sie sich sparen können. Nach jedem Umzug wusste er, wo sie war. Da half ich ihr zu sterben.«

Uwe sprang vom Stuhl auf. Ein Schwall Wasser schwappte aus der Kanne, die er vor lauter Anspannung nicht abgestellt hatte. »Helene hat Selbstmord begangen?«

»Man könnte es so nennen. Viele Jahre vorher hatte ich das Bestattungsunternehmen meines Vaters übernommen. Ich sorgte für eine ärztliche Todesbescheinigung, eine amtliche Sterbeurkunde und eine Grabstelle auf dem Poppelsdorfer Friedhof. Als alter Bonner hat man ja Beziehungen. Die Wohnung wurde ausgeräumt, Schmuck, Kleidung und Möbel einem karitativen Zweck zugeführt. Das Wichtigste waren die Anzeigen.«

»Verstehe ich das richtig: Helene war nicht wirklich gestorben?«

»Die Todesanzeige formulierten wir zusammen.« Der Bestatter gab ein bitteres Lachen von sich. »*Gott, der Allmächtige, nahm unsere liebe Freundin Helene Meier heim zu sich in sein Reich. Gemäß dem Wunsch der Verstorbenen fand die Beisetzung in aller Stille statt.* Darunter ein erfundener Jupp Schmitz im Namen der engsten Freunde ohne Trauerhaus-Adresse. Eine halbe Seite in der Zeitung, damit es niemand übersah. Von da an herrschte Ruhe.«

»Wäre es nicht einfacher gewesen, sie hätte Bonn verlassen und wäre weit weggezogen?«

»Hören Sie, Helene ist mit Rheinwasser im Kuhle Dom getauft. Eltern und Schwestern löschte der Bombenangriff vom Oktober 44 aus. Woanders leben und sterben kam für Helene nicht in Betracht.«

»Und sie lebt noch? Kann ich sie sprechen?«

»Sie haben bereits mit ihr gesprochen.«

»Nein, ich …« Schlagartig begriff Uwe: *Engere Freundinnen gab's nicht*, hatte Verena Odden gesagt. *Wir haben alles zusammen gemacht.*

»War Verena Odden in Wahrheit Helene Meier?«

Der Mann schwieg. Das war natürlich auch eine Antwort. Nach einer Weile räusperte er sich. »Es hat zehn Jahre lang geklappt. Nur weil Lorenz Sie, Ohlbruck, durch seine Leute beschatten ließ, ist er Helene auf die Spur gekommen.«

Uwe starrte auf die Gießkanne in seiner Hand. Der junge Mann mit der dunklen Jeansjacke am Ende der Stiftsgasse. Die junge Frau mit dem Handy auf der anderen Seite der Franzstraße. Der Kerl mit dem Schal auf dem Friedhof. Bärbel und der junge Mann mit dem Strubbelkopf, die zwei, die vielleicht doch zu Lorenz Lange gehörten. Bestimmt waren es noch mehr.

»Verstehen Sie jetzt?«, fragte der Bestatter. »Sie hätten sie nicht aufsuchen dürfen.«

Zerknirscht goss Uwe das restliche Wasser an Monas Drachenbaum und sah zu, wie es über den Rand des Untertellers aufs Parkett lief. Ja, er hätte nicht in die Franzstraße gehen müssen, nicht auf den Poppelsdorfer Friedhof, nicht in die Stiftskirche, nicht nach Bonn-Castell. Er hätte sich nicht zu Luise Schwitzburg begeben und am Schreibtisch ihres Mannes zu schaffen machen müssen. Er hätte Walters graues Heft und die Bücher seiner Mutter nicht zu beachten brauchen.

Aber er hatte das alles getan und es war nicht zu ändern. Dass sein eigenes Leben infolge seiner Nachforschungen in Gefahr geriet, hatte er für möglich gehalten; dass eine andere Person dabei den Tod finden könnte, hatte er nicht bedacht.

»Nur tote Zeugen sind gute Zeugen, denken Sie daran«, sagte der Bestatter. »Der Nächste bin ich.«

BÄRBEL

Ihr Handy klingelte schon zum zweiten Mal. Sie wurstelte es aus ihrer Handtasche heraus und bemühte sich, den Kopf nicht zu bewegen. Nicht dass die Schere plötzlich in die Haut schnitt statt ins Haar.

»Gehen Sie ruhig dran«, sagte die junge Friseurin. »Mit dem Schneiden bin ich praktisch durch. Schauen Sie mal kurz in den Spiegel. Zufrieden?«

»Hui.« Bärbel lachte. »Ziemlich kühn.« Die igelartig hochstehenden Haare über der Stirn wirkten frech und jugendlich, sie fand, dass es zu ihr passte.

Sie blickte aufs Display ihres Handys. »Mein Neffe«, erklärte sie und hob ab.

»Ich war in der Franzstraße«, sagte Malte.

»Super«, lobte sie. »Aber du, ich sitze beim Friseur. Aufhübschen fürs Klassentreffen.«

»Aus dem Haus wurde ein Sarg getragen.«

Bärbel riss die Augen auf.

»Entschuldigung«, sagte die Friseurin. »Hab ich Ihnen wehgetan?«

»Nein, nein«, sagte Bärbel in Richtung Schere. »Ich ruf dich gleich zurück, Malte.«

Die Friseurin schnitt ein paar weitere Spitzen ab und sprühte irgendetwas Wohlriechendes aufs Haar. »Fertig!«

Bärbel erhob sich mit dem Gefühl, eine jüngere, flottere Frau zu sein. Sie bedankte sich für dieses Wunder und zahlte an der Kasse.

Als sie den Salon verließ, stellte sie fest, dass es immer noch regnete und die Straße zum Telefonieren zu laut war. Sie spannte ihren matschbraunen Knirps auf, den letzten Schirm, den sie besaß. Ihre schönen bunten Stockschirme hatte sie einen nach dem anderen irgendwo vergessen, in Cafés, Läden oder Museen, die sie bei Regenwetter betreten und bei Sonnenschein verlassen hatte.

In der ruhigeren Kaiserpassage klappte sie den ungeliebten Knirps zu und wählte die Nummer ihres Neffen.

»Malte, wer ist in der Franzstraße gestorben?«

»Ich habe zwei Nachbarinnen zugehört«, erwiderte Malte. »Die Tote wurde heute Morgen gefunden, sie hieß Verena Odden. Das muss die Frau sein, die Uwe gestern besucht hat. Man hat ihn gesehen.«

»Er wird sie doch nicht umgebracht haben?«

Drei jüngere Frauen gingen vorüber. Bärbel fing die entsetzten Blicke auf. Oh, verflixt, sie musste leiser reden. Es gab hier Passanten, außerdem einige Winkel, wo jemand unauffällig stehen und zuhören konnte.

»Nachdem dein Uwe weg war, ist noch jemand gekommen«, sagte Malte. »Halb zehn ungefähr.«

»Haben die Nachbarinnen den auch gesehen?«

»Das wohl nicht. Die eine, die im Parterre wohnt, hat nur die Schritte auf der Treppe gehört.«

»Ist die Polizei dagewesen?«

»Ich hatte nicht den Eindruck. Der Arzt hat anscheinend nichts Besonderes festgestellt. Frau Odden hatte Probleme mit dem Herzen, hieß es.«

»Das ist sehr seltsam, Malte: Uwe sucht die Frau auf, danach kommt ein zweiter Besucher und bald darauf ist sie tot? Ob sie was Entscheidendes gewusst hat und zum Schweigen gebracht werden sollte?«

»Jetzt frag ich mich, welchen Film du gesehen hast, Bärbel!«

»Würge- oder Strangulierungsmerkmale sind nicht immer so deutlich, dass jeder Hausarzt sie erkennt«, erwiderte Bärbel pikiert, »das habe ich mal gelesen. Auch Ersticken mit einem Kissen ist möglich. Die winzigen Einblutungen, die dabei in der Haut entstehen, werden oft übersehen. Gift wäre ebenfalls denkbar.«

Ihr wurde ganz anders. Mit dem Tod dieser Frau schien die Gefahr plötzlich greifbar. War Uwe in der Franzstraße auf die richtige Spur geraten? Auch ihre Mutter wusste etwas, das den Mörder jetzt mehr stören konnte als zuvor. Vermutlich hatte sie selbst, Bärbel, dessen Aufmerksamkeit ebenso erregt und in erster Linie natürlich Uwe, der ganz bestimmt.

Bärbel sah sich hektisch um. Sie war die Passage bis zum anderen Ende durchgegangen und am Kaiserplatz angelangt. Wegen des Wetters waren die Cafétische unbesetzt, dennoch waren hier viele Menschen, die, von Regenschirmen halb verborgen, vor den Läden standen oder geschäftig vorbeieilten. Eine dieser Personen mit den harmlosen Gesichtern konnte auf sie angesetzt sein, ein paar weitere auf Uwe – von dem Mann, den ihre Mutter für Walters Mörder hielt.

»Malte, wenn ich demnächst in der Zeitung lese, dass Uwe plötzlich und unerwartet gestorben ist, könnte ich mir niemals verzeihen, untätig geblieben zu sein!«

»Was willst du tun?«

»Halte dich bereit. Ich melde mich.«

Bärbel spannte den Knirps wieder auf und lief an der Rasenfläche des Kaiserplatzes entlang auf die Kreuzkirche zu, in der sie vor mehr als 50 Jahren konfirmiert worden war. Egal, wie mies das Wetter war, sie brauchte einen ruhigen Ort zum Telefonieren, der übersichtlich genug war, um heimliche Zuhörer rechtzeitig zu bemerken.

Sie eilte die Stufen zu dem weiträumigen Vorplatz hinauf. Vor dem Kirchenpavillon hielt sich nur ein kleines Grüppchen Leute auf, die mit übergestreiften Kapuzen in ein Gespräch vertieft waren. Die andere Seite des Platzes war leer. Bärbel stellte sich dort an den Rand. Sie klappte den Knirps zu, nahm ihr Handy und wählte Uwes Nummer.

Sie wartete viele Freizeichen lang. Es hob niemand ab. Rasch verfasste sie eine kurze E-Mail, sie müsse ihn schnellstens sprechen. *DRINGEND!*, schrieb sie in den Betreff, befürchtete allerdings, dass er zu den Menschen gehörte, die nur alle paar Tage ins E-Mail-Postfach schauten.

Wenn sie nur seine Handynummer wüsste! Ob Jochen sie ihr geben konnte? Es war einen Versuch wert.

Nach dem dritten Klingeln nahm Jochen ab. Er klang schlaftrunken. Sie blickte zu der blauen Uhr des roten Backsteinturms hinauf. Mist. In Honolulu war es Nacht.

»Bärbel, ich bin im Bett. Und wenn ich nicht die Zwangsvorstellung hätte, es könnte meine lungenkranke Schwester aus Köln sein, wäre ich nicht drangegangen.«

»Jochen, ich kann keine lange Erklärung abgeben. Hast du Uwes Mobilnummer?«

»Nee, er hat mich nur einmal angerufen, und das war vom Festnetz.«

»Er hat dich angerufen? Weshalb?«

»Bärbel, das ist nun wirklich seine Privatsache.«

»Ging es um seinen Vater und Walter?«

»Was kreischst du so?«

»Jochen, sag es mir! Uwe ist in Gefahr!«

»Ich muss ihn erst fragen, ob er einverstanden ist.«

»Das dauert zu lang! Die Gefahr besteht jetzt!«

»Wieso?«

»Eine Frau, die er gestern besucht hat, ist tot, wahrscheinlich ermordet! Hat er dir irgendwas anvertraut?«

»Der hat mir noch nie was anvertraut.«

»Mann, Jochen, irgendwas hat er doch gesagt.«

»Na gut, es heißt ja, Namen sind Schall und Rauch.«

»Er hat dir Namen genannt?«

»Nein, ich hab sie ihm genannt. Ich hatte sie von seinem Bruder. Das war wenige Wochen vor dessen Unfall.«

»Die Namen. Bitte.«

»Bernd Buch und Lorenz Lange.«

Bärbel klemmte ihr Handy zwischen Ohr und Schulter ein und kramte ihr Notizbuch sowie einen Kuli aus der Handtasche. Hastig schrieb sie die Namen auf. Am zweiten blieb ihr Blick hängen. Lorenz Lange. Ihr wurde eiskalt. Das L auf dem Papier aus dem toten Briefkasten. Das Kürzel des mutmaßlichen Killers. War Walter hinter ihm her gewesen, hatte er das mit dem Leben bezahlt? Dann ging es auch für Uwe um Leben und Tod.

»Kannte Uwe diese Namen?«, fragte sie.

»Ich glaube nicht. Aber sie haben ihn total aufgewühlt. Er hat nämlich in den Sachen seiner Mutter ein paar nebulöse Aufzeichnungen seines Bruders gefunden. Und vor ein paar Stunden hat er mir unter seiner neuen Adresse eine E-Mail gesandt. Da schreibt er – warte …«

Es folgten Geräusche, bei denen Bärbel sich vorstellte, dass Jochen sein Bett verließ und sein Handy suchte.

»Die E-Mail ist nicht lang«, meldete er sich wieder. »Außer dem Hinweis, dass die alte Adresse nicht mehr gültig ist, schreibt er: *Bin gleich auf dem Weg nach Berlin. Ich habe nachmittags eine Verabredung am Holocaust-Denkmal. Das wird alles ändern.*«

»Ach!«, rief Bärbel erstaunt. »Wie merkwürdig. Danke für den Tipp.«

»Wieso *Tipp*? Willst du etwa hinfahren? Heute ist doch das Klassentreffen, oder?«

»Wenn ich Uwe retten muss, findet es ohne mich statt.«

Quatsch, dachte sie im nächsten Moment, so geht das nicht.

Zum Glück hatte sie einen Neffen.

MALTE

Er war seit wenigen Minuten in seinem Zimmer. Mit der einen Hand machte er sich einen Kaffee, mit der anderen hielt er sein Handy ans Ohr und lauschte Bärbels aufgeregter Stimme. Sie sei auf dem Weg nach Hause, hatte sie einleitend gesagt und sich mächtig in Fahrt geredet. Im Hintergrund hörte er Straßengeräusche.

»Ich soll nach Berlin fahren?«, sagte er, als er endlich zu Wort kam. »Das ist nicht dein Ernst, oder?«

»Hast du eine bessere Idee?«

»Ich dachte eher in Richtung Polizei. Wir könnten eine Obduktion der Toten aus der Franzstraße anregen.«

»Meinst du, die Polizisten begreifen auf die Schnelle, worum es geht und dass Uwe in Gefahr ist? Wenn sie ein paar Tage brauchen, dürfte es zu spät sein.«

»Wenn ich mich nach Berlin aufmache, dauert das seine Zeit und ist ebenfalls zu spät.«

»Du hast doch einen Freund, der in Berlin wohnt. Kannst du den nicht bitten?«

»Was soll ich dem sagen? Ein Spionage-Fall aus der Zeit der DDR? Meine Tante befürchtet einen Anschlag? Klingt wie ein verspäteter Aprilscherz.«

»Wenn Uwe in eine Falle geht, fällt das in einer Stadt wie Berlin nicht auf.«

»Im Kalten Krieg fiel so was auch in Bonn nicht auf.«

»Berlin kommt mir sowieso seltsam vor, Malte. Warum Berlin?«

»Vielleicht wohnt dort ein Informant.«

»Oder es ist ein Trick: Uwe wollte erreichen, dass Jochen die Nachricht an mich weitergibt und ich es für zwecklos halte, ihm quer durch Bonn zu folgen.«

»Bärbel, mich irritiert eher die E-Mail-Adresse. Warum hat Uwe eine neue?«

»Der will, dass meine E-Mails ihn nicht erreichen.«

»Das ergibt keinen Sinn. Schließlich muss er davon ausgehen, dass Jochen dir nicht nur den Inhalt der Nachricht, sondern auch die neue Adresse mitteilt.«

»Falls er ihn nicht ausdrücklich darum gebeten hat, sie für sich zu behalten.«

»Ich fürchte, diese E-Mail stammt nicht von Uwe. Mit einer neuen Adresse kann jeder sich als Uwe Ohlbruck ausgeben, ohne dass der was davon ahnt.«

»Woher soll denn ein Fremder Jochens E-Mail-Adresse …« Der Satz endete in einem Stöhnen.

Er erschrak. »Was ist los, Bärbel?« Er dachte an einen Herzinfarkt oder Schlaganfall. So was kam in dem Alter vor.

»Oh, verdammt!«, rief sie. »Ich war gestern im ›Raben‹, und für kurze Zeit war mein Handy weg. Da stehen alle meine Kontakte drin, mit sämtlichen Einzelheiten.«

»Und wo war es?«

»Ein Gast hat es angeblich im Vorgarten gefunden und Herrn Freiturm gegeben.«

»Wer war dieser Gast?«

»Das weiß ich nicht. Ich hab ihn nicht gesehen.«

»Wie lang war das Handy weg?«

»Als es mir auffiel, war ich noch in der Königstraße. Ich wollte mir ein Taxi bestellen. Erst habe ich alle Taschen durchsucht, danach bin ich zum Restaurant zurückgegangen.«

»Das hätte gereicht, um bestimmte Kontakte zu finden. Könnten die Inhaber irgendwen aus deiner Liste kennen?«

»Ich habe Herrn Freiturm erzählt, dass ich Uwe nicht erreiche und ein Schulfreund namens Jochen nicht kommt, weil er auf Hawaii lebt.«

»Hast du Uwes Nachnamen erwähnt?«

»Klar, Freiturm fragte danach. Seine Tochter war auf derselben Schule.«

»Bärbel … hast du mal überlegt, ob Freiturm der Mann ist, den Oma für Walters Mörder hält? Dieser L mit der Narbe am Handgelenk?«

»Malte! Das ist ganz und gar unmöglich. Es passt nicht. Meine Großmutter hätte gesagt, Freiturm ist –«

»*Ein Herr*«, fiel ihr Malte ins Wort. »Ich weiß, dass du ihn sympathisch findest. Schon manche reife Frau ist dem Charme eines Mörders erlegen.«

»Klugscheißer«, sagte sie säuerlich. »Ich weigere mich, jemanden des Mordes zu verdächtigen, nur weil er kurz mein Handy in Besitz hatte. Und wir wissen nicht, was der fremde Gast damit gemacht hat.«

»Und ob es den wirklich gibt. Jedenfalls kann jeder, der dein Handy in der Pfote hatte, als angeblicher Uwe eine E-Mail an Jochen geschrieben haben.«

»Ja, die Adresse steht bei meinen Kontakten.«

»Was ist mit dem Foto, das ich dir aufs Handy geschickt hatte – hast du es gelöscht?«

Malte vernahm einen Seufzer.

»Nein, hab ich nicht. Und ich bezweifele, dass ich das Handy im Vorgarten verloren habe. Anfangs hatte ich Anita Freiturm in Verdacht, es aus meiner Tasche stibitzt zu haben, dann hörte ich, es hätte im Vorgarten gelegen. Im ersten Moment glaubte ich das, kurz darauf hielt ich es für unmöglich. Ich weiß nicht, was ich denken soll. Bilden wir uns nur ein, dass hier was faul ist? Wir haben einen Haufen dunkler Vermutungen, von denen jede falsch oder richtig sein kann. Ich bin versucht zu glauben, dass irgendwer das alles inszeniert, um mir das Klassentreffen zu vermiesen. Entweder Uwe selbst oder Bert, der Regisseur von Horrorfilmen ist und so ein Verwirrspiel vielleicht witzig findet.«

BÄRBEL

Malte machte eine Bemerkung. Bärbel nahm sie kaum wahr. Während Autos, Radfahrer und Fußgänger, die ihr entgegenkamen, sie immer wieder ablenkten, versuchte sie, Ordnung in ihre Gedanken zu bringen. Egal, wie die Dinge lagen, sie musste etwas tun! Aber wenn sie das Falsche tat, konnte sie damit mehr Schaden anrichten, als wenn sie untätig blieb. Dennoch …

Nein! Oder ja? Nein. Ja. Nein.

»Bärbel? Bist du noch da?«

»Malte, wir versuchen es!«

»Wie?« Er hörte sich erschrocken an. »Was denn?«

»Gehen wir mal davon aus, dass die E-Mail von einem anderen kam«, sagte Bärbel. »Berlin kann eine Irreführung sein. Das heißt nicht zwangsläufig, dass auch das Treffen erfunden ist.«

»Ich vermute, das soll genauso in die Irre führen.«

»Wenn Uwe das Schicksal von Vater und Bruder erforscht, ist er scharf auf Informanten, Malte, sonst geht's nicht weiter. Also könnte er heute eine Verabredung an irgendeiner Holocaust-Gedenkstätte haben.«

»Warum sollte der Schreiber darüber informieren?«

»Damit der Empfänger die Nachricht für echt hält. Ich weiß von früher, dass die engsten Freunde von Uwes Vater Juden waren, die von den Nazis umgebracht wurden, und Jochen weiß das auch.«

»Für mich heißt das nur: Der Verfasser der E-Mail weiß gut über die Ohlbrucks Bescheid und zielt darauf ab, dass die lästige Bärbel Thorgast den Treffpunkt für plausibel hält, dort hinfährt und folglich aus dem Weg ist. Der Ort, an den er Uwe wirklich lockt, wird ein ganz anderer sein – der Drachenfels, die Krypta des Münsters, der Kölner Dom, denk dir was aus. Hunderte, Tausende von Möglichkeiten. Da sind wir machtlos. Keine Chance.«

Er könnte recht haben, gestand Bärbel sich ein. Das passte ihr nicht, sie fand ihre Version nicht unwahrscheinlicher als seine. Und sie mussten sich entscheiden. Mit Zweifeln und Einwänden kamen sie nicht weiter.

»Wo haben wir in Bonn jüdische Gedenkstätten, Malte?«

»Beim Stadtmuseum und am Standort der ehemaligen Synagoge am Rhein, außerdem Gedenksteine an jüdischen Friedhöfen. Ich kann mir nichts Sinnloseres vorstellen, als sich da irgendwo aufzubauen.«

»Mag sein«, räumte Bärbel grimmig ein. »Und womöglich ist es dann doch Berlin.«

»Wir wissen nicht mal, wann er verabredet ist.«

»In der E-Mail steht nachmittags.«

»Das kann falsch sein. Und der Nachmittag ist lang.« Bärbel seufzte. »Stimmt.«

»Und was sollen wir an den Gedenkorten tun? Warten, bis er kommt? Ihn warnen? Wovor genau? Das gibt es nur in Krimis, dass die Helden wissen, was sie tun müssen, um den Bösewicht auszuschalten. Glaub mir, Bärbel: Dafür bin ich zu doof und du bist zu dick.«

»Wenn es Freiturm ist, würde ich ihn immerhin erkennen.«

»Denkst du, der kommt einfach so daher, dieser Herr? Der wird sich was Besseres ausdenken.«

»Malte, wenn ich morgen erfahre, dass Uwe verschwunden oder tödlich verunglückt ist … Verstehst du, was ich meine? Wir wollen es nicht so ganz glauben und halten eine Vorbeugung für undurchführbar. Aber wenn es passiert ist, werfen wir uns vor, dass wir so gedacht haben.«

»Vielleicht ist es schon passiert«, sagte Malte. »Am Vormittag.«

Bärbel unterdrückte ein Stöhnen, sie wurde ungeduldig. »Wenn man immer nur meint, es hat keinen Zweck, ist man zur Untätigkeit verurteilt. Das halte ich nicht aus.«

»Okay, teilen wir die jüdischen Gedenkstätten zwischen uns auf«, lenkte Malte ein. »Mobilisiere deine drei Verflossenen, wir brauchen Hilfskräfte. Melanie und ich fahren einen oder zwei dieser Orte an, Kurt, Knut und Klaus suchen jeweils andere auf, ebenso wie du. Mit betriebsbereitem Handy, damit wir einander benachrichtigen können. Oder die Polizei. Je nachdem. Wir machen eine Liste und einen Zeitplan.«

Bärbel hätte ihn am liebsten umarmt. Wie ein Kind, dass die Eltern zu etwas überredet hat, das sie für Mist halten. Malte gab keinen Pfifferling auf ihren Plan, das spürte Bärbel deutlich. Trotzdem bemühte er sich. Was für ein lieber Neffe.

»Kurt, Knut und Klaus machen sicher mit, die schlagen mir nie was ab«, sagte sie. »Hoffentlich komme ich noch rechtzeitig zum Klassentreffen.«

Und hoffentlich hat Freiturm keine Narbe am Handgelenk, dachte sie, sonst bleibt mir meine Rede im Hals stecken.

8

UWE

Dass der Treffpunkt am Rhein war, hatte eine verblüffende Logik. Der Kreis, dessen Linie vor langer Zeit mit der Möwe begonnen hatte, schien sich zu schließen. Jener Möwe, die auf dem Geländer sitzen geblieben war, als der Elfjährige nach seinem Vater gefragt und seine Mutter einen Brief zerrissen hatte, einen Brief voller Lügen.

Uwe fuhr mit dem Bus ins Zentrum, stieg am verkehrsreichen Bertha-von-Suttner-Platz aus und wandte sich Richtung Rhein. Dort war er lange nicht mehr gewesen. Er hatte vergessen, welch ungeheure Ausstrahlung der breite Strom besaß.

Auf der Uferpromenade war es sehr ruhig. Ein Radfahrer in gelber Öljacke überholte ihn mit gesenktem Kopf, eine Frau mit einem roten Schirm und einem Pudel an der Leine ging fröstelnd an ihm vorbei und sagte »Scheißwetter«. Sonst war hier anscheinend niemand unterwegs.

Auch auf dem Wasser überwog die Ruhe. Uwe sah nur einen langen Kahn, der leise brummend Richtung Köln glitt, und ein Tankschiff, das bergwärts fuhr, wie die

Schiffer das nannten. Waren früher nicht mehr Fracht-schiffe vorbeigekommen?

Das Grau in Grau eines solchen Tages hatte seinen Reiz. Wäre er nicht so nervös gewesen, hätte Uwe den Anblick des strömenden Wassers, der alten Bäume und der Gänseschar auf den Kribben genossen. Nicht einmal der stetige Regen und die feuchte Kleidung sowie die ärgerliche Anweisung, keinen Schirm mitzunehmen, hätten ihn übermäßig gestört, wäre da nicht diese Ungewissheit gewesen.

In der ersten Verwirrung hatte er etwas übersehen: All das, was der Fremde am Telefon gesagt hatte, taugte keineswegs als Nachweis dafür, dass dieser Mann tatsächlich in eigener Person mit Gerhard Ohlbruck Bekanntschaft gemacht hatte. Die Stasi, das wusste Uwe, hatte jede Menge Detailwissen über bestimmte Personen gesammelt, um sie zu kontrollieren oder bei Bedarf in Misskredit bringen oder erpressen zu können. Es war nicht ausgeschlossen, dass Leute wie Lorenz Lange gelegentlich Zugriff auf solche persönlichen Daten gehabt hatten, wenn sie der Erledigung eines Auftrags dienten.

Wäre es vernünftiger umzukehren?

Uwe fühlte sich nicht imstande abzuschätzen, ob es richtig war, immer weiterzugehen. Er lief wie auf einer Schiene, unfähig, die Richtung zu beeinflussen. Als müsste er den Treffpunkt erreichen, ende es, wie es wolle.

Nicht weit vom Rheinkilometer 657 werde man sich wie zufällig begegnen, hatte der Fremde am Telefon gesagt. Die weiße Steintafel stehe weithin sichtbar neben dem Weg, auf die solle Uwe zugehen. Sie musste bald vor ihm auftauchen.

Es regnete jetzt stärker, hinzu kam ein böiger Nordostwind. Kaum vorstellbar, hier überhaupt einen Menschen zu treffen.

BÄRBEL

Was habe ich da nur angeleiert, dachte sie, als sie am Bahnhof in die Straßenbahn stieg und in den Bonner Norden fuhr. Ich bin eine verrückte Nudel, die sich von abstrusen Gefühlen leiten lässt und dem irrationalen Bedürfnis nachgibt, irgendwas zu tun.

In der letzten halben Stunde hatte sich ihre Aufgeregtheit gelegt. Nun war sie in der Lage, die Angelegenheit kühler zu betrachten. Das Vorhaben, Uwe bei seinem Treffen aufzustöbern, kam ihr mittlerweile schrecklich dumm vor. Erstens war das kein Wetter für Verabredungen an Gedenksteinen, zweitens war es unwahrscheinlich, dass sie ihn fand, und drittens möglich, dass er einen völlig integren Menschen traf, der etwas Bedeutsames wusste und ihm ernsthaft weiterhelfen konnte. Sie würde sich kräftig blamieren, wenn sie dazwischenfunkte und ihm was von Gefahr für Leib und Leben erzählte.

Die Unternehmung schien von Anfang an unter keinem guten Stern zu stehen. Es regnete unentwegt, ihr Mantel musste wegen eines scheußlichen Flecks in die Reinigung und in ihrer grauen Wetterjacke sah sie aus wie eine zu groß geratene fette Maus. Zu allem Unglück befand sich Klaus mit Kegelfreunden an der Mosel und Knut war noch mit der Darmgrippe ans Haus gefesselt, während Kurt in der Notaufnahme des Petruskrankenhauses saß, weil er sich ein Teppichmesser ins Bein gerammt hatte. Die Einzigen, auf die sie zählen konnte, waren Malte und Melanie mit dem Fiat.

Über ihre Schlussfolgerung, dass der Ort für das Treffen eine jüdische Gedenkstätte sein müsse, konnte sie nur noch den Kopf schütteln. Sie hatte den peinlichen Eindruck, auf das Niveau von Möchtegern-Detektiven gesunken zu sein, und fühlte sich an die jungen Helden von »TKKG« oder »Fünf Freunde« erinnert. Allerdings ohne jede Hoffnung, auch nur halb so erfolgreich zu sein.

Sollte sie ihren Plan aufgeben? Ihrem Neffen gegenüber zugeben, dass er recht hatte? Das behagte ihr noch weniger.

Am Kaiser-Karl-Ring verließ sie die Bahn, spannte den braunen Knirps auf und ging den Augustusring hinunter. An der Mauer des jüdischen Friedhofs warf sie einen ersten Blick hinüber auf das Gelände, das unter den hohen alten Bäumen etwas düster wirkte. Dort war kein Mensch zu sehen. Sie bog in die Römerstraße ein und blickte durch die Gitterstäbe des Eingangstors auf schmucklose Reihen schlichter Grabstelen. Seitlich davor erkannte sie einen Gedenkstein für die Opfer des Nationalsozialismus.

Das Tor ließ sich nicht öffnen, und sie bemerkte ein Schild: *Am Schabbat geschlossen.* Sabbat, Samstag. Heute.

Sie sah sich um. Vorbeirauschende Autos, zwei Linienbusse. Kein Fußgänger. Niemand.

Also weiter zum nächsten möglichen Treffpunkt, egal, wie unwahrscheinlich es war, dort auf Uwe und den Absender der E-Mail zu stoßen. Sie hatte eine Ibuprofen gegen die Schmerzen im Knie geschluckt und traute sich zu, die Strecke am Rhein zu Fuß zu schaffen, zur Kennedybrücke, wo man aus Mauerresten der imposanten Synagoge, die 1938 in Flammen aufgegangen war, eine bescheidene Gedenkstätte errichtet hatte.

Ein Blick über die Straße zeigte ihr den kürzesten Weg zum Rheinufer, vorbei an der Nachbildung eines römischen Krans, der ihr ins Gedächtnis rief, dass sie sich am nördlichen Rand des ehemaligen Legionslagers des römischen Reichs befand. »Castra Bonnensia«, das Lieblingsthema ihrer Geschichtslehrerin in den 60er-Jahren, einer älteren Dame, die über die Römer viel und über die Nazis nichts erzählte.

Bärbel ging den asphaltierten Weg hinunter. Trotz der misslichen Umstände freute sie sich, wieder mal am Rhein zu sein. Die Promenade war menschenleer, als hätten Regen und Wind alle Fußgänger und Radfahrer weggefegt.

Sie trat ans Geländer der Uferbefestigung. Auf dem grauen Wasser schob sich ein tiefliegendes Tankschiff stromaufwärts. Die andere Seite des Flusses war umhüllt von dünnen Nebelschwaden. Weiter hinten ragte der Turm der Schwarzrheindorfer Kirche empor. Linker Hand, ein gutes Stück entfernt, erhob sich Bonns nördlichste Brücke, die Friedrich-Ebert-Brücke, über welche die Autobahn 565 verlief.

Der Wasserstand war nicht hoch. Es lag ein Uferstreifen frei, der teils mit Kies bedeckt, teils von wildem Grün bewachsen war. Stromabwärts mussten irgendwo die alten Weiden stehen, die für das Rheinufer so typisch waren. *Silberweiden.* Bärbel wusste nicht, ob die Bäume wirklich so hießen, sie erinnerte sich nur, wer sie so genannt hatte: ihre Mutter.

Plötzlich merkte sie, dass sie nicht mehr dastand und schaute. Sie hatte sich in Bewegung gesetzt. Nicht zu der Gedenkstätte an der Kennedybrücke, sondern in nördliche Richtung, wo die Silberweiden wuchsen.

Macht nichts, sagte sie sich, das ist kein großer Umweg, die Jagd nach Uwe setze ich später fort. Falls ich mich nicht dazu durchringe, Malte anzurufen, um die Aktion abzublasen.

Jedenfalls musste sie die Silberweiden sehen. Zu gern würde sie den toten Briefkasten finden, in dem ihre Mutter Filme mit abgelichteten Dokumenten versteckt hatte, damit sie ins andere Deutschland gelangten und dort der umfangreichen Sammlung über den »Feind« einverleibt wurden. Was für eine verrückte Zeit!

Auf dem Streifen zwischen Ufermauer und Wasserlinie sah Bärbel ein paar Bäume stehen. Die waren zu jung. Bald kamen größere Weiden in ihr Blickfeld. Auch sie schienen nicht so alt, dass sie bereits vor mehr als 40 Jahren eine Höhlung im Stamm hätten aufweisen können. Ob es die Weide mit dem toten Briefkasten überhaupt noch gab? Sie musste schon damals recht alt gewesen sein.

Die Nordbrücke rückte näher, der Verkehrslärm war deutlich zu hören. Links sah Bärbel den Zaun des Römerbads. Rechts von ihr wurde der Kiesstrand breiter.

Sie blieb stehen. Ihr Herz schlug schneller.

Unterhalb des Uferwalls wuchs aus mehreren Stämmen mit gefurchter Borke eine ausladende Weide mit mächtiger Krone. Rund herum spross junges Grün und umgab sie wie dichtes Buschwerk.

Das konnte er sein, der Stasi-Baum! Eine schmale Rampe führte direkt darauf zu. Die groben Basaltsteine sahen regennass und schlüpfrig aus.

Keine Frage, dachte Bärbel, ich muss dahin. Sie blickte auf ihre Füße. Ihre Schuhe waren breit und flach, hatten jedoch keine Profilsohlen. Der linke saß nicht fest, der Schnürsenkel war viel zu locker. Den musste sie neu binden, bevor sie sich mit ihren unzuverlässigen Knien auf den abschüssigen Zugang wagte.

Sie steuerte eine Bank an, die auf der vom Ufer abgewandten Seite des Leinpfads stand. Den Knirps lehnte sie gegen die Lehne und stellte ihren Fuß auf die Sitzfläche. Sobald sie mit dem Schnürsenkel fertig war, trat sie wieder auf den Weg. Sie sah zur Weide hinüber.

Der Wind hatte sich gelegt. Trotzdem hatte sie den Eindruck, dass die Sprösslinge an dem mehrteiligen Stamm des Baums sich bewegten. Das musste von einem Tier herrühren. Ein Vogel war nicht zu sehen. Konnte es eine Ratte sein? Am Rhein gab es Ratten, das war bekannt. Wo man eine sah, verbargen sich zehn andere. Bärbel erschauerte bei dem Gedanken, sie würden ihr gleich vor die Füße laufen. Sollte sie trotzdem hinuntergehen?

Sie trat zwei Schritte vor und reckte sich, um den Stamm der Weide besser im Blick zu haben. Die Sprösslinge standen jetzt ruhig. Doch zwischen den Blättern schob sich etwas hindurch. Es war schwarz und schmal. Und auf den Leinpfad gerichtet.

»Neiiin!«

Ihr Schrei war schrill und ihr selbst ganz fremd. Sie warf sich in einen Busch.

Sie hatte den Lauf einer Pistole gesehen.

Die Spitze eines Grashalms geriet in ihren Mund und ließ sie verstummen. Die Person, der dieser Anschlag galt, war gewarnt. Oder war es zu spät? Der Schrei konnte den Schuss übertönt haben.

Bärbel wartete einen Moment. Sollte sie die Polizei anrufen? Zuerst musste sie wissen, was vor sich ging.

Vorsichtig hob sie den Kopf. Vor ihren Augen nur Blätter und Halme. Langsam richtete sie sich halb auf. Mit gebeugtem Rücken spähte sie durch die Zweige.

Ein Stück weiter stand jemand. Lehnte sich übers Geländer des Uferwalls. Schwarzer Anorak mit übergestreifter Kapuze. Typische Verbrecherkleidung.

Er drehte den Kopf. Sie sah sein Gesicht. Es war Uwe! Sollte ihm die Kugel gelten?

Bärbel richtete sich vollständig auf. Risiko … Ihr Herz klopfte beängstigend heftig, ihre Beine fühlten sich gummiweich an. Nicht zu sagen, ob die Gefahr gebannt war. Sie schaute prüfend um sich. In der Ferne tauchte ein Radfahrer auf. Jetzt würde wohl niemand schießen. Sie konnte es wagen, den Weg zu betreten und auf Uwe zuzugehen.

Unterhalb des Walls stand ein schmaler, gelblich blasser Mann in Gummistiefeln und olivgrüner Regenkleidung vor dem alten Weidenbaum. Er schaute zum Leinpfad hoch. »Endlich isse still«, rief er Uwe zu. »Hysterische Alte.« Er spuckte aus, wandte sich um und schlenderte aufs Wasser zu. In der Hand hielt er einen Campinghocker, auf dem Kies stand ein Eimer, daneben ein Rucksack. An der Kribbe war eine lange Angelrute aufgestellt. Die Szene konnte kaum unschuldiger aussehen.

Uwe blickte Bärbel entgegen. Sein Gesicht verfinstere

sich. Die Haut färbte sich dunkler, die Brauen zogen sich zusammen. Das Blau schien aus den Augen verschwunden.

»Du hast mir eine Verabredung kaputt gemacht!«, fauchte er.

»Bedank dich lieber, statt herumzustänkern! Da wollte einer auf dich schießen!«

»Wie?« Er lachte auf, als hätte sie ungeheuren Blödsinn dahergesagt. »Ach, was!«

Nun wurde auch Bärbel wütend. »Aus den Weidensprösslingen guckte ein Pistolenlauf! Hätte ich nicht geschrien, hätte der Kerl abgedrückt.«

Uwe schüttelte den Kopf, der bis zum Haaransatz zornesrot war. Immerhin gab er nicht vor, sie nicht zu kennen. »Der junge Mann da unten suchte einen Angelhaken, der ihm ins Gebüsch geflutscht war. Er musste tief hineinkriechen, hat er gesagt. Wer weiß, was du gesehen hast. Bestimmt keine Pistole.«

»Natürlich war das eine Pistole! Es war ein Schalldämpfer drauf, der den Lauf verlängert. So was hab ich mal im Fernsehen gesehen.«

»Im Fernsehen! Bärbel!«

»Er hat auf den Weg gezielt. Auf dich! Oder war hier sonst irgendwer?«

Eine Ente watschelte über den Weg. Nein, dachte Bärbel, die war eben noch nicht da.

»Wer schießt denn, wenn du hier aufkreuzt?«, höhnte Uwe.

»Er hat mich nicht bemerkt«, erwiderte Bärbel. »Mensch, kapierst du nicht?«

Der Radfahrer hatte sie erreicht. Sein graues Regencape glänzte vor Nässe. »Hat hier jemand geschrien?«

»Niemand«, sagte Uwe.

»Ich«, sagte Bärbel. »Wir rufen die Polizei. Sie soll den da unten überprüfen.«

»Kann ich was helfen?«

»Fahren Sie weiter.« Uwe machte eine ungeduldige Handbewegung.

Der Mann wirkte erleichtert und radelte Richtung Brücke.

Uwes Gesicht hatte fast wieder die normale Farbe. »Du hast mir eine Riesenchance vermasselt«, sagte er verbittert. »Mein Informant kommt nur, wenn ich allein bin. Jetzt kann ich warten, bis er sich meldet.«

Bärbel klappte ihr Handy auf.

»Verdammt nochmal, Bärbel, keine Polizei! Es muss vorerst geheim bleiben. Der Informant will mir helfen, den Mörder meines Vaters und meines Bruders zu finden.«

»Und er wollte hier hinkommen?«

»Ja. Nähe Rheinkilometer 657.«

Die Zahl!, durchfuhr es Bärbel. Die Zahl, die ihre Mutter sich gemerkt hatte, weil der tote Briefkasten in der Nähe war. Ausgerechnet hier war Uwes Treffpunkt? Das konnte kein Zufall sein. Wer auch immer der angebliche Informant war, hatte Uwe eher den Garaus machen wollen, statt ihm zu helfen. Doch für Erklärungen blieb keine Zeit.

»Lass uns abhauen und aufpassen, dass man uns nicht hinterrücks erschießt«, drängte sie.

Uwe verdrehte die Augen. »Bärbel ...«

»Wir gehen geduckt, damit unsere Rücken nicht höher sind als das Geländer und die Sträucher. Und immer darauf achten, ob der Angler aufs Wasser guckt. Dann schnell in den nächsten Weg rein.«

Uwe schien diese Vorsicht albern zu finden und zu überlegen, ob er nicht besser auf seinen Informanten warten sollte.

»Komm, Uwe!«

Zögernd folgte er ihr und duckte sich wie sie. Im Vorbeilaufen sah Bärbel die weiße Steintafel mit den großen schwarzen Ziffern auf einem Sockel neben dem Weg. *657.* Dankbar dachte sie an ihre Mutter, die mit der Beschreibung des toten Briefkastens ein wichtiges Glied in der Kette war, die Uwe gerettet hatte. Aber sie waren noch nicht in Sicherheit.

Bärbel wandte sich ein paar Mal um. Der Angler folgte ihnen anscheinend nicht. Kurz vor der Brücke bogen sie um die Ecke des Freibadzauns und verließen den Uferweg.

In normaler Haltung eilten sie weiter und gelangten auf die Römerstraße. Dort liefen sie stadteinwärts und erreichten eine Bushaltestelle. Laut Fahrplan sollte der nächste Bus erst in zwölf Minuten kommen. Sie gingen weiter durch den Regen. Bärbel ärgerte sich, dass sie ihren Knirps an der Bank vergessen hatte.

Während sie am Kaiser-Karl-Ring neben einem jungen Paar auf die Straßenbahn warteten, merkte Bärbel, dass sie ihr Smartphone noch in der Hand hielt. Ihr fiel das Foto ein, das Malte ihr am Vortag geschickt hatte. War der Mann auf dem Friedhof derselbe wie der Angler? Sie klickte das Bild an und sah es sofort: Das bräunliche Gesicht war nicht das des Anglers.

UWE

Er streifte die tropfende Kapuze zurück. Die Straßenbahn war fast leer. Die wenigen anderen Fahrgäste saßen verstreut ein paar Sitzreihen entfernt. Bärbel und er konnten gedämpft miteinander reden, ohne befürchten zu müssen, dass etwas in fremde Ohren drang. Zumal die Fahrgeräusche der Bahn und die Ansage der Haltestellen manches Wort überdeckten.

Sein Zorn legte sich mit jeder neuen Einzelheit, die er von Bärbel erfuhr. Endlich war er in der Lage zuzugeben, dass er sich auf dem Weg zu der Verabredung keineswegs sicher gefühlt hatte, wenngleich er die Geschichte mit dem Pistolenlauf im Gebüsch nicht glauben konnte – das hätte er doch bemerkt!

Was Bärbels Mutter betraf, sah er sich in seiner Vermutung bestätigt: Sie war die Sekretärin im Auswärtigen Amt gewesen, die Walter der Stasi vorgeschlagen hatte. Uwe spürte, wie die Kundschafter-Tätigkeit der Eltern ihn mit Bärbel verband. Auch wenn sein Vater hatte abspringen wollen, während Bärbels Mutter noch heute überzeugt davon war, das Richtige getan zu haben.

Es war wohltuend, über alles reden zu können, ohne ein Blatt vor den Mund nehmen zu müssen. Dass Bärbel von Lorenz Lange oder ehemaligen Stasi-Leuten eingespannt war, konnte Uwe ausschließen. Dennoch verstimmte es ihn, dass sie von seinen Besuchen in der Franzstraße wusste.

»Du hättest eine begabte Spionin abgegeben, Bärbel.«

»Nicht ohne meinen Neffen«, sagte sie.

Uwe erwiderte nichts und nutzte die entstandene Gesprächspause, um nachzudenken: Frau Teichmann hatte also im August 1975 einen Mann gesehen, den sie für Walters Mörder hielt, und glaubte, ihn kürzlich beim Zahnarzt erkannt zu haben – wegen einer Narbe am rechten Handgelenk, wo damals ein Verband saß. Darauf hätte Uwe nicht viel gegeben, hätte nicht Verena Odden alias Helene Meier von einer Verletzung am Arm gesprochen, die sich ihr Lorenz im Sommer 75 zugezogen hatte. Hinzu kam der Zettel mit dem L, den Bärbels Mutter verwahrt hatte, L wie Lorenz Lange. Auch das Verschwinden des Kalenders, in dem die betagte Dame den Namen des Zahnarztpatienten notiert hatte, schien von Bedeutung, ebenso wie der Fremde an ihrer Tür. Das alles erweckte nicht den Eindruck, als wäre es nur eine Reihe von Zufällen.

»Wir suchen also einen Mann mit einer Narbe am rechten Unterarm und Handgelenk im Alter von mindestens Anfang 80«, überlegte Uwe. »Jünger kann er kaum sein, wenn er als Kind in der Nachkriegszeit einen kleinen Handel betrieben hat.«

»Seltsam, dass alle Angst vor einem alten Mann haben«, sagte Bärbel.

»Frau Odden meinte, er habe ein Imperium. Junge Vasallen, hervorragend dressiert. Er hat Macht.«

»Und wenn wir ihn finden – was dann?«

»Er wird uns vernichten, bevor wir so weit kommen.«

»Wenn ich die Pistole nicht gesehen hätte, wäre es einfacher. Du wärst zwar tot, aber man hätte frische Spuren für die Polizei.«

»Das hast du vermasselt, Bärbel.«

»Wenn der Mörder dich noch einmal angreift, ist das eine Chance.«

»Ich wäre zwar tot, aber ...«

»Nicht unbedingt«, sagte Bärbel. »Jeder Mörder macht früher oder später einen Fehler.«

»Vielleicht erst nach meinem und deinem Tod.«

»Möglich. Deshalb fahren wir gleich zum Klassentreffen. Um den Tag zu genießen, als wäre es unser letzter.«

»Super«, murmelte Uwe, »du hast Humor.«

»Na ja ...« Bärbel seufzte. »Am liebsten wäre mir der Schutz durch eine Hundertschaft bewaffneter Polizei. Aber so, wie die Dinge liegen, bewilligen sie uns eher ein Team von Psychiatern als einen einzigen Polizisten.«

Uwe sah aus dem Fenster. Die Bahn fuhr am Landgericht vorbei. Hier war die Franzstraße nicht weit. Ihm kam eine Idee.

»Bärbel! Nach dem, was dein Neffe dir erzählt hat, vermute ich, dass der Hausarzt bei Verena Odden einen natürlichen Tod bescheinigt hat. In dem Fall wird die Kriminalpolizei nicht eingeschaltet. Weißt du, was das bedeutet? Wir kommen in die Wohnung hinein.«

»Wozu?«, fragte sie.

»Lass uns aussteigen.«

Die Bahn hielt am Berliner Platz vor dem Stadthaus. Uwe stand auf. Bärbel folgte ihm hinaus. Sie wandte den Kopf nach allen Seiten.

»Wenn der Angler wirklich einen Mordauftrag hatte, wird er uns nicht folgen«, sagte Uwe. »Sein Boss wird ihn austauschen. Und das dauert.«

Uwe merkte, dass er einen zu schnellen Schritt angeschlagen hatte. Bärbel japste plötzlich.

»Sollen wir langsamer gehen?«, fragte er.

»Mir ist was eingefallen! Wir dachten vorhin, der Angler sei unten am Rhein allein. Aber wenn in den Weidensprösslingen ein weiterer Kerl versteckt war? Das hieße, der Boss hätte sofort einen zweiten Mann am Start, der uns längst auf den Fersen ist und an einem ruhigen Ort erwischt. In ein paar Minuten oder der nächsten halben Stunde.«

»Du hast doch laut getönt, dass du die Polizei rufen willst.«

»Und du hast mich lauthals daran gehindert.«

Uwe warf einen Blick zurück. »Jedenfalls ist keiner hinter uns.«

»Vielleicht erwartet er uns«, sagte Bärbel. »In irgendeinem Hauseingang.«

Sie hatten die Franzstraße erreicht. Nur noch wenige Schritte bis zum Haus 4a. Am Fenster im ersten Stockwerk der Nummer 4b sah Uwe die Nachbarin auf dem Kissen, mit der er sich gestern vom Bürgersteig aus unterhalten hatte. Eine unverzeihliche Dummheit. Er hatte die versteckte Warnung nicht verstanden, die der Mann im Beichtstuhl in die Erwähnung des Namens Helene Meier gelegt hatte.

Die Nachbarin blickte in die andere Richtung. Uwe trat rasch an die Haustür. *A. Herrmann* las er auf dem zweituntersten Namensschild. Er drückte auf den Klingelknopf. Bärbel stand neben ihm.

Es dauerte eine Weile, bis der Türöffner summte. Uwe ging vorneweg durch den gelblich gefliesten Hausflur, Bärbel folgte ihm. Sie stiegen eine knarrende Holztreppe hoch, die derjenigen in der Nummer 4a ähnelte.

»Ah, Sie senn dat«, sagte die weißhaarige Frau im offenen Türrahmen, deren breiter Körper auf erstaunlich dünnen Beinen stand. »Se hann et jehürt? Komme Se erenn.«

Uwe und Bärbel traten über die Schwelle. Frau Herrmann schloss die Wohnungstür. Zwischen der von Mänteln und Jacken überladenen Garderobe und einem dunkel gebeizten Vertiko wechselten sie einige Worte über das tragische Ereignis und das Problem, wer die verwaiste Wohnung ausräumen und die Sachen an sich nehmen würde. So konnte Uwe mühelos zu der Frage übergehen, derentwegen sie in die Franzstraße gekommen waren.

»Frau Herrmann, haben Sie einen Schlüssel für Frau Oddens Wohnung?«

Sie schüttelte den Kopf und sah ihn misstrauisch an.

»Wer könnte einen Schlüssel haben?«, fragte er. »Wir sind um ein paar Ecken mit Frau Odden verwandt und deshalb …«

Das unerwartete Verwandtschaftsverhältnis schien sie zu verwundern, es musste offenbar erklärt werden. Uwe überlegte, wie er weiterschwindeln könnte. Da sah er ein Strahlen über ihr Gesicht huschen.

»Wadens, isch hann wat für Sie.« Sie wandte sich dem Vertiko zu und zog eine Schublade auf. »Leev Annelies, hätt et jesaat, vielleesch moss isch emol fott un komm net zeröck, nämm dat emol an disch.« Frau Herrmann zog eine Papiertüte heraus und drückte sie Uwe in die Hände. »Un jetz es et Verena fott, un isch well dat losswäde!«

Die Außenseite der Tüte warb für Nasentropfen. Ihr Inneres enthielt zwei Dinge: Einen silbernen Bilderrahmen samt Foto und eine flache Kunststoffkassette, wie sie früher als Behältnis für entwickelte Super-8-Filme üblich war.

»Das Bild habe ich in Frau Oddens Wohnung gesehen«, sagte Uwe.

Frau Herrmann deutete auf die Tüte. »Dat heh es dat Orijinal.«

Dieses Foto war größer als das, welches Frau Odden ihm gezeigt hatte. Lorenz Langes abstehendes Ohr, sein linkes, war hier deutlich zu erkennen. Die angebliche Narbe am Handgelenk war nicht zu sehen.

»Wann hat sie Ihnen das gegeben?«

»Vor sibbe odde aach Johr vielleesch?«

»Hat sie was dazu gesagt?«, fragte Bärbel.

Die Frau sah sie nachdenklich an. »Dat wor wat mysteriös.«

»Erinnern Sie sich so ungefähr an ihre Worte?«

»Leev Annelies, säät et, Eefersucht es saudomm. Isch denk, minge Söße hätt e Techtelmechtel un es irjenswo am Knutsche, un wat es? Hätt sing Badebotz jenomme un jeht schwimme en de Dornhäck. Janz alleen.«

Uwe stand wie erstarrt. Er drückte die Tüte an sich. Der Inhalt war kostbar, die Filmkassette womöglich wertvoller als alles, was er sich im Augenblick vorstellen konnte. Er verabschiedete sich hölzern, schob die Tüte unter seinen Anorak und schloss den Reißverschluss sorgfältig. Ihm war fiebrig heiß.

Sie verließen die Wohnung und begaben sich zur Treppe. Hinter ihnen ging noch einmal die Wohnungstür auf.

»Hürens. Isch hann zu däm Doktor jesaat, et Verensche wollt däseleve Bestatter wie et Leni. Nömann odde esu.«

»Sie hat vermutlich Növmann in der Adenauerallee gemeint«, sagte Bärbel. »Vater und Sohn, ein Familienbetrieb. Der hat vor ein paar Jahren zugemacht.«

Uwes Kopf glühte. Das musste der Bestatter sein, den er in der Nacht aufgesucht hatte, der wichtigste und wahrscheinlich einzige lebende Zeuge für die Ermordung seines Vaters. Hatte der Mann recht – befand er sich in tödlicher Gefahr? Uwe hatte es nicht glauben wollen. War es denn so sicher, dass niemand das nächtliche Treffen beobachtet hatte?

BÄRBEL

Seit er die Papiertüte in Empfang genommen hatte, schien Uwe völlig durcheinander. Sie musste ihn am Ärmel festhalten, damit er nicht durch die Haustür stürmte, ohne vorher auf mögliche Verfolger zu achten.

»Halt.« Bärbel streckte den Kopf ein wenig vor und prüfte die Straße in beide Richtungen. Nichts Verdächtiges.

»Bärbel, hast du gesehen, dass neben dem Foto eine Filmkassette in der Tüte liegt?«, fragte Uwe, als sie die Franzstraße hinuntergingen. »Hast du zu Hause einen alten Projektor oder Filmbetrachter für Super-8-Filme?«

»Uwe, ich hatte nicht mal eine Filmkamera.«

»Kennst du jemanden, der so was hat?«

»Ich glaube nicht. Die Zeit der Super-8-Filme ist ja seit einer Ewigkeit vorbei.«

»Früher hatte ich die ganze Ausrüstung. Leider habe ich das Zeug verschenkt und weiß nicht mehr, wie der Junge hieß.«

»Ob die eifersüchtige Helene-Verena ihren Lorenz beim Schwimmen gefilmt hat?«

»In der Dornhecke, Bärbel! Wir wissen zwar nicht, wann das war, aber ich vermute, es war Walters Todestag. Dass sie die Filmrolle nicht in ihrer eigenen Wohnung verwahrt hat, sieht so verdammt nach Vorsichtsmaßnahme aus! Sie muss befürchtet haben, dass Lorenz die Kassette bei ihr findet. Vielleicht hatte sie vor, den Film irgendwann gegen ihn zu verwenden. Wir müssen den Streifen so schnell wie möglich anschauen.«

»Wenn der Film den Beweis für einen Mord liefert, frage ich mich, warum sie ihn nicht mit einem anonymen Brief zur Polizei geschickt hat.«

»Die Angst vor Lorenz Lange«, sagte Uwe düster, »saß allen in den Knochen.«

Schweigend marschierten sie zur Straßenbahn-Haltestelle zurück. Bärbel dachte wehmütig daran, dass die übrigen Schulfreunde inzwischen im Eiscafé am Stiftsplatz saßen. Sie drängte den Wunsch zurück, dabei zu sein, und ging im Stillen sämtliche Freunde, Bekannte und früheren Kollegen durch – wer von ihnen könnte einen Filmbetrachter oder Projektor besitzen?

Knut!, fiel ihr plötzlich ein. In der besten Zeit ihrer Ehe hatte sie oft zehnmal über dieselbe Brücke schreiten müssen, damit der Urlaubsfilm perfekt wurde, unzählige Male an einer Schiffsreling, einer Rokokostatue oder einem malerischen Stadttor lehnen und lächeln müssen, bis ihre Kiefergelenke schmerzten und ihre Laune immer schlechter wurde – kein Wunder, dass ihre Ehe unaufhaltsam den Bach hinunterging. Ja, Knut hatte eine Super-8-Kamera samt Zubehör besessen. Er hatte sich bestimmt nicht davon getrennt.

»Uwe«, sagte sie, als die Straßenbahn sich näherte, »wenn du einen Magen-Darm-Virus nicht scheust, hätte ich eine Idee.«

Nachdem sie mit der Bahn zum Hauptbahnhof gefahren waren, warteten sie dort lange auf den Bus nach Ippendorf. Das Dach über dem schmalen Bussteig schützte nur unzulänglich vor dem anhaltenden Regen, was nicht so schlimm war, da sie beide bereits nass waren. Allerdings fror Bärbel mittlerweile bitterlich.

Uwe wirkte unruhig und angespannt. Abwechselnd blickten sie sich mehrmals um. Die Menschen um sie herum schauten auf ihre Handys, starrten in die Gegend oder drängten sich an ihnen vorbei. Falls sie hier jemand beobachtete, verhielt er sich äußerst geschickt.

Der Bus, der schließlich kam, war überfüllt. Das Stehen in dem schwankenden Fahrzeug und der feuchte Mief, der aus Mänteln und Jacken aufstieg, machten Bärbel zu schaffen.

Wenigstens war es von der Haltestelle bis zu Knuts Single-Wohnung nicht mehr weit; sie befand sich im Parterre eines Mehrfamilienhauses in der Ferdinandstraße.

Auf ihr Klingeln öffnete Knut ihnen in demselben gestreiften Bademantel, den er vor 30 Jahren getragen hatte, wenngleich die Farbe blasser, der Stoff dünner und Knut dicker geworden war. Neben ihm stand ein Hund von der Höhe eines Kalbes, den Bärbel nicht kannte. Ein grauer Irischer Wolfshund.

»Das ist Artus«, sagte Knut. »Aber Bärbel, mir isses nicht so, und nun bringste gleich Besuch mit?«

Sie stellte ihm Uwe vor und erklärte, warum ihr Auftauchen unumgänglich war und dass er sich ruhig wieder ins Bett legen könne, wenn er ihnen nur bitte vorher seinen Filmbetrachter heraussuchen würde.

»Na, geht schon, muss nur ab und zu schnell zum Klo flitzen, das war manchmal verdammt knapp …«

»Ich glaub's dir«, sagte Bärbel hastig. Sie war nicht scharf auf eine genauere Beschreibung.

Die nassen Jacken warfen sie über den Heizkörper in der Diele und folgten Knut in sein Wohnzimmer. Zu Bärbels Erstaunen musste er nach dem Filmbetrachter nicht suchen – ein Griff und er zog ihn aus einem Fach in der Schrankwand, als hätte er ihn täglich in Benutzung. Er stellte das Gerät auf den Tisch, bat sie, auf den Stühlen davor Platz zu nehmen, und steckte das Kabel in die Steckdose. Uwe legte die Filmrolle auf die Spule, führte den Streifen auf eine Leerrolle und drehte die Handkurbel. Bärbel kramte ihre Lesebrille heraus. Knut verschwand eilig Richtung Badezimmer, der Hund folgte ihm.

Seite an Seite blickten Bärbel und Uwe gespannt auf den kleinen Bildschirm. Zunächst schien alles sehr dunkel. Und ungewohnt still. Der Film hatte keinen Ton.

Nach und nach erkannten sie einen stark abfallenden Hang mit Bäumen und Büschen. Tiefe Schatten, gelbe Sonnenflecken. Unten schimmerte ein See wie dunkles Glas. Weiter hinten spiegelte die Wasseroberfläche Baumkronen, hellleuchtende Felsen und Himmelsblau, vom flirrenden Licht zu diffusem Farbenspiel gemischt.

»Wie schön«, flüsterte Bärbel, obwohl ihr nicht klar war, warum sie nicht lauter sprach. »Ist das der Dornheckensee?«

»Ich war nie wieder dort«, sagte Uwe. »So habe ich ihn in Erinnerung.«

Durch Zweige und Blätter war ein Mann erkennbar, der mit dem Rücken zur Kamera seine Kleidung auszog. Er war schlank und muskulös, sein braunes Haar war kurz geschnitten. Weitere Einzelheiten waren kaum auszumachen. Für ein größeres Bild hätten sie Knut bitten müssen, seinen Projektor und seine Leinwand aufzubauen, das hätte indessen mehr Zeit beansprucht.

»Da!«, rief Uwe, als ein Sonnenstrahl den Hinterkopf des Mannes traf. »Das linke Ohr!«

»Steht es ab?« Bärbel hatte es nicht genau sehen können. Der Kopf war wieder im Schatten.

»Das ist er«, bestätigte Uwe dumpf. »Lorenz Lange.«

Der Mann trug nun eine knappe dunkle Badehose. Er streifte sich eine schwarze Badekappe über und setzte sich eine Taucherbrille auf. Dabei wurde am rechten Unterarm eine ausgedehnte längliche Fläche sichtbar, die sich dunkel von der übrigen Haut abhob.

»Die Wunde vom Bombenbasteln«, sagte Uwe.

Lorenz Lange kletterte bedächtig den steilen Hang hinunter und suchte mit den Händen immer wieder Halt an den Stämmen der Bäume. An der Uferböschung angelangt, schob er den Kopf durch die Zweige. Gleich darauf zog er ihn wieder zurück.

In der nächsten Einstellung stand die Sonne tiefer. Das Licht war abendlich, Wald und Wasser wirkten düsterer. Der Standort der Kamera hatte gewechselt, befand sich aber noch oberhalb des Sees am Hang. Neben einem Laubbaum mit ausladenden Ästen und tief herabhängenden Blättern ließ Lange sich ins Wasser gleiten. Er schwamm mit ruhigen Bewegungen. Ab und zu verschwand er von der Oberfläche, schien über lange Strecken zu tauchen.

Von rechts kam jemand mit schnellen Kraulzügen angeschwommen, Kopf und Nacken im aufspritzenden Wasser. Das musste Walter sein. Man sah den schwarzen Haarschopf und die blasse Haut, ahnte die schmale Form des Gesichts.

Bärbel merkte, wie Uwe eine Hand zur Faust ballte und sein Atem schneller ging. Sie legte ihre Hand auf seinen Arm. Knut war aus dem Bad zurückgekommen, stand hinter ihr und blickte über ihre Schulter.

Langes Kopf mit der enganliegenden Badekappe war nicht mehr zu sehen. Nichts deutete darauf hin, dass er noch im See war. Das Objektiv der Kamera suchte die Wasserfläche nach ihm ab.

Am rechten Bildrand schwamm Walter mittlerweile in ruhigem Tempo in Rückenlage. Hals und Hinterkopf lagen ganz im Wasser, nur seine Nase schaute heraus. Plötzlich verschwand er. Als hätte er tauchen und gleich wieder hochkommen wollen. Für einen Moment war eine Schulter zu erahnen, es hätte ein Fisch sein können, der in die Tiefe glitt. Danach war nichts mehr zu sehen. Kein Kampf unter Wasser. Nichts. In Sekundenschnelle schien alles entschieden.

Die Oberfläche beruhigte sich in breiter werdenden Ringen. Es war vorbei.

Die Kamera schweifte über den See und am Ufergebüsch entlang. Im tiefen Schatten stieß sie auf den Mann mit der dunklen Badekappe. Hinter einem entwurzelten Baum zog er sich ans Ufer, stieg zwischen den Stämmen bergauf und blieb an einem Gebüsch stehen. Er nahm Taucherbrille und Kappe ab, streifte seine Kleidung über, ohne sich abzutrocknen, und schritt aus dem Bild. Nicht übereilt, sondern wie ein Mann, der seiner Gesundheit zuliebe geschwommen und getaucht war.

Uwe seufzte leise. Er lehnte sich zurück. »Das ist eindeutig.« Seine Stimme war belegt.

Bärbel war nicht in der Lage zu sprechen. Sie sah ihm zu, wie er mit zitternden Händen den Streifen zurückspulte, die Rolle von der Spule nahm und in die Kassette legte.

»Der Film muss zur Polizei«, sagte er.

Bärbel überlegte. Die Lage war ungemütlich. Es war möglich, dass Lorenz Lange dank seiner dressierten Jungs ahnte oder wusste, dass Uwe Ohlbruck und seine Begleiterin ihm verräterisches Material aus der Franzstraße weggeschnappt hatten. In dem Fall würde er versuchen, sie auf dem Weg zur Polizei abzufangen. Es wäre also sicherer, die Gesetzeshüter anzurufen, damit die jemanden vorbeischickten. Mit allen Befragungen und Erklärungen würde die Angelegenheit ein paar Stunden dauern. An jedem anderen Tag wäre ihr das gleichgültig gewesen. Aber heute nicht.

»Lassen wir den Streifen und das Foto erst mal hier«, schlug Bärbel vor. »Bist du einverstanden, Knut?«

Knut blickte auf den Hund, als müsste er dessen Einwilligung erbitten, und nickte langsam.

»Der Film liefert keinen Beweis«, sagte er und kratzte sich unter dem Kragen seines 30 Jahre alten Bademantels. »Man sieht ja nicht, was passiert ist. Der eine Mann scheint keinen Moment in der Nähe des anderen zu sein. Dass er gleichzeitig im See war, ist nur ein Indiz, allerdings ein schwaches.«

Knut, der Jurist, dachte Bärbel entmutigt.

»Wir brauchen weitere Indizien«, sagte Uwe.

Bärbel fiel etwas anderes ein: Was, wenn die Lorenz-Vasallen ihre Fahrt nach Ippendorf bemerkt und richtig kombiniert hatten? Was, wenn sie hier aufkreuzten, die Tür eintraten und Knut und den Hund kurzerhand abknallten, um in Ruhe nachzuschauen, was Uwe und Bärbel hier deponiert hatten?

Ich drehe noch durch, stöhnte sie innerlich. Sie konnte Unwahrscheinliches nicht von Wahrscheinlichem unterscheiden. In ihrem Kopf verschmolz alles zu einem wabernden Gemenge aus Spekulation und unglaubhafter Wirklichkeit.

Vielleicht machte sie sich umsonst verrückt. Schließlich war es möglich, dass Helene Meier eines natürlichen Todes gestorben und der Pistolenlauf am Rhein die Schwanzfeder einer Krähe gewesen war.

Die antike Pendeluhr an der Wand schlug die volle Stunde. Bärbel fuhr hoch. »Das Klassentreffen! Uwe, wir überlegen später. Die anderen sind schon im ›Raben‹, wir dürfen sie nicht warten lassen.«

Sie presste ihre Hand gegen die Stirn, als wollte sie ihre Ängste weit nach hinten drücken. Dann rief sie Malte an, um ihn auf den neusten Stand zu bringen. Uwe bestellte ein Taxi.

MALTE

Melanie und er hatten in der Gedenkstätte und dem NS-Dokumentationszentrum in der Franziskaner-straße viel Zeit verbracht und über ihre Erschütterung fast vergessen, weshalb sie die Ausstellung besuchten. Anschließend waren sie über den Rhein zum Standort der 1938 zerstörten Beueler Synagoge gefahren, wo aus gelben Ziegelsteinen des ehemaligen Baus ein Gedenk-zeichen errichtet war, danach zum ältesten jüdischen Friedhof des Stadtgebiets hinter dem Hochwasserdamm in Schwarzrheindorf. Die bemoosten Grabmale waren zum Teil so verwittert, dass von den Inschriften nichts mehr lesbar war. Der helle Gedenkstein, der den ermor-deten Juden der Nazizeit gewidmet war, stand am Ein-gang neben dem Damm.

Von den hohen Bäumen fielen dicke Tropfen und der Regen wollte nicht aufhören. Außer zwei vermummten Radfahrern und einer Frau mit einem Windhund, dessen schmaler Rumpf in einem karierten Regenschutz steckte, hatten sie in der letzten Viertelstunde niemanden vorbei-kommen sehen.

»Das war eine Schnapsidee ... Meine verrückte Tante«, murmelte Malte unter Melanies Schirm in ihr lockiges Haar. In diesem Moment klingelte sein Handy. Es war Bärbel.

»Na, hast du ihn gefunden?«, fragte er.

»Ja«, sagte sie zu seinem Erstaunen.

Sie erzählte von einem vereitelten Pistolenschuss sowie

einem erbeuteten Super-8-Film und einem Foto. Beides zeige den mutmaßlichen Mörder von Gerhard und Walter Ohlbruck.

»Jetzt fahre ich mit Uwe zum Klassentreffen«, schloss sie ihren knappen Bericht.

»Da hast du ja dein Ziel erreicht. Viel Spaß.« Er legte auf und fasste das Gespräch für Melanie zusammen. »Die sind ganz schön entspannt«, sagte er, während er ein Unbehagen in sich rumoren fühlte, das immer stärker wurde. Ein Pistolenschuss! Ein Anschlag auf Uwes Leben! Natürlich hatte Bärbels Stimme sich nicht nach Spaß und Entspannung angehört, sondern hochgradig nervös. »Vielleicht wird man in ihrem Alter leichtsinnig«, fügte er hinzu. »Wir sollten sie im Auge behalten.«

»Auf keinen Fall heute Abend!«, rief Melanie aufgebracht. »Da streike ich!«

Er konnte sich nicht aufraffen, ihr zu widersprechen. Schließlich wusste er, dass sie die Angelegenheit leid war und nur ihm zuliebe mitgemacht hatte.

Sie schien zu merken, dass er sich ernsthaft Gedanken machte. »Deine Tante hat doch nicht wirklich eine Pistole gesehen! In ihrem Alter werden die Augen schwächer. Sie hat sich das eingebildet.«

»Kann sein. Aber man weiß es nicht.«

»Ach komm, du hast selbst gesagt, dass sie langsam komisch wird. Lass uns essen gehen! Ich hab einen Bärenhunger. Hast du eine Idee, wo wir hingehen könnten?«

Malte überlegte nicht lange. »O ja, ich hätte eine.«

»Kenne ich das Lokal?«

»Weiß ich nicht.«

Sie hakte sich bei ihm ein und zog ihn zum Friedhofstor und weiter zum Auto. Er war sich fast sicher, dass sie das Lokal nicht kannte. Er hatte es bisher mit keinem Wort erwähnt.

»Nun sag schon, Malte!«

»›Der Rabe‹ in der Königstraße.«

»Klingt interessant«, sagte sie. »Da war ich noch nie.«

BÄRBEL

Das Taxi kam schnell und hielt nah am Haus. Der Fahrer stieg aus und öffnete die hintere Tür. Bärbel dachte an Schüsse aus dem Hinterhalt, rannte los, die Handtasche überm Kopf, und sank erschöpft in den Fond. Dort machte sie sich so klein wie möglich. In jedem Gebüsch, an dem sie vorbeifuhren, konnte sich der Lauf einer Schusswaffe verbergen und das Taxi war keine kugelsichere Limousine.

Uwe, der neben ihr saß, wirkte gelassener. Bärbel betrachtete sein Profil. Ihr kamen Gewissensbisse. Sie hatte ihm nichts von den Geschäften erzählt, die sie an der Tür des Wintergartens belauscht hatte. Dass sie in dem Lokal ihr Handy unter mysteriösen Umständen verloren hatte, hatte sie ebenso wenig erwähnt.

Das war nicht so falsch, besänftigte sie ihr Gewissen. Uwe hätte seine Teilnahme am Klassentreffen sonst sicher verweigert. Und das konnte Gott, das Schicksal, oder welche Macht auch immer die Fäden in der Hand hielt, unmöglich gewollt haben.

Sie kamen heil in der Königstraße an. Doch Bärbel atmete erst auf, als sie über die Schwelle des schützenden Hauses traten.

Der Kronleuchter warf ein anheimelndes Licht auf den Eingang und die Ornamente des Terrazzobodens. Bärbel zog ihre Wetterjacke aus, hängte sie an einen der Garderobenhaken am Treppenaufgang und sah an sich hinunter. Der bunte Pulli war halbwegs passabel, aber die ausgebeulte Jeans, die plumpen Schnürschuhe … Mist! Sie hatte vorgehabt, sich richtig schick zu machen, eine schwarze Samthose und elegante Pumps zu tragen, dazu ihre schönste Seidenbluse und im Gesicht das passende Make-up mit Lidschatten und allem. Sie hätte zwischendurch nach Hause fahren müssen. Dazu war es zu spät.

Uwe ging den schmalen Flur entlang. Sie folgte ihm und auf seinen fragenden Blick öffnete sie die Tür des Wintergartens.

Ein mehrstimmiges freudiges »Hallo!« schlug ihnen entgegen, vergnügte Gesichter blickten sie an. Alle zehn waren da, sechs Frauen und vier Männer.

Bärbel wurde warm ums Herz und sie merkte, wie auch Uwe die herzliche Begrüßung genoss, obwohl er nur wenige wiedererkannte, zumindest auf den ersten Blick. Die meisten hatten sich jahrzehntelang nicht gesehen. Gleichwohl waren die Gespräche so angeregt, als hätten sie während der gesamten Zeit enge Freundschaften miteinander gepflegt. Alte Fotos und Erinnerungen wurden ausgetauscht, bis Georg Freiturm mit zwei Flaschen Begrüßungssekt erschien.

Schlagartig fiel Bärbel Maltes Frage ein: *Hast du mal überlegt, ob Freiturm der Mann ist, den Oma für Walters Mörder hält? Dieser L mit der Narbe am Handgelenk?*

Sie blickte angestrengt auf Freiturms rechte Hand, vorsichtshalber auch auf die linke. Die Ärmel seines weißen Hemdes kamen ihr außergewöhnlich lang vor. Die Manschetten bedeckten die Knöchel der Handgelenke vollständig. War das Absicht?

Anita Freiturm trat hinzu, diesmal in seidiges Schwarz gehüllt und mit viel Goldschmuck dekoriert. Sie setzte kleine Schalen mit Oliven, winzigen Brötchen und Aioli in die Mitte des langen Tisches. Ihr Mann füllte die zwölf Gläser, die auf einem runden Tablett standen. Als er das Tablett mit beiden Händen anhob, rutschte der linke Ärmel ein Stück zurück. Bärbel hielt die Luft an. Dieses Handgelenk war glatt. Der rechte Ärmel verrutschte weniger weit. Das war merkwürdig.

Sie prüfte sein Gesicht. Stand das linke Ohr ab? Sie konnte nichts dergleichen feststellen. Beide Ohren lagen ausgesprochen nah am Kopf. Und seine Nase kam ihr, verglichen mit dem Foto, zu klein vor.

Bärbel atmete vor Erleichterung so laut aus, dass Bert, der bärtige Filmregisseur, der neben Uwe stand, sie verwundert ansah. Auf Berts anderer Seite berichtete die hochgewachsene rotblonde Viola gerade von den dramatischen Umständen der Operation an ihrer Schulter, die jetzt wie neu sei.

Oh, was bin ich naiv!, schoss es Bärbel durch den Kopf, Ohren und Nase kann man operieren, sodass nichts mehr wie vorher ist!

Während Anita und Georg Freiturm den Raum verließen, versuchte Bärbel krampfhaft, sich das Foto aus der Papiertüte zu vergegenwärtigen. Schließlich konnte man nicht alles operieren. Welche Kopfform hatte Lorenz Lange? Sie erinnerte sich nur vage an das kantige Kinn, dessen Konturen sich über die Jahre abgemildert haben konnten. Das Bild der Nasentropfenflasche außen auf der Tüte hätte sie dagegen genau beschreiben können.

»Wann hältst du deine Ansprache?«, raunte Ulla neben ihr.

War es schon der richtige Zeitpunkt? Alle waren lebhaft in ihre Gespräche vertieft. Siedend heiß fiel Bärbel ein, dass die Blätter mit dem Text, über dem sie so lange gebrütet hatte, um ihm Witz und Geist zu verleihen, zu Hause in ihrer Wohnung lagen.

Bärbel trat an Uwe heran. »Ich hatte vor, eine Rede zu halten«, sagte sie leise.

»Ah, schön!«

»Es geht nicht. Ich habe meinen Spickzettel vergessen.«

»Den brauchst du nicht. Sag was Nettes aus dem Stegreif.«

»Das schaffe ich nicht. Nicht nach einem Tag wie heute.«

»Machen wir es zusammen«, schlug er vor. »Wir stellen uns dort ans Fenster, da ist Platz.« Er deutete auf die Glasfront, hinter der es bereits dunkel wurde. »Und dann sprechen wir abwechselnd ein paar lockere Sätze. Einverstanden?«

Anita Freiturm kam mit einem Krug voll Orangensaft herein. Offenbar hatte sie Uwes Worte gehört. »Warten Sie, bis sich alle an den Tisch gesetzt haben. Wie wäre es nach der Suppe?«

»Nach der Suppe, genau.« Uwe lachte. »Das ist der perfekte Moment!«

Bärbel freute sich, dass der Mann, der sich so widerspenstig gezeigt hatte, so guter Laune war.

MALTE

Auf der Autobahn 565 blieben sie eine Zeit lang im Verkehr stecken. Die Südstadt erreichten sie, als es dunkel war. Hier war Parkraum immer knapp. Unter einer Straßenlaterne fanden sie schließlich eine Lücke in einer Wagenreihe und hatten ein paar Minuten zu gehen. Wenigstens regnete es nicht mehr.

Im unteren Teil der Königstraße ratterte die Bahn an ihnen vorbei, ansonsten waren die Straßen viel ruhiger als tagsüber. Sie überquerten den Bonner Talweg und sahen den Eingang des Restaurants schon von Weitem. Die Lampe mit dem Glasschirm im Jugendstil tauchte den Vorgarten und die Stufen vor der Tür in warmes Licht. Ein kleiner Strahler beleuchtete die Tafel mit dem Bildnis des Raben. Die Einfahrt neben dem Haus lag im Dunkeln.

Melanie konnte nicht wissen, dass Bärbels Klassentreffen hier stattfand. Malte hatte ihr erzählt, dass die Zusammenkunft für diesen Abend geplant war, aber den Ort nicht genannt. Nun fühlte er sich, als hätte er ihr eine fette Lüge serviert. Sie hätte es rundherum abgelehnt, hier zu essen, wenn sie die Wahrheit gekannt hätte.

Links neben der Tür des Gründerzeithauses befand sich ein Glaskasten mit der Speisekarte. Melanie steuerte darauf zu, stutzte und blickte auf die mit Kreide beschriftete Schiefertafel, die darunter hing. *Wegen geschlossener Gesellschaft heute nur kalte Küche.*

»Och nee!«, moserte sie. »Das ist ja doof. Ich brauche was Warmes! Lass uns woanders hingehen.«

Malte stellte sich taub und drückte die Tür auf. Er wollte sich auf keinen Fall mit Melanie verkrachen, andererseits würde er sich allzu unbehaglich fühlen, wenn er heute Abend nicht in der Nähe seiner Tante wäre. Schließlich war er nicht ganz unschuldig daran, dass Bärbel die Spur ihres Schulfreundes weiterverfolgt hatte und womöglich in ungeahnte Gefahren schlitterte. Es ging ihm genauso wie Bärbel zuvor mit Uwe: Wenn ihr etwas zustieße, würde er sich nie verzeihen, nichts getan zu haben.

Die Tür zum Gastraum war angelehnt. Durch die Glasscheibe sah Malte, dass nur zwei Gäste anwesend waren, die vor einer Käseplatte saßen.

Er blickte in den schlauchartigen Flur, der auf den Wintergarten zulief. Rechts davon befand sich der Treppenaufgang. Dort hing ein Wegweiser mit der Aufschrift *WC Damen/Herren im Keller* und einem Pfeil, der auf einen Durchgang hinter der Treppe und schräg nach unten deutete. Zwei, drei Meter weiter war eine Tür geöffnet. Eine Kugellampe beleuchtete Stufen, die ins Untergeschoss hinabführten, und einen an der Wand abgestellten Rollator, wie Malte ihn bei Freiturms Schwiegervater gesehen hatte. Dahinter knickte ein kurzer Flur zu einer unscheinbaren grauen Tür ab, vermutlich der Zugang zum Garten. Derartige Verwinkelungen waren in den alten Bonner Bürgerhäusern nicht ungewöhnlich.

Malte drehte sich zu Melanie um, die ihm gefolgt war. »Magst du dich schon an einen der Tische setzen?«

»Malte, ich will hier nicht essen!« Sie wirkte sehr entschieden und wandte sich um.

Es wurde schwierig, er musste nachgeben. »Na, gut, gehen wir. Nur … Ich kenne das hier ein bisschen und möchte kurz hinters Haus schauen.«

»Jetzt? Im Dunkeln? Man kommt auch über die Einfahrt von der Straße dorthin.«

»Das wäre viel auffälliger.«

Sie blickte ihn nachdenklich an. Aus dem Wintergarten fiel Licht durch die querovale Milchglasscheibe im oberen Teil der Tür. Man hörte Stimmengewirr und Gelächter. Jemand schlug mit Besteck an ein Glas. Stühle wurden gerückt, das Gemurmel legte sich.

»Meine Lieben«, vernahm Malte Bärbels Stimme.

»Schön, dass ihr hier seid«, erklang es eine Tonlage tiefer. Das musste Uwe sein.

Melanie runzelte die Stirn. Sie konnte Bärbels Stimme nicht kennen. Fand sie, dass die Worte verdächtig nach einem Klassentreffen älterer Leute klangen?

»Ich beeil mich«, raunte Malte ihr zu.

Es wäre zu umständlich gewesen, ihr seine Gründe zu erklären, womöglich käme in dem Moment jemand vom Personal aus dem Gastraum. Er hoffte, hinterm Haus einen weißen Lieferwagen zu sehen sowie den Mann, den er auf dem Friedhof fotografiert hatte. Der Zufall konnte es auch wollen, dass im Schutz der Dunkelheit eine verdächtige Lieferung eintraf oder sich sonst irgendetwas Aufschlussreiches ergab. Es konnte nichts schaden, sich hier umzusehen, und die Gelegenheit schien günstig.

»Okay, ich warte hier«, sagte Melanie.

»Bin gleich zurück.«

Malte ging am Treppenpfosten und am Kellerabgang vorbei durch den Gang mit dem Knick und ein paar ausgetretene Steinstufen hinunter. Die graue Tür war unverschlossen. Er zog sie vorsichtig auf, um kein Geräusch zu verursachen. Dahinter befand sich eine mit Wellblech überdachte Nische, die an einen Windfang erinnerte. Sie war an drei Seiten durch Mauern begrenzt. An der offenen Seite, nah am Haus, stand eine Regentonne. Zur Einfahrt versperrte eine Wand die Sicht.

Die Nische diente anscheinend zum Abstellen von Gartengeräten und war so dunkel, dass er von hier aus unbemerkt nach draußen schauen konnte. Er lehnte die Tür an und duckte sich hinter die Regentonne. Vor ihm lag ein gepflasterter Hof, an den sich ein Garten anschloss, der nicht besonders groß schien. Ein leichter Wind war aufgekommen, es roch nach feuchter Erde und nassen Pflanzen.

Auf die Betonplatten, das angrenzende Beet und den Rasen fiel ein helles breites Rechteck, das von senkrechten und waagerechten Linien durchzogen war – das Licht aus dem Wintergarten im Hochparterre. Gegenüber, in den Büschen, wo Malte die Grenzmauer zum Nachbargrundstück vermutete, herrschte tiefe Finsternis.

Hinter den Fensterscheiben, kurz vor der äußeren Ecke der Glasfront, standen Bärbel und Uwe nebeneinander, von der Deckenlampe angestrahlt wie auf einer Bühne. Sie hatten ihre Gesichter dem Raum zugewandt, Malte sah sie teils von vorn, teils im Halbprofil, wenn ihre Köpfe sich seitwärts bewegten. Ihre Stimmen waren hier unten nicht zu hören. Ihrer lebhaften Gestik und Mimik nach zu urteilen hielten sie eine gemeinsame Ansprache. Sie lachten und wirkten ganz unbekümmert.

Malte horchte auf. Er vernahm ein Geräusch. Nicht aus dem Wintergarten. Es kam aus seiner Nähe. Schritte. Gedämpfte Stimmen. Hinter dem Mauerwerk, das die Nische von der Einfahrt trennte, unterhielten sich zwei Männer. Malte verstand nur Bruchstücke:

»Er macht es selber …«

»Wenn er meint …«

»Aufpassen … keiner zum Pinkeln reinschleicht.«

Die Stimmen verstummten. Die Schritte entfernten sich. Schoben die zwei in der Einfahrt Wache? Warum? Falls jemand zum Pinkeln käme? Merkwürdig.

Er macht es selber, wiederholte Malte im Geiste, ohne eine Vorstellung, was damit gemeint sein könnte.

Aus dem Wintergarten war nun doch etwas zu hören: Die Gruppe brach in Gelächter aus. Es klang wie eine ferne Brandungswelle, die sich brach und verebbte. Dann sprachen Bärbel und Uwe wieder abwechselnd. Unhörbar für Malte.

Ihm war unheimlich zumute. Die Männer waren fort, gleichwohl hatte er den Eindruck, hier unten nicht allein zu sein.

Er blickte zu den Büschen vor der Mauer. Hatte es dort geknackt? Es war nichts zu erkennen. Nichts zu hören. Dennoch sah er angestrengt dorthin.

Für einen kurzen Moment glaubte er, einen schwachen Widerschein wahrzunehmen, eine Art Schimmern. Als ob ein winziger Lichtstrahl auf eine glatte, dunkle Fläche träfe. Quatsch, dachte er, der Wind bewegt die Zweige, da bildet man sich leicht was ein.

Trotzdem starrte er weiter auf die Büsche. Seine Augen schmerzten, er wollte wegschauen. Aber jetzt …Sah das nicht aus wie ein Arm? War es nur ein Ast? Schon als Kind war er ein Meister darin gewesen, Gespenster zu sehen. Seine Freunde hatten ihn ausgelacht, wenn er es in dunklen Winkeln knistern gehört, stocksteif dagestanden und kaum zu atmen gewagt hatte, obwohl da gar nichts gewesen war. So wie jetzt.

Oder?

Kein Wind! Dort schwankte ein Busch!

Malte fuhr herum, unsicher, was er bemerkt hatte, dennoch fast sicher, dachte vieles zugleich, stieß die Tür auf, raste die Stufen hinauf, streifte die Kellertür und den abgestellten Rollator, hastete an der erstaunten Melanie und dem Treppenpfosten vorbei in den Flur zum Wintergarten und brüllte, so laut er konnte: »Weg vom Fenster!«

Da zersprang knallend das Glas.

Ein Schuss. Ein zweiter.

Malte stolperte durch die Tür. Zu spät.

Die Leute waren aufgesprungen. Sprachloses Entsetzen auf allen Gesichtern.

BÄRBEL

Überall Schreie, hilfloses Gefuchtel. Stühle kippten, Porzellan zerschellte.

Sie war starr vor Schreck, unfähig irgendetwas zu tun oder zu sagen. Alles Furchtbare, das sie sich vorgestellt hatte, schien im Bruchteil einer Sekunde wahr geworden.

Schüsse aus dem Hinterhalt. Todesschüsse.

Und sie hatten eben noch gelacht.

Über sich spürte sie fremden Atem, unter sich fremde Wärme. Als es geknallt hatte, war sie in irgendwelche Arme gesunken.

Sie drehte den Kopf und sah ein Kinn mit grauem Vollbart. Ach so. Das war Bert. Sie saß auf seinem Schoß.

Die Erinnerung kam zurück. Bert hatte irgendetwas gesagt, einen kleinen Scherz gemacht. Sie hatte ihn nicht verstanden und sich zu ihm hinübergebeugt. Da kam der Knall. Einer? Waren es zwei? Sekundenlang hatte sie geglaubt, eine Granate hätte sie zerfetzt, eine Kugel durchlöchert. Aber nichts tat weh. Sie war unversehrt.

Bärbel richtete sich auf und kam auf die eigenen Füße. Von den ehemaligen Klassenkameraden sah sie nur die gebeugten Rücken vor sich. In ihrer Mitte lag jemand auf dem Boden.

»Ist das ... Uwe?«

Niemand antwortete. Die Frage schien fehl am Platz. Zu banal für diesen Augenblick. Überflüssig.

Bert war ebenfalls aufgestanden und zwängte sich zwischen den anderen zu dem Zusammengebrochenen hindurch. Hinter den Beinen sah Bärbel braunen Stoff am Boden. Den Stoff eines Sakkos. Uwe. Von einer Kugel getroffen.

Sie biss sich auf die Lippen. Sie hatte ihn hierhergelockt. Sie trug Verantwortung für das, was passiert war. Das war ein schreckliches Gefühl.

Von der Tür ertönten Stimmen. Anita und Georg Freiturm, der Kellner Thomas, alle drei mit fassungslosen Gesichtern.

»Notarzt!«, rief Bert.

»Schnell!«, ergänzte Viola »Ganz schnell!«

Im Türrahmen tauchte Rolf Plötting mit seinem Rollator auf. Er trug die Mütze mit den Ohrenklappen. »Der Arzt ist unterwegs. Er war zufällig in der Nähe.«́

»Rettungswagen!«, rief irgendwer.

»Ist bestellt«, erwiderte der greise Herr, der trotz seines hohen Alters offenbar einen kühlen Kopf behielt.

Durch das Stimmengewirr hörte Bärbel ein Stöhnen. Uwe lebte! Aber wie lange noch? Minuten? Stunden? Zerfetzte Schlagader, Lungendurchschuss, Hirnverletzung, vieles war möglich. Das konnte nicht gut ausgehen.

Bärbel erblickte ihren Neffen. Was machte der hier? War es seine Stimme, die sie vorhin gehört hatte – gleichzeitig mit dem Schuss? Er lehnte an der Wand, wirkte bleich und verstört.

»Malte!«

Sie wollte sich ihm nähern. Zwei umgekippte Stühle versperrten ihr den Weg. Sie stellte den ersten auf und griff nach dem zweiten. Da sah sie den Arzt in den Raum treten, einen dunkelblonden jungen Mann im weißen Kittel. Sie glaubte, ihn schon einmal irgendwo gesehen zu haben. Vielleicht bei ihrem letzten Klinikaufenthalt? Das blasse

Gesicht mit dem feinen Schnauzbart wirkte kompetent, in der Hand trug er einem Aluminiumkoffer.

Die Umstehenden bildeten eine Gasse und gaben die Sicht auf Uwe frei. Er lag auf dem Rücken, den Oberkörper ein wenig gekrümmt, und schien bei Bewusstsein zu sein. Jemand hatte ihm ein Kissen unter den Kopf geschoben. An Uwes Schulter erkannte Bärbel ein unauffälliges rundes Loch im Stoff des Sakkos. Sie hatte Blut erwartet, viel Blut, und sah nur einen winzigen Fleck.

»Bärbel«, hörte sie Malte flüstern, konnte ihren Blick aber nicht von Uwe lösen. Sie schauderte bei der Vorstellung, dass die Schusswunde nach innen in die Brusthöhle blutete.

Der Arzt stellte seinen Koffer ab und ließ sich neben Uwe auf ein Knie hinunter.

»Wo bleiben die Sanitäter?«, fragte Bert und sah ungeduldig zur Tür. »Er muss sofort ins Krankenhaus!«

»Sie müssten gleich hier sein«, erwiderte der Arzt mit einem Akzent, der auf eine osteuropäische Heimat schließen ließ. Er tastete den Stoff an Uwes Schulter ab. »Ich gebe Ihnen was gegen die Schmerzen.«

Er klappte den Koffer auf, nahm zwei aufgezogene Spritzen heraus und legte sie auf ein Mullläppchen neben sich auf den Boden. Zweimal zwanzig Milliliter. Irgendwas war da anders, als Bärbel es kannte.

Malte trat hinter sie und neigte sich zu ihrem Ohr herab. »Narbe am rechten Handgelenk.«

»Der Arzt?«, raunte sie.

»Der am Rollator.«

»Der Schwiegervater?«

Rolf Plötting war näher gekommen. Sie konnte keine Narbe sehen. Die Ärmel seines karierten Hemdes fielen locker über die Handgelenke; es sah nicht aus, als sollten sie etwas verbergen. Malte konnte sich irren, er schien völlig daneben zu sein, wie unter Schock.

Bärbel schaute zum Arzt. Der schob Uwes Ärmel hoch und band den Oberarm ab. Warum entfernte der Mediziner nicht zuerst den Stoff von der Schusswunde, um sie zu untersuchen? Stattdessen prüfte er die Vene in der Armbeuge, sprühte ein Desinfektionsmittel darauf und griff nach der ersten Spritze.

Plötzlich wusste Bärbel, was hier auffallend anders war: Normalerweise zogen die Ärzte die Spritzen erst kurz vor der Anwendung auf. Doch die für Uwe bestimmten Spritzen hatten fertig im Koffer gelegen. War das in Ordnung?

Mit leichtem Schritt trat Melanie aus dem Flur neben Malte. Bärbel beachtete sie nicht, sie blickte grübelnd auf den Kragen aus schwarzem Jeansstoff, der aus dem Arztkittel hervorschaute. Unterdessen hörte sie, was die junge Frau Malte zuflüsterte: »Kein Rettungswagen in Sicht. Vorm Haus steht ein weißer Lieferwagen.«

Das war wie ein Signal. Eine Warnung.

»Nicht spritzen!«, schrie Bärbel, so laut sie konnte. »Lebensgefahr! Er ist allergisch dagegen!«

Etwas Besseres war ihr auf die Schnelle nicht eingefallen. Alle blickten sie an.

Die Hand des Arztes war zurückgezuckt. Er blieb jedoch ruhig. »Das ist ein hochwirksames Medikament, das der Patient dringend braucht.«

»Schauen Sie in seinen Allergiepass!«, rief sie streng. »Sonst zeige ich Sie an!«

Zeit gewinnen, Zeit! Alle redeten wild durcheinander. Bestimmt hatte Uwe keine einzige Allergie und verfluchte Bärbel in diesem Moment. Wie sollte er wissen, dass ihr der Arzt nicht nur falsch, sondern auch bekannt vorkam? Das war der junge Mann in der schwarzen Jeansjacke, den sie am Ende der Stiftsgasse nach Uwe gefragt hatte! Er hatte sie mit seinem osteuropäischen Akzent in die falsche Richtung geschickt.

Sie brauchten Hilfe. Und vor allem Polizei.

Uwe am Boden bat Bert mit matter Stimme, in seinen Taschen nach dem Allergiepass zu suchen. Besaß er einen oder hatte er kapiert?

Der Mann am Rollator stampfte mit dem Fuß auf, sein Gesicht war verzerrt. »Schafft die Frau aus dem Raum, die macht alle verrückt!«

Mit dem charmanten Senior, den Bärbel kannte, hatte er nicht viel gemeinsam. Sie klammerte sich an ihren Neffen, doch Malte kippte um. Nach Atem ringend sank er neben einen Stuhl und hielt sein Handy hoch.

»Mein Asthmaspray – hab ich vergessen. Melanie, ruf Mama an. Oberste Nummer.«

Melanie guckte verwirrt. Bärbel, die halb mit ihm zu Boden gegangen war, schaltete schneller. Malte und Asthma? Das bedeutete was anderes! Sie schnappte sich sein Handy und strich übers Display. Die oberste Nummer bestand aus drei Ziffern. Die kannte sie gut. Im Schutz der Stuhllehne strich sie über den Button.

Eine tiefe Stimme meldete sich mit »Polizei in Bonn«.

»Kommen Sie sofort, Restaurant ›Der Rabe‹, Königstraße«, raunte sie und hoffte, dass es deutlich genug war.

»Was machen Sie da?«, rief Anita Freiturm vom Fenster, während ihr Mann die zersplitterte Glasscheibe untersuchte.

Bärbel richtete sich auf. »Ich musste die Mutter anrufen, sie bringt sein Asthmaspray. Seine Anfälle sind sehr ernst.«

Sie klang sachlich und gefasst. Obwohl sie im Innern bebte. Die Gasse zu Uwe hatte sich hinter dem Arzt geschlossen, das machte sie nervös. Sie konnte nicht sehen, was hinter den Beinen der Umstehenden geschah. Hoffentlich hatte Bert, der an Uwes Seite kniete, die Gefahr erkannt und die Situation im Griff.

Malte japste und rappelte sich auf. Hustend und röchelnd ging er zur Tür. Dort stieß er mit einem uniformierten Polizisten zusammen.

»Keine Panik, meine Damen und Herren«, sagte der Polizist. »Wir regeln das alles. Die Zeugen kommen bitte einzeln mit mir. Mein Kollege erwartet Sie im Büro zu ersten Befragungen.«

»Ich bin der Älteste, ich gehe zuerst.« Plötting lächelte, wieder ganz der charmante Herr. »Obwohl ich so gut wie nichts bemerkt habe. Anita, bitte hol meine Pillen.«

Seine Tochter ging hinaus, der Kellner Thomas folgte ihr. »Die anderen Zeugen halten sich bitte zur Verfügung«, sagte der Polizist.

Plötting wendete den Rollator und verschwand mit dem Beamten im Flur.

Bärbel war erleichtert. Alles nahm seinen Gang. Sicher kamen gleich weitere Uniformierte, den nächsten wollte sie bitten, den Arzt zu überprüfen. Irgendwer musste vor ihr die Polizei verständigt haben. Ihr eigener Anruf war keine drei Minuten her, so schnell konnten sie nicht sein.

UWE

Während er am Boden gegen den Schmerz ankämpfte, hatte er sie vernommen. Die Beamtenstimme. Sie hatte ihn an den Rhein bestellt, morgens am Telefon.

Da war jemand aufgetaucht. Er hatte ihn durch einen Spalt zwischen den vielen Beinen gesehen. Das Kinn leicht eckig, die Nase schmal, die Ohren von einer Mütze bedeckt. Der Stoff wölbte sich über dem linken Ohr. Mehr als über dem rechten. Halluzinationen eines Sterbenden? Wenn er nur nicht so hilflos wäre …

Dann hatte er Bärbel gehört, mein Gott, was die schreien konnte. Allergie? Wieso Allergie? Sein Blick war auf den Arztkoffer gefallen. Bärbels Stimme hatte sich überschlagen, so panisch war sie. Er hatte verstanden: Irgendwas war mit den Spritzen. Da hatte er etwas zu Bert gesagt. Und wusste jetzt nicht, ob es das Richtige war.

»Stellen Sie sich nicht an«, herrschte der Arzt ihn an. »Halten Sie den Arm ruhig! Nicht so zappeln!«

Sein Griff war hart und kraftvoll. Er war drauf und dran, die Nadel in die Vene zu schieben.

Bert protestierte, zerrte an Uwes Arm und stritt mit dem Arzt. Irgendwer mischte sich ein. Uwe hörte fast nichts, als befände er sich unter Wasser. Auf seine Augen legte sich Schwärze. Sein Bewusstsein schwand.

Die Schwärze wich. Schwankend kehrte das Bewusstsein zurück.

Ein Polizist. Endlich. Wieso trat er nicht näher? Er musste nach dem Opfer sehen! Warum ging er wieder?

Der Polizist war unfähig. Oder falsch. Falsch. Alles falsch hier.

Die Schwärze kam wieder. Und er sank ... sank ... sank ...

BÄRBEL

Doris trat kopfschüttelnd beiseite, es entstand eine Lücke zwischen den Umstehenden. Bärbel spähte hindurch und sah, dass Bert den Arm des Arztes festhielt und Viola an dessen Kittel zog. Uwes Kopf kippte zur Seite. Um Himmels willen! Das bedeutete hoffentlich nicht ...

Ihr stockte der Atem. Eine Woge der Verzweiflung überkam sie. Zugleich nahm sie wahr, dass im Flur ein heftiges Gerangel im Gange war.

Sie fuhr herum. Ihr Neffe hatte sich Plötting in den Weg gestellt. Der Alte rammte seinen Rollator mit Schwung gegen Maltes Beine. Was für eine Frechheit! Bärbel raste los, um Malte zu helfen, stolperte über eine Ledertasche und fiel bäuchlings vor die Türschwelle. Sie schaffte es nicht, wieder auf die Füße zu kommen.

Hilflos sah sie zu, wie zwei junge Männer aus der Gaststube stürzten und Malte packten. An der bräunlichen Haut erkannte Bärbel den Kerl von Maltes Handy-Foto, der Blassere konnte der Angler vom Rhein sein. Gemeinsam mit dem Polizisten stießen sie Malte zu Boden, traten nach ihm und schleiften ihn durch den Flur zum Eingang.

Plötting folgte ihnen ohne Rollator und erstaunlich flott. Seine Mütze hatte er verloren. Gegen das Licht des Kronleuchters sah Bärbel seine Ohren. Das linke stand ab.

»Lorenz Lange«, entfuhr es ihr.

Er verschwand durch die Haustür. Die drei Männer ließen Malte fallen und rannten Plötting hinterher.

Melanie half Bärbel mit einer Hand auf die Beine, in der anderen hielt sie ihr Smartphone und telefonierte. Der Arzt hastete an ihnen vorbei. Er blieb mit dem Kittel am Rollator hängen, der verlassen im schmalen Flur stand.

Draußen sprang ein Motor an.

Bärbel wankte und versuchte, die Schmerzen an den Händen, Ellbogen und Knien zu ignorieren. Melanie eilte zu Uwe, während Bärbels Schulkameraden starr vor Schreck herumstanden und offenbar zu nichts zu gebrauchen waren. Bis auf Bert, der sich auf den Arzt stürzte, und Viola, die ihren Stöckelschuh auszog und den Absatz ins Kinn des falschen Mediziners stieß.

»Ich will nur noch weg«, jammerte Ulla. »Müssen wir wegen der Zeugenaussage bleiben?«

»Ja, müssen wir.« Bärbel lauschte.

»Dabei kann ich kaum was sagen!«, quengelte Ulla weiter. »Nur dass die Scheibe zersprang und Uwe zusammenbrach.«

»Sei mal still.«

Was Bärbel schwach von fern vernommen hatte, wurde deutlicher. Polizeisirenen!

Georg Freiturm stand mitten im Wintergarten und war leichenblass. »Was ist mit dem Arzt? Wo ist Anita?«

Die Sirenen waren höllisch laut, die Einsatzwagen mussten jetzt vor dem Haus stehen.

Im Eingang entstand Tumult. Malte lag zusammengekrümmt unter dem Kronleuchter, Bärbel, die wieder fester auf den Beinen stand, wollte zu ihm, doch Bert beugte sich bereits über ihn. Den angeblichen Arzt hielten zwei Uniformierte fest, drei weitere eilten zum Wintergarten. Einer von ihnen sagte, die Rettungswagen, die eine Frau namens Melanie angefordert hatte, seien unterwegs.

Das also ist die Polizei, die ich benachrichtigt habe, dachte Bärbel. Es folgten weitere Beamte. Sie traten ganz anders auf als ihr falscher Kollege, auch ihre Uniformen unterschieden sich bei genauer Betrachtung von seiner.

Der Flur und der Wintergarten füllten sich rasch mit Polizisten, darunter Kriminalbeamte in Zivil. Sie schienen sich über das gesamte Haus und Grundstück zu verteilen.

Ein Mann mit Notarzt-Weste und zwei Sanitäter in ebenfalls signalroter Kleidung bahnten sich den Weg zu Uwe. Er war wieder bei Bewusstsein. Aus halb geöffneten Augen blickte er zu Melanie, die neben ihm auf dem Boden saß und seine Hand hielt. Bärbel unterdrückte den Impuls, zu ihm zu laufen, sie wollte dem Rettungsteam nicht im Weg sein.

»Was hat das alles zu bedeuten?«, stammelte Freiturm.

»Hatten Sie wirklich keine Ahnung?«, fragte Bärbel.

»Wovon? Ich habe mich bemüht, ein gutes Restaurant zu führen.«

Bärbel erklärte ihm mit wenigen Worten, wessen sie seinen Schwiegervater verdächtigte. Rolf Plötting, der höchstwahrscheinlich Lorenz Lange war, hatte hier im Wintergarten den Namen Uwe Ohlbruck aufgeschnappt und von dem sonderbaren Verhalten des pensionierten Lehrers erfahren – dank ihres leichtsinnigen Mundwerks, wie sie reuevoll zugab. Plötting hatte den richtigen Schluss gezogen und seine Jungs frühzeitig auf Uwe angesetzt.

Freiturm seufzte und schüttelte den Kopf mit dem dünnen Pferdeschwanz. »Früher war ich ein schlecht bezahlter Koch in einer Firmenkantine. Als ich Anita kennen lernte und ihr Vater mich hier schalten und walten ließ, hielt ich mein Glück für perfekt. Es lief alles so gut mit Anita, Rolf und den Jungs, die ihm den Garten machten und im Haus reparierten, was anfiel.«

»Ohlbrucks Spurensuche war Ihrem Schwiegervater wohl zu erfolgreich«, schloss Bärbel ihre Zusammenfassung.

»Wer hat geschossen, Frau Thorgast?«

»Er hat es selber getan«, ertönte Maltes Stimme gepresst von der Tür. »Plötting. Das sagten seine eigenen Leute. Ich hab es draußen belauscht.«

Bert und Viola führten Malte zu einem Stuhl. Er schien nicht richtig durchatmen zu können, vielleicht waren ein paar Rippen gebrochen. Aus seiner Nase sickerte Blut, die Stirn war aufgeschürft. Bärbel legte behutsam ihren Arm um seine Schulter und reichte ihm ein Taschentuch.

Georg Freiturm wirkte bestürzt. »Rolf hat geschossen? Im Haus bekommt er keinen Nagel in die Wand und kein Stück Fleisch auf den Grillspieß.«

»Tarnung«, sagte Bärbel. »Wie der Rollator.«

Freiturm sank aufs Sofa und starrte vor sich hin. Anscheinend hatte er wirklich nichts gewusst – weder dass sein Schwiegervater früher ein Berufskiller gewesen war, noch dass dessen Haus- und Gartenhelfer ein paar zusätzliche Aufgaben hatten. Als Bärbel von den Geschäften im Wintergarten berichtete und seine Frau erwähnte, stöhnte er auf. Vielleicht ging er im Geiste die letzten Monate und Jahre durch und fragte sich, ob er etwas hätte bemerken müssen.

Inzwischen hatte der Notarzt Uwes Sakko und Hemd mit einer Schere aufgeschnitten und die Wunden vorläufig versorgt. Unter Uwes Rücken hatte sich eine Blutlache gebildet. Dort musste das Geschoss ausgetreten sein.

Eine junge Sanitäterin hielt eine Infusionsflasche hoch, aus der eine farblose Flüssigkeit durch einen dünnen Schlauch und einen Venenkatheter in Uwes Armbeuge lief. Zwei weitere Rettungskräfte brachten eine Trage und eine Decke.

Uwes Augen waren geschlossen. Er hatte offenbar erneut das Bewusstsein verloren. Sein Gesicht war beunruhigend bleich. Niemand konnte sagen, ob er es schaffen würde.

Und Lorenz Lange war auf freiem Fuß. Mit seiner Tochter und vier jungen Männern war er in einem weißen Lieferwagen entkommen.

Drei Tage später

Es war sehr still. Nur ferne Schritte draußen auf dem Flur. Langsam schlug er die Augen vollständig auf. Sie saß in einer bunten Jacke neben dem Bett. Aufmunternde Farbe in dem nüchternen Raum des chirurgischen Zentrums der Universitätsklinik.

Sie lächelte. Ihr schien ein Stein vom Herzen zu fallen.

Er freute sich über den Besuch der Frau, die ihn noch vor Kurzem so maßlos genervt hatte.

Behutsam legte Bärbel ihre Hand auf seine. »Hast du Schmerzen?«

Uwe nickte. Wieder eine falsche Bewegung. Seine linke Schulter war bis zum Hals verbunden. Darüber hing lose sein Pyjamaoberteil, den Arm konnte er nicht anheben.

»So knapp davongekommen zu sein ist ein seltsames Gefühl«, sagte er. »Das war ein glatter Durchschuss, der das Schulterblatt und den oberen Teil einer Rippe erwischt hat. Zum Glück nicht die Unterkante, da verlaufen die Zwischenrippenarterien. Deren Verletzung bedeutet meist das Ende, hat der Oberarzt gemeint.«

»Zwischenrippenarterien«, murmelte Bärbel verwundert. »Davon hab ich noch nie was gehört.«

»Außerdem ist das Projektil nur knapp an der Unterschlüsselbeinschlagader vorbeigegangen, auch wieder Glück, sonst läge ich nicht hier, sondern im Kühlfach der Rechtsmedizin.«

Bärbel schüttelte sich. »Das kleine Loch im Stoff sah gar nicht so dramatisch aus.«

»Dazu kam ein Lungenkollaps mit Einblutung in die Brusthöhle. Hat aber nicht zum gefürchteten Spannungspneumothorax geführt, der muss arg gefährlich sein.«

»Dreifaches Glück«, bemerkte Bärbel schaudernd.

Dass die Kugel, die für sie bestimmt war, über sie hinweg im Schrank gelandet war, hatte Uwe von einem Kriminalkommissar erfahren, den das Pflegepersonal mit Bedenken an sein Bett vorgelassen hatte. So sprachen sie auch über Bärbels Glück, das Berts flapsiger Bemerkung zu verdanken war, derentwegen sie sich zu ihm hinübergebeugt hatte.

»Magst du Neuigkeiten hören?«, fragte Bärbel.

»Ja, unbedingt. Ist der Täter gefasst?«

»Der weiße Lieferwagen ist nicht weit gekommen. Er hatte eine Reifenpanne.«

Uwe musste lachen, was die Schulter mit schneidendem Schmerz quittierte. »Hat jemand den Reifen angestochen?«

»Ich habe einen Verdacht.« Bärbel grinste. »Die Verdächtige ist Jurastudentin und schweigt.«

»Melanie?«

»Sie war am Samstag zur passenden Zeit draußen. Der Lieferwagen vorm Haus war ihr suspekt.«

»Wo ist er liegengeblieben?«

»An der A 565 Richtung Meckenheim«, erwiderte Bärbel. »Die Polizei hat die Bande auf einem Acker geschnappt: Rolf Plötting alias Lorenz Lange, Tochter Anita und vier junge Männer – den Angler, den Kerl vom Friedhof, Kellner Thomas und den falschen Polizisten. Der angebliche Arzt war schon in der Königstraße ins Netz gegangen.«

Uwe konnte ebenfalls mit etwas Neuem aufwarten. »Ich weiß jetzt, was die Spritzen enthielten. Sagt dir T 61 was?«

»Nein.«

»Das ist was richtig Fieses, Bärbel. Ein Medikament zum Einschläfern von Tieren. Die 40 Milliliter hätten für meine 75 Kilo dicke gereicht. Das wäre schnell gegangen.« Er sah Bärbel dankbar an. Dass sie ihn vor dem sicheren Tod gerettet hatte, brachte ihn immer noch außer Fassung.

»Gut vorbereitet, diese Mörder«, sagte Bärbel, als könnte sie keine Art von Kaltblütigkeit mehr erschüttern. »Plötting behauptet übrigens, er habe sich zur Tatzeit auf der Toilette aufgehalten und die Pistole sei ihm geklaut worden. Derzeit wertet die Polizei den Super-8-Film aus. Die Ermittler kommen anscheinend gut voran, sie haben sogar den Zeugen vom Poppelsdorfer Friedhof, den Bestatter, ausfindig gemacht. Er wohnt nicht mehr in Bonn und hat den Namen seiner Frau angenommen.«

Uwes Kopf sank aufs Kopfkissen, seine Augen fielen zu. Er fühlte sich furchtbar matt. »Erzähl weiter, Bärbel, ich höre zu.«

»Heute Morgen habe ich den netten Kommissar überredet, mir ein wenig mehr zu verraten: Die Polizei hat bei der Hausdurchsuchung in der Königstraße weder Drogen noch Diebesgut entdecken können. Dafür andere Dinge, und die sind hochinteressant.«

»Spann mich nicht auf die Folter, Bärbel.«

»Hab ich nicht gesagt: Jeder Mörder macht früher oder später einen Fehler? Du ahnst nicht, was sie gefunden haben: Stapelweise Personalausweise, Reisepässe und Führerscheine! Lorenz Lange hat die Ausweise seiner Opfer gesammelt. Wie Jagdtrophäen.«

Uwe schluckte. »War der Ausweis meines Vaters dabei?«

»Ja.«

»Auch Walters?«

»Sein Führerschein. Einer der Komplizen muss ihn aus Walters Klamotten rausgeholt haben.«

»Und der Taschenkalender deiner Mutter, Bärbel, wurde der gefunden?«

»Ja, aber der Name Rolf Plötting steht nicht drin.«

»Welcher denn?«

»Erich Ende.«

»Wie passend für einen Mörder. Ist das sein echter Name?«

»Das ist bislang unklar. In den Wirren der Nachkriegszeit hat er ein paar fremde Geburtsurkunden erbeutet. Die Polizei muss ermitteln, wer er wirklich ist.«

Uwe entfuhr ein Seufzer.

»Übrigens hat Jochen angerufen«, sagte Bärbel. »Er wollte sich erkundigen, ob wir Spaß beim Klassentreffen hatten. Als er hörte, dass es ein bisschen ungemütlich war, hat er uns beide spontan nach Honolulu eingeladen. Wir sollen kommen, sobald du wieder fit bist, Uwe. Er will uns die schönsten Seiten von Hawaii zeigen. Wir wären zu viert.«

»Hat er wieder eine Partnerin?«

»Er hofft, dass es kein Problem für dich ist.«

»Warum sollte es?«

»Nun ja … Mona ist bei ihm.«

Uwe riss die Augen auf. Mona in Honolulu! Das war ein Schlag.

»In Ordnung, kein Problem«, behauptete er. »Hauptsache, wir sind zur Verhandlung vor dem Schwurgericht wieder hier.«

Ja, wirklich, es war in Ordnung. Alles. Insbesondere, dass Bärbel hier saß. Und morgen würde sein Sohn aus Zürich kommen und endlich die Wahrheit über seinen Großvater Gerhard Ohlbruck und seinen Onkel Walter erfahren. Was hatte er am Telefon gesagt? *Papa, du bist ein Held.*

Seltsam, dachte Uwe, dass viele Helden bei ihrer Mission sterben und bei anderen eine gute Fee ihre Hand im Spiel hat. Oder ihre Stimme.

Er hatte es nicht verdient.

ANMERKUNG
UND DANKSAGUNG
DER AUTORIN

Dies ist ein Roman, die Handlung ist frei erfunden, soweit es sich nicht um historische Fakten handelt. Mit Ausnahme von Persönlichkeiten der Zeitgeschichte sind auch sämtliche Akteure meiner Fantasie entsprungen. Sollte es dennoch Ähnlichkeiten mit lebenden oder verstorbenen Personen geben, sind sie zufällig und nicht gewollt. Die Handlungsorte existieren in der Realität, nur das eine oder andere Privathaus habe ich für meine Zwecke frei gestaltet. Das Restaurant »Der Rabe« hat es nie gegeben.

Von Herzen danken möchte ich an dieser Stelle meinem Mann Reinhard, der für alle Zweifel und Fragen immer ein offenes Ohr und gute Ratschläge parat hat, meiner Tochter Steffi und meinem Schwiegersohn Jan Hoffmann für ihre medizinischen Tipps sowie Herrn Dr. Frank Glenewinkel vom Rechtsmedizinischen Institut der Universität Köln für seine eingehenden Antworten auf meine Fragen.

Ebenso danke ich meinem Lektor Daniel Abt für die erfreuliche Zusammenarbeit, seine einfühlsamen Vorschläge und seinen scharfen Blick.

Für den Bereich der deutsch-deutschen Spionage hat mir ein Stapel Bücher zur Seite gestanden. In erster Linie waren es folgende Titel:

Jens Gieseke: Die Stasi (Pantheon 2011)

Hubertus Knabe: Die unterwanderte Republik (Propyläen 1999)

Hubertus Knabe: Die Täter sind unter uns (Propyläen 2007)

Gabriele Gast: Kundschafterin des Friedens (Edition Berolina 2016)

Klaus Eichner/Gotthold Schramm (Hg.): Top-Spione im Westen (Verlag Das Neue Berlin 2016)

Horst Kopp: Der Desinformant (Verlag Das Neue Berlin, 2016)

Helmut Müller-Enbergs/Armin Wagner (Hg.): Spione und Nachrichtenhändler (Christoph Links Verlag 2016)

Roger Engelmann und andere (Hg.): Das MfS-Lexikon, (Christoph Links Verlag 2012)

H. Keith Melton: Der perfekte Spion (coventgarden bei Dorling Kindersley 2013)

Weitere Titel finden Sie auf den folgenden Seiten und im Internet:

WWW.GMEINER-VERLAG.DE

Hartmut Palmer
Reich der Lügen
Kriminalroman
288 Seiten, 13,5 x 21 cm,
Broschur
ISBN 978-3-8392-0900-4

Wenige Tage nachdem er den Bonner Journalisten
Kurt Zink getroffen und bei ihm seine Brieftasche
vergessen hat, wird der pensionierte Polizist Siegfried
Iserlohe ermordet in einem Wald bei Templin gefunden. Was wusste er über den Prinzen, der mit
rechtsextremen Gesinnungsgenossen einen Putsch
gegen die Regierung plante? Stecken Julius Plück und
die Allianz für Deutschland dahinter? In der Brieftasche entdeckt Zink Hinweise, die ihn auf die Spur der
Mörder führen – und in ein Reich der Lügen.

GMEINER SPANNUNG

WWW.GMEINER-VERLAG.DE
Wir machen's spannend

Olaf Müller
Rurfieber
Kriminalroman
256 Seiten, 12,5 x 20,5 cm,
Broschur
ISBN 978-3-8392-0815-1

Ein Toter liegt an der Musikschule in Düren. Wer ist
der Mörder? Die Kommissare Fett und Conti suchen
ein Motiv. Dabei stoßen sie auf junge Wissenschaftler
in Aachen und Jülich, die ein neues Medikament
gegen Denguefieber und Malaria erfunden haben. Es
könnte im Kongo Tausende Menschen retten und ist
wertvoller als Gold und Kobalt. Das weiß auch der
Professor der Studenten. Die Jagd nach der geheimen
Formel beginnt. Werden die jungen Wissenschaftler
überleben? Und welche Rolle spielt der Tote?

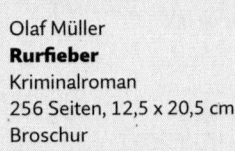

WWW.GMEINER-VERLAG.DE
Wir machen's spannend

Henni Schulze Lütkens
Westfälische Schlachtplatte
Kriminalroman
320 Seiten, 12,5 x 20,5 cm,
Broschur
ISBN 978-3-8392-0916-5

Was haben ein Anwalt, ein Pfarrer, ein Architekt und
der Erbe eines Pumpernickel-Imperiums gemeinsam?
Sie sind tot. Mausetot. Und alle waren ehemalige
Mitschüler von Ulla Pottrup, Kommissarin im be-
schaulichen Lüdinghausen.

Irgendwo zwischen Oma Mathildes Struwen, den
Mauscheleien des »Hühnerbarons«, dem Biobauern-
hof von Ullas Freundin Wanda und dem undurch-
sichtigen Treiben des örtlichen Staranwalts liegt die
Wahrheit – wird Ulla sie rechtzeitig finden, um einen
fünften Mord zu verhindern?

SPANNUNG

GMEINER

WWW.GMEINER-VERLAG.DE
Wir machen's spannend

Simone Hausladen
Das Münster-Komplott
Kriminalroman
384 Seiten, 13,5 x 21 cm,
Premiumklappenbroschur
ISBN 978-3-8392-0851-9

Eine erfolgreiche Psychiaterin wird brutal ermordet
in einem Waldstück in der Nähe von Havixbeck bei
Münster gefunden. Hauptkommissar Dietrich über-
nimmt den Fall und gerät gehörig unter Druck: Nur
zwei Tage zuvor hatte das Opfer beim traditionsrei-
chen Kramermahl im Rathaus fünf Gäste der angese-
henen Kaufmannschaft mit brisanten Behandlungs-
protokollen erpresst. Stecken sie hinter der Bluttat?
Bevor das KK 11 die Verwicklungen durchschauen
kann, erschüttert ein zweiter Mord die Stadt. Die
Angst wächst: Wer wird als Nächstes sterben?

SPANNUNG

GMEINER

WWW.GMEINER-VERLAG.DE
Wir machen's spannend